寫字年代

臺灣作家手稿故事

向陽

目錄

序

墨痕深處，溫潤長在

那是一個變動的年代，也是一個美好的年代。

變動，來自快速蛻變的社會，一切都轉動不居。往往一早醒來，就有新的事件發生，可能是街頭上的政治衝突，可能是股市中的行情起落，也可能是重大政策的一夕逆轉……，彷彿疾雨狂風之驟至，讓人無法預測，也好似黎明來前的昏濛，使人心生不安。林義雄宅血案、陳文成事件、李師科搶案、豐原高中禮堂倒塌、螢橋國小發生學童遭潑灑硫酸、海山煤山礦災、江南事件、韋恩颱風三襲臺灣、蔣經國逝世、五二〇農民上街、鄭南榕自焚……，那是一個任何事情都可能發生，發生之際都令人措手不及的年代。

美好，伴隨著變動而生。那個年代臺灣的經濟大幅起飛，成為亞洲四小龍之一，股票首度突破萬點；中產階級崛起，社會新興力量如雨後春筍勃然而發，民進黨成立，兩黨政治展開；政府解除戒嚴、開放探親、解除報禁，加速了民主化和本土化的進程。一切都在混亂之中逐步找到出口，在變動之中復歸穩定，人們的臉上，洋溢著自信而幸福的笑容。

那是一個知道昨天做錯了什麼，今天得改變些什麼，相信明天會更好的年代。

那個年代，是一九八〇年代，人們告別鐵蒺藜，迎向新莊園，終於從喑啞難言進入嶄新的眾聲喧譁的年代。

那個年代，也是一個寫字的年代，一個文學書寫、出版與傳播達到最高峰、最鼎盛的年代。文壇上老將佳作頻出、新秀衝力十足，猶如百花競放的文學花園，聞得花香、聽得鳥鳴；純文學、大地、爾雅、洪範、九歌等五家出版社（習稱「五小」）的文學書籍在這個年代席捲出版市場，每出一書，多能感動人心，為讀者珍藏；以《中國時報》人間副刊和《聯合報》聯合副刊（習稱「兩報副刊」）為首的三十餘家報紙副刊引領風騷，每有佳作，必受矚目，而副刊之間的議題設定與競爭，往往也隨即引發社會討論，形成可以呼風、可以喚雨的文化風潮。

那個年代，個人電腦才剛起步，尚未普及，作家依然使用稿紙寫稿，書籍和報紙副刊依然採用鉛字排版，「寫字」就是那個年代絕大多數作家發表創作的唯一途徑：他們在稿紙字格中，一字一字植入文思，一句一句填進想像，就像農夫插秧播種，他們耕作於稿紙的隴畝之中，用筆桿寫出了那個年代人們的共同經驗，也耕耘出了臺灣文學的繁花勝景。

那個年代稱寫作為「筆耕」、為「墨耘」，此之謂也。稱這樣的年代為「寫字年代」，誰曰不宜？

那個年代，真是一個美好的年代。通過作家手寫於稿紙上的字，不但留存了如見其人的墨痕，容我們透過猶留餘溫的墨痕，想像他們筆耕的神情；也鑑照了已然難再的美好時光，容我們品其字跡、咀其英華，重見他們當年悠游跌宕於文學志業的胸懷。

那個寫字年代，以長存於墨痕中的恆溫，熨貼我們習於敲打鍵盤而逐漸消失的柔軟的心；也以一勾一勒、或正或草的無聲形跡，召喚我們習於聲色喧譁而日漸萎縮的想像。

這本書，就是那個已然逝去的寫字年代的展示廳，它展示了二十四位臺灣作家寫於一九八〇年代的手稿，再現了當時的臺灣文壇場域和具體而微的象徵資本。二十四位作家的手稿，或是紙稿，或為信箋，或以明信片、賀卡方式書寫，都自然呈現了各自獨特的字跡與風格。二十四位作家的手稿，如二十四節氣之交替，風華具現；其神采，也如司空圖二十四詩品之所示，有雄渾、沖淡、纖穠、沉著、高古、典雅、洗鍊、勁健、綺麗、自然……等不同境界的呈顯。

從另一個角度來看，這本書也是那個寫字年代的貯藏間，它貯藏了二十四則一九八〇年代的臺灣文壇軼聞與故事，勾勒了那個年代的部分文風和習癖。在因緣際會下，以二十四位作家與一個副刊主編的文字往來為經，以作家手稿內容為緯，通過主編的回憶，交織出二十四幅臺灣文壇畫面，也點描了一九八〇年代臺灣文學傳播的二十四張圖式。

二十四則故事，如跨越一條河流的二十四座橋，後為隱隱青山、前是迢迢綠水，帶出一九八〇年代臺灣文壇相惜相攜的溫情暖意。

寫字年代，儘管泛黃了，墨痕深處，溫潤長在；手稿故事，雖只是一個副刊主編的回憶，因緣所繫，也可略窺一九八〇年代臺灣文壇於一二。

收在本書中的作家手稿及其故事，也隱藏著我對二十四位作家的感念和敬意。

一九八二年六月，我應自立晚報社之聘，擔任副刊主編，迄一九八七年十二月轉任報社總編輯止，計有五年半是在副刊編輯檯工作。當時的《自立晚報》還是侷限於臺北市區的小報，報社戮力革新，除了新聞版正刊大力鼎革之外，也希望副刊能在兩報副刊之外別樹風格，展現特色。當時我還年輕，銜命主持副刊，衝勁十足，於是以「本土的・現實的・生活的」做為《自立》副刊的定位，藉以區辨於人間副刊和《聯合》副刊的走向。

在五年半的副刊編輯生涯中，我從專題企畫、廣泛約稿和精選來稿的過程中，逐步建立副刊的作家人脈，也與一九八〇年代活躍的前輩作家和青年作家有了比較頻繁的接觸。當時還是小報副刊主編的我，以初生之犢之勇，即使不時遭到婉拒，仍想盡辦法向兩報的名家邀稿，一而再、再而三努力的結果，終能獲得名家賜稿；其次，我也以策劃各種專題、專欄的方式，廣邀不同世代作家寫稿，也擴充了副刊筆陣，使得副刊稿源源源不斷，作家陣容多樣化；第三，當時仍在戒嚴年代，言論受到控制，而自立晚報因其獨立經營，加上發行人吳三連係臺籍政治大老，言論尺度較兩報為寬，我乃以此一優勢，邀部分敢言名家為副刊撰寫兩報無法刊登的作品，或者接受兩報因政治尺度退稿的名家之作——三管齊下，終於在兩報副刊之外建立了《自立》副刊的獨特性。

收在本書中的二十四位作家，就是在這一個過程當中與《自立》副刊結緣的作家。無論省籍、背景、世代或身分，他們在我的副刊主編生涯與記憶中，都扮演著重要的角色，部分大家也以他們的人格、文格，啟發我的人生理念與自我期許。我留存他們的文稿、書函，乃至明信片、賀卡，視為珍貴的禮物，從當年黑髮到今日白髮，即使部分信稿曾因水患、或因時光而致風化水漬，仍想盡辦法保留下來。二十四位作家的手稿，於我已是生命與記憶的印記。這是本書之所以得以寫出的原因之一。

我感念這二十四位多數是前輩、少數是同輩的作家，因為他們以他們的文稿和人格啟發我，而不只是因為他們與我的翰墨因緣。因此，寫下他們的風範，彰顯他們的人格，來表記我對他們的感謝與敬意，這也是我寫作本書的重要動力。

我難忘齊邦媛教授為成立國家文學館所做的獅子吼，她給我的信，堅定、莊嚴而又和煦、溫暖；我感念親自寫信邀請我到ＩＷＰ（愛荷華大學國際寫作計畫）的聶華苓大姊，她對於與她年輕時同樣編輯具有反對色彩刊物的我的關照一如慈母，總是那麼寬容而明亮；我懷念詩人商禽引介我進入《時報周刊》與他共事，其後又以他的詩作榮耀我編的詩刊、副刊的過往；我感謝學者、詩人周策縱對我從事十行詩創作的鼓勵與期勉；我不敢或忘曾經也是《自立》副刊主編的柏楊在我主編《自立》副刊之後對我的種種提攜和教誨；還有「孤獨國」詩人周夢蝶對我以及陽光小集這一群戰後代詩人的勉勵，他的淡泊、平靜，曾震撼年輕激進的我們；我也感念小說家、出版家蔡文甫在我初進文壇之際的提攜；敬佩詩人、編輯家張默對詩壇的無私奉獻，以及對年輕詩人的大力培植——這些被稱為「外省籍」的前輩作家，在我的寫字時代，以他們的文稿、書信和身教，讓我看到文學書寫的澄明，一如月光照水，清澈無私，而同時又溫煦動人。

我也懷念在戒嚴年代中與自立晚報同樣位居邊陲的前行代省籍作家：田園作家陳冠學以他的臺語研究專欄和小品書寫，讓《自立》副刊的本土走向明晰而精實；小說家葉石濤與鍾肇政兩人長年供稿給稿費甚低的《自立》，創作、翻譯與論述，無一不齊，他們對臺灣文學的堅持和香火傳遞，更是教我動容；小說家王禎和身罹癌症仍為《自立》寫稿譯稿，總是不時給我信函的謙和，也讓我不捨；日治年代就已成名家的楊逵、黃得時、王昶雄、龍瑛宗、陳千武，以及戰後出發的陳秀喜、杜潘芳格……等多位「跨越語言年代」的前輩作家，無論供稿或在我與他們親炙的過程中，展現出的雍容、寬闊和智慧，都讓我沉吟至今，仍在學習——這一群用他們一生的書寫和實踐，護守臺灣文學的老園丁，即使身處當時的文壇邊陲，仍然勁健如昔，不為環境和挫折所屈。在他們的文稿、書信和身教中，讓我充分體會到他們對臺灣的愛與堅持，一如蒼松，一貫挺直腰桿，蒼然無懼。

在幾位長我幾歲，也可說是同輩的作家中，英年早逝的洪醒夫，在文學、歷史與政治交叉口上奮進的陳芳明，以書寫和實踐守護臺灣農民的吳晟，寫出臺灣城鄉特質的阿盛，把蒙古草原上的月光寫入詩中的席慕蓉……，都是在一九八〇年代就與我相識的亦師亦友作家。我讀他們的信稿，知道文學路上並不寂寞；讀他們作品，砥礪自己繼續前進。我們曾經通過一九八〇年代的副刊，互相疼惜，互相鼓勵。

所以，本書也是我的生命史的表白，我寫下存在於一九八〇年代的文學經歷、師友因緣，以及這二十四位曾經影響我、啟發我、鼓舞我的作家的故事，從中反省迄今為止我仍遠不及於他們之處，藉以自省自惕。希望這些故事，或多或少也能提供給讀者一些啟發和鼓舞。

整個一九八〇年代，與我有文字因緣的臺灣作家，讓我感念、尊敬的作家當然不止於本書記述的二十四位，格於書頁篇幅，未能一一記述，只好容他日另有機緣再補了。

本書之成，要感謝《文訊》雜誌總編輯封德屏，提供寶貴篇幅，容我每月叨絮，從二〇一一年六月到二〇一三年四月，從第三〇八期到三三〇期，總計連載了一年又十一個月，順利刊登二十三篇（另一篇〈為母土而書寫——阿盛與「散文阿盛」〉則屬南一書局邀約之稿，未刊《文訊》）；撰寫期間，該刊副總編輯杜秀卿、企畫主編邱怡瑄經常包容我的拖遲交稿，都讓我得以放手書寫，終能成書。

本書之出，則要感謝九歌出版社創辦人蔡文甫先生，從我年輕時踏入文壇，他就相當關懷我的書寫，約我書稿，讓我的重要詩集《十行集》出版迄今近三十年仍能在書市中被看到；感謝總編輯陳素芳、編輯陳逸華為此書費心費力，讓本書得以問世。

最後要感謝你，親愛的讀者。感謝你打開這本書，隨我進入一九八〇年代的時光走廊，閱讀二十四位臺灣作家的手稿，聆聽這些作家與我的故事！

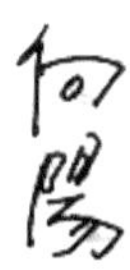

二〇一三年六月五日清晨鳥鳴聲中，暖暖

園丁的叮嚀——齊邦媛與國家文學館

旅美多年的小說家聶華苓先生於五月返臺，參加「百年文學新趨勢——向愛荷華國際寫作計畫致敬」系列活動。文訊為舉辦相關展覽，要我提供當年參加國際寫作計畫的照片和資料。我翻箱倒櫃，終於找到一些。光陰不僅似水，也如日與月之相推，青春會逝去，但記憶永留存，依靠的，就是當年可能不以為意，隨手擺置的斷簡殘篇，銘記歲月，甚或標記了某種因緣——文訊編輯一通電話，攪動了我的書房，也掀開了書房中塵封已久的書信，泛黃、風漬，部分已見破損，我的文壇因緣，被鉤釣而出，漂流在時光之海的瓶中信，越過世紀，來到我的眼前。

在這批為數不少的殘篇中，首先映入我眼中的，是齊邦媛教授於一九九八年十二月二十八日給我的一封傳真信。這封信寫在拍紙簿上，撕下紙頁後再傳真出來。齊教授娟秀而又流露出大氣的筆跡，一字一字由左往右推進，彷彿秧苗，逐一播種在整齊的藍格線中，蔚成一畝字田。發現這封久尋不獲的信，使我備感驚喜。揣想齊教授當年寫信的心情，每一段落，都是叮嚀，提點後輩晚生，要為臺灣文學下田耕作。

信的內容，已見於齊教授的回憶錄《巨流河》第十章〈鼓吹設立臺灣文學館〉之中。齊教授起筆就說，「國家文學館之設立，是我以個人微薄的力量，向政府文化政策所作的最後一個挑戰」，接著回憶她催生國家文學館的歷程。其中她在九歌出版社二十周年茶會上的慷慨陳詞，最使在場賓客動容，媒體也因之以醒目標題發布新聞。我當時在場，對齊教授如此作獅子吼，更是肅然敬慕。同年十二月二十九日，立法院為此召開公聽會，齊教授的傳真信就是在公聽會前夕傳給我。可以想見當晚她是多麼急切，國家文學館是她的夢，是她對臺灣文學的瞻矚。因此她要我「以詩人的Vision」呼應她勾勒出的國家文學館意象：

這個館應該有一個進去就吸引人的明亮的中心，如大教堂的正廳穹蒼圓頂，或現代的展示核心，用種種聲光色電的技術，日新月異地說明文學是什麼？圍繞著它的是臺灣的文學成績與現況，世界的文學成績與現況，在後面是收藏、展示……

它不是一個死的收藏所，是一個活的對話！進此門來能有一些啟發、激盪或更多的思索，至少不空心出去。

我收到傳真時，年末冬夜，暖暖山居濕寒，心裡卻溫熱異常。齊教授早從一九七〇年代

林淇瀁先生

十二月廿八日，'98

向陽兄，

請原諒我晚上傳真說幾句明天有關"國家文學館"公聽會的意見，盼在你赴會前看到。我為它已發言不少，但仍盼你們以詩人的vision代我表達一些中心意象：

當人們說到"文學殿堂"的時候，有時會有嘲諷之意，但想到文學館，我認為它在教化的功能上應有殿堂的莊嚴涵義。（所以不宜與別的實用工作組織擠掛一張牌子而已）

這個館應該有一個進去就吸引人的明亮的中心，如大教堂的正廳穹蒼圓頂，或現代的展示核心，用種種聲光色電的技術，日新月異地說明文學是什麼？圍繞着它的是台灣的文學成績與現況，世界的文學成績與現況，在後面是收藏、展示……

它不是一個死的收藏所，是一個活的對話！進此門來能有一些啟發，激盪或更多的思索，至少不空心出去。

這樣具有象徵意象的館，也許不是目前所能建立的，但是往長遠想，我們應該先說明或描繪一個真正的理想，也許政府，乃至私人捐募可以有日建出一個有尊嚴獨立的國家文學館，遠超政治之上。

我知道現在的文建會林主委已盡心盡力在獨立設館的爭取，盼大家共築遠景！

謝謝你肯以此數行作個參考。中午見。

齊邦媛拜啟

一九九八年十二月二十八日，齊邦媛先生為國家文學館寫給向陽的信。

二〇一一年五月七日，向陽與齊邦媛先生合影於「巨流河朗讀會」。（應鳳凰攝）

起，就為臺灣新文學作品編入教科書、為現代文學創作外譯等大事費心費力；此外，她也長期擔任中華民國筆會英文季刊義工顧問、總編輯，以「我們臺灣」的心將臺灣文學推向世界文壇，到此際還要為催生臺灣文學的「家」奮鬥，以垂顧之心期許後生晚輩——我羞愧有之，更覺熱血沸騰。

事實上，在齊教授傳這封信之前，十二月七日，我已於《自由時報》副刊發表〈打造臺灣文學新故鄉：呼應齊邦媛教授設置「國家文學館」之議〉一文，呼籲臺灣文學工作者採取做為，全面而廣泛地向有權者施壓，直到國家文學館設立完成為止。文末我如此勾繪心目中的國家文學館：

二〇一一年五月七日，向陽在齊邦媛先生面前以臺語朗讀《巨流河》書中有關國家文學館的段落。

在這個文學館中，從明鄭統治時期以降的臺灣新舊文學、漢文日文華文以及臺文文學、原住民口傳文學都被具體地展示出來，所有曾經在臺灣這塊土地創作的文學家的成果都受到完善的維護與蒐藏，所有臺灣文學和文化的研究者都可以在這裡順利取得他們研究的資料。而更重要的是，將來所有不同族群出身的作家和臺灣人民都可以在這座文學館中找到屬於臺灣的心靈的故鄉，做為一種認同，以及做為傳承與再生臺灣新文學的活水源頭。

這篇文字，齊教授當然看到了，所以會在立院公聽會前夕給我傳真，叮嚀交代，冀望畢其功於一役之心，躍然行間。我讀此信，猶似暗夜發現火炬，更有追隨其後，搖旗吶喊亦可的心情。次日中午，我們見了面，參加公聽會。會後齊教授把原件交付予我，這份見證她為國家文學館奔走的手稿，就此珍藏我處至今。今年五月七日，在天下遠見公司舉辦的《巨流河》朗讀會上，我受邀以臺語朗讀〈鼓吹設立臺灣文學館〉這一節，齊教授就坐在我面前。此信此書此情，歷十三春秋再一次交會，可說是相當奇妙的因緣。

二〇〇三年十月國家文學館開館至今，成績有目共睹。齊教授當年一聲「獅子吼」，為臺灣文學的展示、保存和研究作出的貢獻，果然功不唐捐。希望這份手稿能為臺灣文學館所收，做為該館創建的歷史文獻而永久留存。

——二〇一一年五月

＊〈打造臺灣文學新故鄉〉網址：http://tns.ndhu.edu.tw/~xiangyang/crib_1.htm

附記：齊邦媛教授手稿已於二〇一二年捐贈臺灣文學館典藏。

慈悲喜捨的樹
——聶華苓與ＩＷＰ（國際寫作計畫）

五月中，趨勢教育基金會聯合國家圖書館、臺灣文學館、臺大與文訊等單位以「百年文學新趨勢：向愛荷華國際寫作計畫致敬」為題，舉辦了多項活動，焦點人物當然是愛荷華國際寫作計畫（International Writing Program，簡稱ＩＷＰ）創辦人聶華苓先生。從五月十六日到二十四日，計有「聶華苓學術研討會」、「聶華苓文學展」、「文學不老：愛荷華展」、「百年臺灣圖書展」以及「百年小說研討會」等活動召開；聯經出版社也特別出版她的回憶錄《三輩子》，並在中山堂隆重舉辦新書發表會。

對於一生流亡了「三輩子」，高齡八十六歲的聶華苓先生來說，這場盛會可真累人啊，她得從美國中部的愛荷華市輾轉搭機，越過美國大陸與太平洋，飛來臺灣；得連續一週參與各種活動、演講、座談；也得與故舊老友見面、餐敘，身子再硬朗也難以消受啊。但從另一個角度來看，這又是第二故鄉臺灣對曾經把青春歲月奉獻給臺灣文學和民主運動的她表達的敬意，以及對她主持ＩＷＰ之後對促進世界華文文學與國際交流的肯定，意義又

二〇一一年五月二十一日，聶華苓在國家圖書館作專題演講，由向陽主持。

是何其重大啊。

身為晚輩，我在她來臺期間有機會多次相聚，看著她一如往昔親切地招呼曾經到愛荷華的作家，聽聞她一貫爽朗的笑聲，彷彿時間倒流，有重回一九八五年愛荷華參加寫作計畫，在她家客廳中與同行作家歡樂相聚的感覺。那年我三十歲，被我稱為大姊的她六十歲。她與詩人夫婿安格爾（Paul Engle）伉儷情深的歡笑聲，也是我最難忘的聲音，那幾乎可說是IWP的精神象徵了，笑聲連結了來自全球各地語言各異的傑出作家，笑聲也沖淡了來自海峽兩岸華文作家因為政治而生的隔閡。

IWP創建於一九六七年，是由聶華苓先生向安格爾建議後攜手創辦的，直到一九八七年兩人退休交棒，累計二十年時光，夫婦兩人為國際文學交流作出的重大貢獻，由一九七七年全球三百多位知名作家聯名推薦為諾貝爾和平獎候選人一事可知。一九八八年至今，聶華苓先生的家依然是獲邀前往愛荷華的華文作家最溫暖的家。在那裡，文學與笑聲構築了一個美麗的、平和的世界，在那裡，聶華苓也像一棵大樹，以慈悲喜捨的覆蔭溫暖從太平洋彼端來到愛荷華的作家，特別是與她一樣，使用華文寫作，多少都有著叛逆於強權個性的華文作家。

我是在一九八五年與小說家楊青矗獲邀參加IWP，方梓與我同行。這一年應邀前往的中國作家是張賢亮、馮驥才，新加坡作家是王潤華，他的妻子詩人淡瑩曾短期加入。這樣的陣容，使得那年聶先生位在愛荷華校區山坡的家更加熱鬧。當時住在芝加哥的李歐梵有時也會利用週末來愛荷華，加上旅居愛荷華的呂嘉行、譚嘉夫婦，全都湧入聶華苓家的客廳，笑語頓時洋溢客廳的每個角落。在我的記憶中，那是個金色時光，儘管剛從美麗島事件「受刑」出獄的楊青矗和也曾遭受文革迫害的張賢亮，有時難免言詞上的誤解而有小爭執，但隨著時間與交談，漸漸也生出相惜之情。聶先生總是微笑地看著我們，溫暖地歡迎我們，在我們駐校的三個月。

有時我們會談到一九五〇年代的文壇，談到她在雷震辦的《自由中國》編文藝欄的往事。她加入《自由中國》時才二十四歲吧，成為編輯委員會中最年輕，也是唯一的女性，與雷震、殷海光等自由主義者共事，目睹了《自由中國》在白色恐怖年代振筆疾書、不畏強權，最後隨著雷震被捕而瓦解的悲劇。這也改變了她的一生，使她不能不離開臺灣，直到一九八八年才與安格爾重返斯土。我還記得她搬出照片簿子，逐張指認當年的照片，說這是當年的柏楊、當年的余光中、當年的琦君……，她的眼中，閃出的是曾經的青春、美麗的柔光。

這年十一月底，楊青矗、我和方梓要回臺灣了。我們一大早由愛荷華出發，聶先生和安格爾親自送我們到機場，大雪紛飛，一九八六年六月，王潤華邀請我和方梓到新加坡參加「新加坡藝術節作家週」，也請了聶先生和安格爾，我們又在新加坡度過了約一個禮拜的歡笑時光。

手上的這封信是離開新加坡之後，聶先生於十月寫給我和方梓的信。開頭提到她自新加坡回美國之後就病倒：

遲遲回信，只因七月回來後，人即病倒；八月動手術，幸好瘤是良性，恢復得很好，只是太慢，至今精神懨懨不振。我雖休假，仍擺脫不了ＩＷＰ的各種問題，尤其是我自己要與人接觸，喜歡與人在一起，這就沒辦法了。

剪報、照片，全收到了——以上為四、五天前所寫。

ＩＷＰ有短期訪問的美國、法國作家，又忙了幾天。信寫了幾行，就沒法寫下去了。今天又續寫。

The University of Iowa
Iowa City, Iowa 52242

1847

International Writing Program
School of Letters

向陽
方梓：遲遲寫信，只因七月回來後，人即病倒；八月動手術，幸好瘤是良性，恢復得很好，只是太慢，至今精神懨懨不振。我就休假，仍擺脫不了IWP的種種問題，尤其是我自己喜與人接觸，喜歡與人在一起，這就很不得了。

簡報、照片，全收到了——以上是四、五天前所寫。IWP有短期訪問的美國、外國作家，又忙了幾天，信寫了幾行，就得放下了。今天又繼續寫。

我了解作家的變遷從生活方式。因此，我了解向陽要辭去編輯工作的心情和決心。向陽才華、潛力很大，一心寫詩，是將來了不起的詩人。我是雙手，雙腳舉投（多了吧！）贊成的。

收到吳濁流先生的文章，很感動，我與吳先生素昧平生，他對我的作品之懇評，連我自己都覺慚愧之

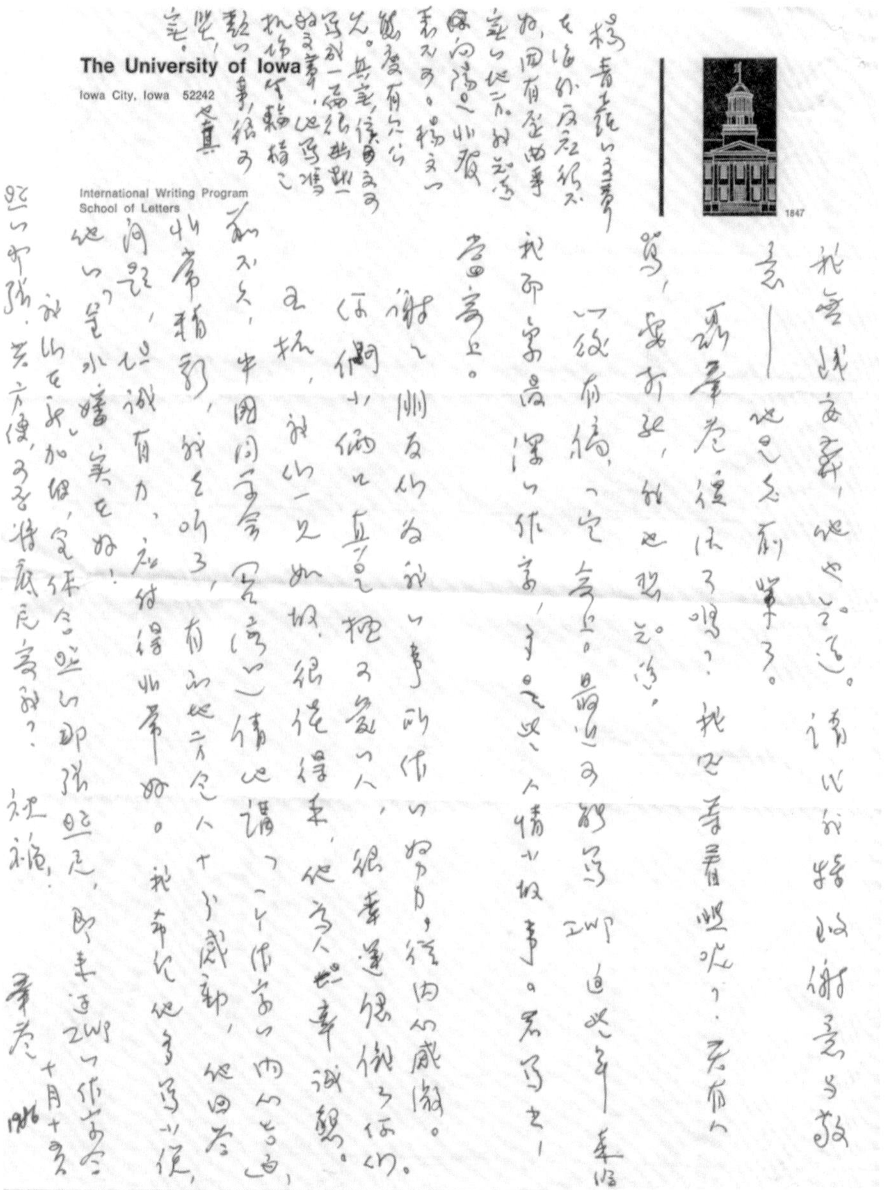

一九八六年十月十五日，聶華苓寫給向陽、方梓的信。

可見這封信是在病後、又忙著IWP事務的情況下斷續寫出。記得我接到信讀此段落時心中特別感到惶恐而不安。聶先生對晚輩如我的疼愛、關心，讓我承擔不起。病後仍對IWP盡心竭力，則讓我肅然。

但這封信更讓我感動的，是她在信中分別提到葉石濤先生、王拓兄和青矗兄三人，都充滿著對於同為作家的敬惜之情。

提及葉石濤先生的部分，是因為我寄了葉老寫及她的文章剪報，「收到葉石濤先生的文章，很感動，我與葉先生素昧生平，他對我似乎知之甚詳，連我母親是肺癌去世，我無錢安葬，他也知道。請代我特致謝意與敬意——他是老前輩了。」事實上，葉老與聶先生都生於一九二五年，葉老生日是十一月一日，聶先生是一月十一日，她的年紀還比葉老大了近十個月。

提及王拓的部分，是因為王拓在這一年參加了IWP。聶先生這樣寫：

王拓，我們一見如故，很談得來，他為人坦率誠懇。前不久，中國同學會（臺灣的）請他講「一個作家的內心告白」，非常精彩，我去聽了，有的地方令人十分感動，他回答問題，坦誠有力，應對得非常好。我希望他多寫小說，他的《金水嬸》實在好！

一九八五年十一月，前來愛荷華參加國際寫作計畫的各國作家與聶華苓合影。

聶先生對於王拓的欣賞和肯定，溢於筆墨，只可惜其後王拓回臺後還是從政了。希望他看到此信，能重拾小說之筆。

提到楊青矗的部分，寫在信的頂端，大概是寫完信後補上去的。聶先生提到「楊青矗的文章在海外反應很不好，因有歪曲事實的地方。我知道向陽是非發表不可。楊文的態度有欠公允。」這段話指的是楊青矗回臺之後所寫文章，提及他在IWP期間與中國作家張賢亮、馮驥才之間的互動，發表於我主編的《自立》副刊之事。聶先生直率告訴我，讓我相當汗顏；不過，她接著說「其實該文可寫成一篇很幽默的文章，他寫馮（驥才）機場坐輪椅之類的事，很可笑，也真實。」又顯現了她心胸的開闊、坦蕩。

我在暖暖的午夜，重又一次展讀聶先生寫於二十五年前的這封信。時間也許是最能澄澈一切的明礬，吸附歲月懸浮的雜質，加以沉澱，而使人生更加清明。聶華苓先生走過的「三輩子」人生，以在臺灣的《自由中國》階段最驚心動魄，在美國的IWP階段最為燦爛歡喜。這封信讓我看到她對文學的忠誠，對來自臺灣的作家真摯的疼惜。我在她出版回憶錄《三生三世》時，曾以「蒼勁美麗，有情的樹」形容她的人格特質，這封信讓我真切感受她的慈悲喜捨。

——二〇一一年六月

田園躬耕的隱者

——陳冠學與《自立》副刊

旅行途中上網，看到文友江明樹在臉書上發布「陳冠學老師仙逝」訊息，時間在七月六日午後，不禁愴然。

我與冠學先生認識於一九八三年，當時我擔任《自立晚報》副刊主編，有一天忽接徐國士教授來電，希望我陪他南下屏東，拜訪陳冠學先生，澄清某件事情（什麼事情我也不記得了），看來徐教授很急，我答應陪他搭機南下，到高雄後轉坐計程車直抵屏東新埤鄉，見到了隱居於老舊瓦房的陳冠學先生——這位在兩年前（一九八一）為了保存屏東大武山林木而參選省議員的特立獨行作家。當時我已讀過他由三民書局出版的《老臺灣》，也讀了他發表於《文學界》的〈田園之秋〉，對於他辭去教職，返歸田園，躬自農耕，以粗茶淡飯自足生活的選擇，雖感到不解，卻相當敬佩。徐教授找我同去看冠學先生，或有希望我居中當公親的意思，不過我也插不上嘴，事情是否有所澄清，也無以了解，坐了兩個多小時之後，兩人就搭機回臺北了。

不過，這趟屏東之行，反倒促成了我與冠學先生的通信，向他約稿，希望他為當時還是臺北市內的小報《自立晚報》寫稿。冠學先生很爽快地答應了，散文、隨筆，增添了《自立》副刊相當的光彩。他的文字老辣，漢學根柢深厚，而田園農耕的生活體驗，又使他的文章底蘊洋溢土地的雄渾之氣；在這個階段中，我有感於報紙副刊均不刊登有關臺語文學的論述、創作，於是分別找了洪惟仁、鄭良偉、許成章等先生提供臺語研究文稿，也特別約請冠學先生撰寫臺語專欄，這個專欄大約持續了近一年左右，一九八四年六月初，我接到他來信，說「臺語專欄實應再寫下去，但是我心情上無法繼續寫，若真有必要，將來再續刊吧」，因而改由黃進蓮和吳秀麗提供臺語創作專欄。大約一年後，我再一次請求他續開臺語專欄，於是以「臺語小點心」為名的專欄又繼續於一九八六年見報了。

在戒嚴年代，報紙副刊刊登有關臺語的論述和創作，冒著一定的風險，幸好《自立晚報》做為一份獨立經營的報紙，由臺籍大老吳三連先生主持，政治問題多少可撐過去；但仍免不了有讀者以「看不懂」、「不重視讀者閱讀權益」為理由向報館抗議，我還記得有一次甚至驚動了社長吳豐山，他把我找去，說讀者來抗議，問我有何想法？我答以副刊日刊萬字，一個月計刊三十萬字；臺語專欄週刊一篇約千字，一個月計刊四千字，以使用臺灣話的人口比例來看，約百分之八十使用臺灣話的讀者僅有百分之一點三的臺語文字閱讀量，似不嫌過分才是。這個說法獲得社長的理解，因而使《自立》副刊的臺語專欄得以持續。冠學先生在這樣的年代中能為《自立》副刊寫「臺語小點心」專欄，對我而言，就是最大的精神支柱。

冠學先生與我往來是文字交，當時他家中不裝電話，都以信件往來，他也不北上，我們因此不常見面，等到我第二次見到他時，已是一九八六年十一月，他以《田園之秋》榮獲吳三連文藝獎，北上領獎，當晚並接受吳三連文藝獎基金會的晚宴，我以副刊主編身分陪席，當晚他清臞如昔，但精神奕奕，吳三連獎多少代表這塊土地對於他的文學志業的肯定，而這個獎又是他願意接受的，我與他已經通信多年，話題也多。我記得席間他還笑問：「臺語專欄大概給你帶來不少困擾吧？請包涵。」他當時的笑顏，在我心中至今依然十分鮮明。

「臺語小點心」當然還是繼續供稿，到了隔年五月稿子忽然斷了，我甚急，趕忙寫信問冠學先生是否有什麼問題了？六月初收到他寫於二十九日的信，他起筆這樣說：

> 近日趕寫政治文字，臺語小點心都未寄，六月初，一定陸續寄去，不拘時間，陸續寫，最好能多寫，讓您有貯備。

原來是這樣，我寬心了不少。做為隱者，冠學先生仍然關心當時的臺灣民主發展，他本來就是剛性之人，對於政治謬論、威權遺緒，向來不假辭色，這是鮮為人知的。接著他提到我曾邀請他到鹽分地帶文藝營演講一事，則透露了他個性中的率性和隱逸特質：

87.05.29.

向陽先生：近日越多政治文字，台灣小路人都未寫，
六月初，一定很快家去，不夠的話，陪你家最
好耐多寫，讓您心中有準備。
昨日有客來，談起南鯤鯓，還想起有人約我去演
講，但想不起是誰約我。來客替我念名單，後來
念到你您，纔記起來。對不起，我竟然忘了。當
然去跟學校說一聲很好，但我拙於此道，也很懊惱。
目前我正在畫畫，畫出來出名，我是先要安靜的生活，
連婦女雜誌也稍過來找我，甚少聯絡。讀者去找你
來，你去代替我接待，這個太多聯絡了。我
們餅師，您有無看過，老餅師最好，貢獻了社會，
這時指自我的安靜生活，誰也不找我，真好！

演講的事，心有餘力不足，算了罷！

陳千武來信，頗多感慨，有的把作家當名勝古蹟來遊覽，遊覽過了，也就船過水無痕，有的為了滿足好奇心，也是船過水無痕，有的是生活苦悶，需解悶找新鮮，一旦苦悶過去了，也是船過水無痕。這一點陳千武大都是未婚女性，有的如何終身大事有著落，就船過水無痕了。有的一時熱中，熱退了，又恢復路人狀態。悲哀！只怕傷了陳千武的心，否則真想一概拒絕來往。寫了書，對陳千武，多少有點貢獻，卻換來受罪，受罪！我真後悔發表了田園之秋（但當時情況，我得吃飯非發表不可），有飯吃的話，還是身後發表好。寫了這些不相干的話，也是向您發發牢騷。

祝
編安

冠學 敬上
五廿九

一九八七年五月二十九日，陳冠學致向陽函。

> 昨日有客來，談起南鯤鯓，纔想起有人約我去演講，但想不起是誰約我。來客替我唸名單，後來唸到您，纔記起來。對不起，我竟然全忘了。當然去跟年輕人敘一敘很好，但我拙於此道，也很懊惱。目前我只求盡量再少出名，我早失去了安靜的生活，連婦女雜誌也報導我，真傷腦筋。讀者要找作者，作者似乎有義務接待，這個太傷腦筋了。我的〈製餅師〉，您有無看過，當製餅師最好，貢獻了社會，還能保持自我的安靜生活，誰也不找他，真好！
>
> 演講的事，心有餘力不足，算了罷！

鹽分地帶文藝營當時邀請冠學先生演講，主要是希望他與年輕的學員交換意見，啓發學員對臺灣文學的興趣，並了解他撰寫《田園之秋》的心路。看他的信，我有些不忍心，想就答應他吧，沒想到六月十日他又來了封信，說「既然列了名，只好硬頭皮去講了」。這樣的不忍人之心，令我肅敬。

這封信的後半段還吐露了冠學先生以《田園之秋》成名之後所受的「悶氣」，他提到「和讀者群來往」的「頗多感慨」，說有人「把作家當名勝古蹟來遊覽，遊覽過了，也就船過水無痕」的例子。信函末段說：

> 寫了書，對讀者群，多少有些供（應為貢）獻，卻換來受罪，受辱！我真後悔發

表了《田園之秋》（但當時情況，我得吃飯，非發表不可），有飯吃的話，還是身後發表好。

這或許只是冠學先生因一時「悶氣」所發的感慨吧。事實上，《田園之秋》無論在自然、農務或哲理的書寫，都臻於頂峰，已成為臺灣散文經典，生前或身後發表，均無損於其文學史地位了。

冠學先生仙逝後，我從書櫃中找出他寫來的二十多封信函，回想在編輯《自立晚報》副刊時期，他盡心提供高品質的臺語專欄，亦師亦友地以我這個後輩為文字之交的種種，而不禁太息；撫觸他真情流露、蒼勁飛舞的字跡，而更覺難捨。且以這篇蕪雜之文，敬悼冠學先生。

——二〇一一年七月

建構臺灣主體論述的史家

——葉石濤與《臺灣文學史綱》

一九八七年二月，葉石濤先生由高雄文學界出版《臺灣文學史綱》，總綰明鄭以降三百年臺灣文學的發展流脈，並且以特屬於臺灣的「自主性格」為史觀，確立了臺灣文學的主體論述。在序文中，葉石濤說：

> 臺灣歷經荷蘭、西班牙、日本的侵略和統治，它一向是「漢番雜居」的移民社會，因此，發展了異於大陸社會的生活模式和民情。特別是日本統治時代的五十年時間和光復後的四十年時期，跟在大陸完全隔離的狀態下吸收了歐美文學和日本文學的精華，逐漸有了較鮮明的自主性格。

此一主體論述，此後成為臺灣文學史論的主流，無論同意與否，在詮釋複雜多樣的臺灣文學發展歷程時，其「較鮮明的自主性格」的確無法被漠視。

第一屆南投縣駐縣作家評審會。評審委員左起向陽、林明德、葉石濤、趙天儀、彭瑞金。

事實上，葉石濤早在一九六五年十一月《文星》第九十期就發表〈臺灣的鄉土文學〉一文，吐露他希望「能夠把本省籍作家的生平、作品有系統的加以整理，寫成一部鄉土文學史」的心願；一九七七年五月，鄉土文學論戰起，他在《夏潮》第二卷第五期發表〈臺灣鄉土文學史導論〉，深刻地定義臺灣鄉土文學是以「臺灣為中心」寫出來的作品，標舉「臺灣意識」論——從一九六五而一九七七到一九八七，二十二年過去，《臺灣文學史綱》的完成付梓，不僅了卻他的心願；從「鄉土文學史」到「臺灣文學史」，也隱現了他孜孜矻矻要為臺灣文學正名的理念和實踐。

葉石濤的史綱撰述始於一九八三年，而於其後兩年撰寫完成，撰述期間曾先後以〈臺灣文學史大綱〉之題刊載於《文學界》

（十二期、十三期、十五期），序則見於《臺灣文藝》（一〇二期）。這三年，在戒嚴年代下，他是如何完成這部史論的？他當時的心境如何？並不為外界所熟知。葉石濤於史綱出版後發表的〈一個臺灣老朽作家的告白〉（《中國論壇》，三〇三期，一九八八年五月）曾如此自述寫作過程的孤苦情境：

> 請你想想看，一個年老體衰的糟老頭，獨自一個人窩在灰黯的斗室裡，搜羅資料，剪剪貼貼，然後蹣跚著一步步地走，那步履是多麼的沉重。

我與葉石濤先生認識於編輯《自立晚報》副刊時期，他是《自立》副刊的鎮版作家，小說、翻譯、散文、評論，常見於《自立》。他的字跡娟秀，寫作嚴謹，總是細小的字中規中矩地播在五百字稿紙上，看得出他下筆的謹慎態度。副刊的作業，有時難免拖遲，稿子寄來，有時無法立刻刊登，他也能體諒，而未加斥責，顯現一個元老作家對青年編輯的雍容相待。

因此，當〈臺灣文學史大綱〉刊登於《文學界》之後，準備出書之前，我便決定在副刊上刊登此一重大訊息，鼓勵讀者購買。副刊刊登書訊，通常要不是由編者撰寫簡訊，要不就是找一位評論者撰寫評文，有鑑於《臺灣文學史綱》的重要性和歷史意義，我先約請鄭炯明寫了一篇〈為《臺灣文學史綱》的出版說幾句話〉，刊於一九八六年十二月一日的副刊；接著策劃別致的訪談，對象就是葉石濤先生和陳映真先生。這時《史綱》尚未出版，我分別打電話給葉、陳兩先生約稿，並請編輯何聖芬追蹤聯繫，葉老很爽快答應了，也許他怕電話訪問說不清，親筆寄來〈有關「臺灣文學史綱」的撰寫〉一文；陳映真先生則採取電話訪問，由編輯整理之後請他過目，陳先生後來還是自己親筆寫了約三百字的文稿——就這樣，鄉土文學論戰期間並肩作戰，捍衛鄉土文學的兩大老，在一九八六年十二月有了可能是最後一次的「文字交」情誼。

葉老給《自立》副刊的文稿計一千三百字，分為（一）到（四）節，第（一）節簡述他自日治年代寫作的心路歷程，說「由於沒有留下一本翔實的臺灣文學史」，使他走了冤枉路，於是「決心在有生之年一定要完成一部臺灣文學史」，「可惜戰火和戰後的顛沛流離使我的資料毀滅」；第（二）節寫他在鄉土文學論戰後蒐集了大批文獻，又逢《文學界》決定集體撰寫《光復後臺灣文學史》，使他從同仁手中拿到珍貴資料。不過，《光復後臺灣文學史》並未成形，從一九八三年七月開始，葉老以三年時間，獨力完成了《臺灣文學史綱》。

葉老這篇自述令我感佩的地方，在第（三）節所述：

撰寫《文學史綱》中，我遇到老母幾次生病，經濟上陷入困境，又備受人家罵我「老弱文學」。風暴繼續不斷，但我仍不氣餒，只是想盡一份臺灣知識份子的責任而

有關「台灣文學史綱」的撰寫

葉石濤

(1)民國三十二年，我十八歲的時候，我所寫的兩篇日文小說，在「文藝台灣」刊出來，隨即我應聘到「文藝台灣」去當助理編輯。我一向信奉的是浪漫唯美的文學，對台灣過去的文學活動一無所知。到台北工作以後，跟許多先輩作家交往，這才曉得台灣有漫長的文學歷史。台灣文學開始於明末清初，一六六二年沈光文來台灣播種舊文學，歷經滿清二百多年以及日據時代新文學運動二十多年，已有三百而走上另門左道。我決心在有生之年一定要完成一部台灣文學史，誰即開始蒐集資料，開始研判。可惜戰火和戰後的顛沛流離使我的資料毀滅。還好，我的記憶還算不錯，我還記得大体的輪廓。

(二)從一九七○年代末期的鄉土文學論爭開始，台灣有文學的尋根運動，因而許多資料都重見天日，我也得以蒐集了大部分文獻。可以說撰寫的時期成熟了。

一九八三年春，「文學界」的同仁決定集團撰寫，光復

20×25=500

葉石濤親撰〈有關《臺灣文學史綱》的撰寫〉原稿之一。

後台灣文學史」編撰開始蒐羅文獻。特別是四十年代台灣文學的文獻，我前後陸續從可敬的同仁手中拿到珍貴的資料。

從一九八三年七月開始，我前後化了三年的時間，寫成了「台灣文學史綱」，描繪了明鄭到一九八〇年代四百年台灣文學史的輪廓。寫作時獲得鄭炯明、陳坤崙、曾貴海、彭瑞金、林瑞明、趙天儀等諸人作家的指正和幫助總算完成。預定一九八七年五月出版。

這個工作告一段落後，我們今後打算撰寫「台灣現代文學史」（一九四五—一九八七）：這要靠團集體創作

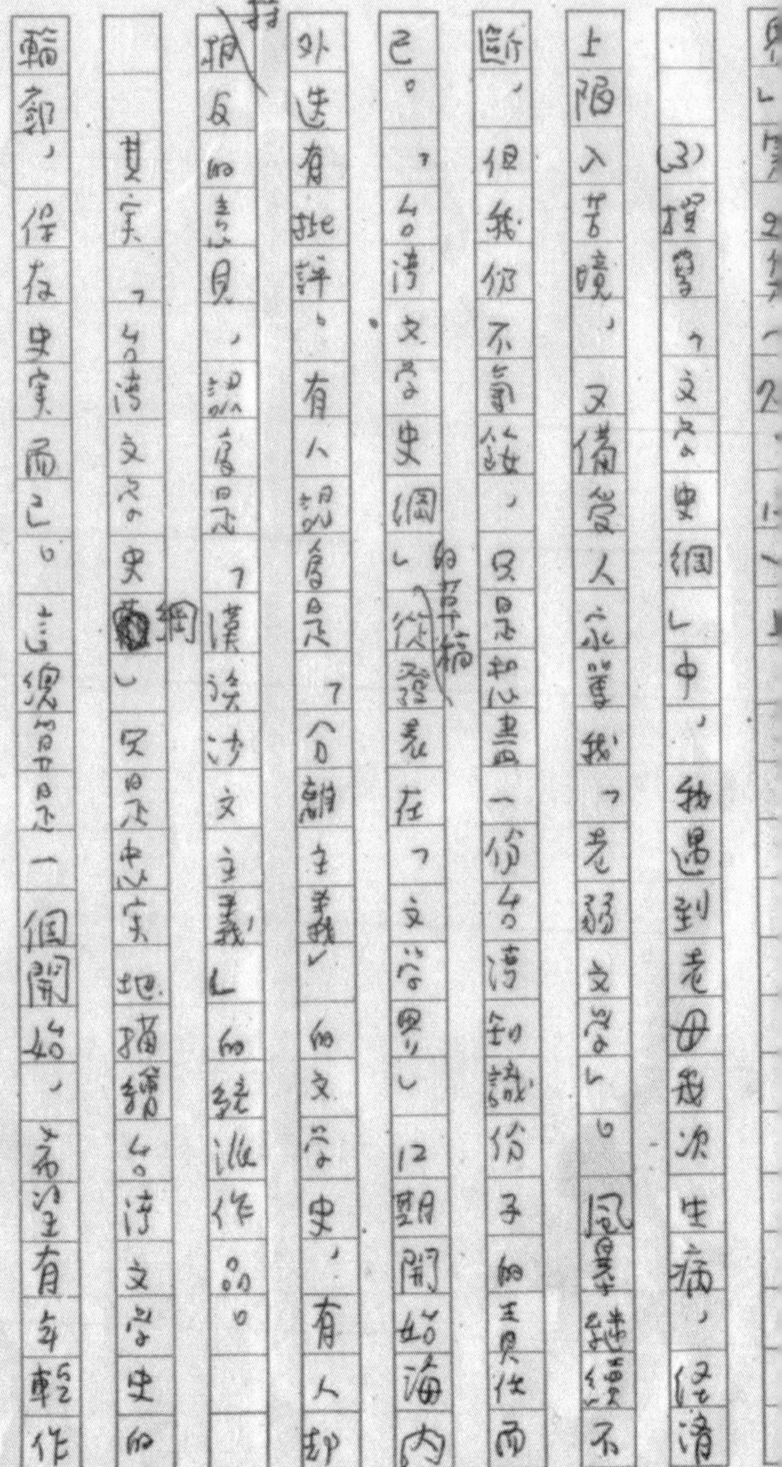
(3)撰寫「文學史綱」中，我遇到老母幾次生病，經濟上陷入苦境，又備受人家罵我「老弱文學」。風暴繼續不斷，但我們不氣餒，只是想盡一份台灣知識份子的天職而已。「台灣文學史綱」的草稿從發表在「文學界」12期開始海內外迭有批評，有人認為是「分離主義」的文學史，有人卻持相反的意見，認為是「漢族沙文主義」的統派作品。
其實「台灣文學史綱」只是忠實地描繪台灣文學史的輪廓，保存史實而已。這僅僅是一個開始，希望有年輕作

葉石濤親撰〈有關《臺灣文學史綱》的撰寫〉原稿之二。

3

家前仆後繼以新穎的觀点來完成更多本「台灣文學史」。

(4)我從事文藝工作已有四十多年，而碌碌一無所成。希望有才華的年輕作家不要貪圖一時的功利，高舉理想主義的大旗，為台灣文學未來的燦爛遠景而孜孜不倦地寫下去。並期望像李遠哲博士一樣，有一天台灣作家會得到諾貝爾文學獎，使台灣文學的歷史大放光彩。

葉石濤親撰〈有關《臺灣文學史綱》的撰寫〉原稿之三。

已。《臺灣文學史綱》的草稿從發表在《文學界》十二期開始海內外迭有批評。有人認為是「分離主義」的文學史，有人卻持相反的意見，認為是「漢族沙文主義」的統派作品。

其實《臺灣文學史綱》只是忠實地描繪臺灣文學史的輪廓，保存史實而已。這總算是一個開始，希望有年輕作家前仆後繼以新銳的觀點來完成更多本「臺灣文學史」。

對照〈一個臺灣老朽作家的告白〉，這個階段的葉老實則處在內外交迫，並遭受文壇後輩的批判（「老弱文學」一詞出自宋澤萊一九八六年一月發表於《臺灣文藝》九十八期的〈呼喚臺灣黎明的喇叭手——試介臺灣新一代小說家林雙不並檢討臺灣的老弱文學〉），卻不受打擊，勉力完成《臺灣文學史綱》。斯情斯景，即使事隔二十五年的今天，讀來仍令我動容。

這段話還顯現了「一個臺灣老朽作家」的寬弘格局，葉老寄希望於新銳作家、新銳觀點來完成「更多本」的臺灣文學史，清楚說明了他的謙虛和期待。

陳映真先生當時對於尚未出版的《史綱》也寫出了四點意見，同樣展現了前行代作家的雍容氣度，在第三點他說「文學史對創作者、批評家和讀者都是不可缺少而又富有啟發性的參考架構。如今臺灣地區的文學有史，使臺灣文學史的研究與發展有一個初步的根據，自然是一件盛事」；第四點說「我個人在臺灣文學史的若干具體問題上和葉老或有

一九八七年二月七日，自立晚報舉辦第三次「百萬小說徵文」，向陽時任《自立晚報》副刊主編，敦聘小說家、評論家葉石濤（中）、小說家陳映真（右二）、小說家李喬（右一）、小說家楊青矗（左二）、評論家施淑（左一）擔任評審委員，由葉老主持評審會議。葉老與陳映真先生在一九七七年鄉土文學論戰中並肩對抗國民黨意識形態國家機器；進入一九八〇年代之後漸行漸遠，到了十年後的一九八七年，仍能同室論劍，更屬難能——這是這張照片意義重大之所在。

不同意見，但對於他勤勉、嚴肅治學的精神，由衷敬佩，並申祝賀之意」。

我從書櫃中翻出葉老和陳映真先生寫於四分之一世紀之前的手稿，彷彿聽聞威權年代獨力完成《臺灣文學史綱》而今已經離開人世的葉老，笑談聲喟猶在；也彷彿看到鄉土文學論戰及其後創辦《人間》雜誌，在編輯檯上奮筆書寫的陳映真先生身影——曾經擁有共同的社會主義理想的兩位前輩作家，曾經惺惺相惜，卻因各自擁抱不同的民族主義而走向殊途。一九八六年十二月，葉老的手稿和陳映真先生的筆跡，疊依桌上，見證的或許是威權年代獨立知識份子的堅持及其不苟吧。

——二〇一一年八月

臺灣文壇的老園丁

——中秋夜懷楊逵

中秋夜，暖暖鄉居一片平靜，秋風習習，帶來沁涼的秋意，這是最適合懷人的時節，在書房中翻出楊逵先生寫給我的多封信件，多是一九八二年我任《自立晚報》副刊主編階段寄來的，多屬明信片，其中最特殊的是一九八二年八月二十四日他寄自桃園大溪福安資生花園的詩稿，題曰〈即興〉。這首詩寫在楊逵先生專用的「資生百花園」稿紙上，以前一日在臺南南鯤鯓廟舉辦的第四屆鹽分地帶文藝營座談會為內容，寫他對詩的喜愛，兼及對於《陽光小集》詩雜誌和我的期許。

這首詩以「限時專送」寄出，而我手上已經有前一天在座談會中楊逵先生的原稿——八月二十三日下午，鹽分地帶文藝營舉辦「現代詩的香火」的詩座談會，主要邀請笠和陽光小集詩人座談，楊逵先生和多位日治年代作家也在場聆聽。我發言時大概介紹了《陽光小集》詩雜誌的組合和發刊理念，座談會開放發言時，楊逵先生忽然舉手，說他寫了一首詩，是聽了座談會有感所寫，想請詩人桓夫（陳千武）代他朗誦。桓夫先生欣然應允，朗誦之後，立刻贏得現場百餘位老少作家、學員熱烈的掌聲。

題為〈即興〉的原稿於桓夫先生朗誦之後交給了我。因為是即席之作，原稿寫在筆記紙上，內容如下：

記得我小時候
還是蠻喜歡詩的
經常把詩當歌來唱
在曠野裡追逐
與蜻蜓蝴蝶賽跑。

但，好久好久以來
我背向了詩
因為討厭那「皇民之道」
讚美「七七」的慘酷。

即興
楊逵
記得我小時候
還是蠻喜歡詩的
經常把詩當歌來唱
在曠野裡追逐
與蜻蜓蝴蝶賽跑。
但，好久好久以來
我背向了詩
因為討厭那「皇民之道」
讚美七七的慘酷。
再來的就是陰霾裡
[illegible]的老鼠
給我失望。
幸運的
今天聽到
[illegible]的歷史
[illegible]
[illegible]
71.8.23在南鯤鯓鹽分地帶文藝營，詩座談會上，楊逵即席作品手跡。

楊逵於鹽分地帶文藝營即席手寫的詩〈即興〉原稿（未發表）。

再來的在陰溝裡就是
聽到吱吱搶食的老鼠
給我失望。

幸運的
今天聽到　陽光小集的歷史
雖然聲音雖還是很微弱
願他向陽發揚燦然的光輝

這首即席詩作，雖然匆促完成，卻充分顯現了楊逵先生的詩才，他當時已經七十七歲，整整大當時二十七歲的我五十歲，這首詩很具象地以「曠野」、「蜻蜓蝴蝶」對襯「陰溝」、「吱吱搶食的老鼠」凸顯他從愛詩到背向詩的心境；最後以陽光來表示對年輕詩刊、詩人改寫詩史的期盼，十分感人。對我來

一九八二年八月，楊逵與向陽合影於鹽分地帶文藝營。

說，更重要的是，這首詩出自我所尊敬的楊逵先生手中，流露出一個臺灣文學老園丁對後進晚輩的高度關愛。我特別在原稿後如此註記：「71. 8. 23.在南鯤鯓『鹽分地帶文藝營』詩座談會上，楊逵即席作品、手跡。」

才隔一天，八月二十四日楊逵先生限時寄來的則是修訂稿。整齊、有力的字跡咬緊稿紙不放，顯見他對這首即席作品的慎重其事。原稿已由我帶回臺北，他又如何憑記憶謄抄並改寫此詩？我立刻找出原稿，加以比對。發現此詩已由原十六行（不包括空行三行）擴寫為二十四行，最主要的擴寫，在第三段，原詩三行擴寫為七行：

我不愛聽悲歌
悲歌卻從地牢裡響起
就像老牛的嘆息
我不愛聽悲歌
周遭的陰溝裡
卻傳來一大群老鼠
吱吱叫著在搶食。

這個改動、擴寫，較原稿三行更清楚、更有力，這七行寫出了楊逵先生從日治年代開始參與社會運動，不斷因為他的實踐行動被捕、坐牢的心境；也寫出了戰後他因為二二八事件與葉陶雙雙被捕，又因在上海《大公報》發表〈和平宣言〉被送往綠島，下獄十二年的感慨。我在副刊編輯部手撫楊逵先生親書的詩稿，腦海裡浮出的是一個不被壓扁的文壇園丁的形象，這對當時才剛接編副刊兩個月的我來說，就是園丁一般堅持播種、微笑無畏的「楊逵精神」的具現，在其後的副刊編輯與新聞指揮上，都給了我相當大的啓發和助力。

此後楊逵先生與我有了更多的接觸。寫完這首詩的第四天，八月二十八日，他應聶華苓先生之邀，赴美國愛荷華大學參加國際寫作計畫；行前一天，八月二十七日我請季季以筆名「李雲林」特撰〈老園丁出國門——歡送小說家楊逵赴美〉一文，做為《自立》副刊頭條，為他送行，同時附帶刊出他寄來的〈即興〉修訂稿手跡，這大概是一個本土報紙副刊對於一個曾為臺灣民主、文化付出的前輩作家所能盡到的最高敬意了。楊逵先生回臺後，每次北上，多半會到濟南路自立晚報找我，談他的寫作、身體健康，其中他最在意的是東海花園土地問題和出版全集之事；一九八三年十一月，他榮獲第六屆吳三連文藝獎；一九八四年八月又獲第六屆鹽分地帶文藝營臺灣新文學特別推崇獎，我因身為副刊主編，多少也分享了屬於他的榮耀。

一九八五年三月十二日楊逵先生辭世，我在得知噩耗之後，打起精神開始翻譯我的日籍老師塚本照和先生的學術論文〈楊逵作品「新聞配達夫」（送報伕）的版本之謎〉，後發表於同年五月出版的《臺灣文藝》第九十四期，聊表一個後生晚輩對於他的追思。

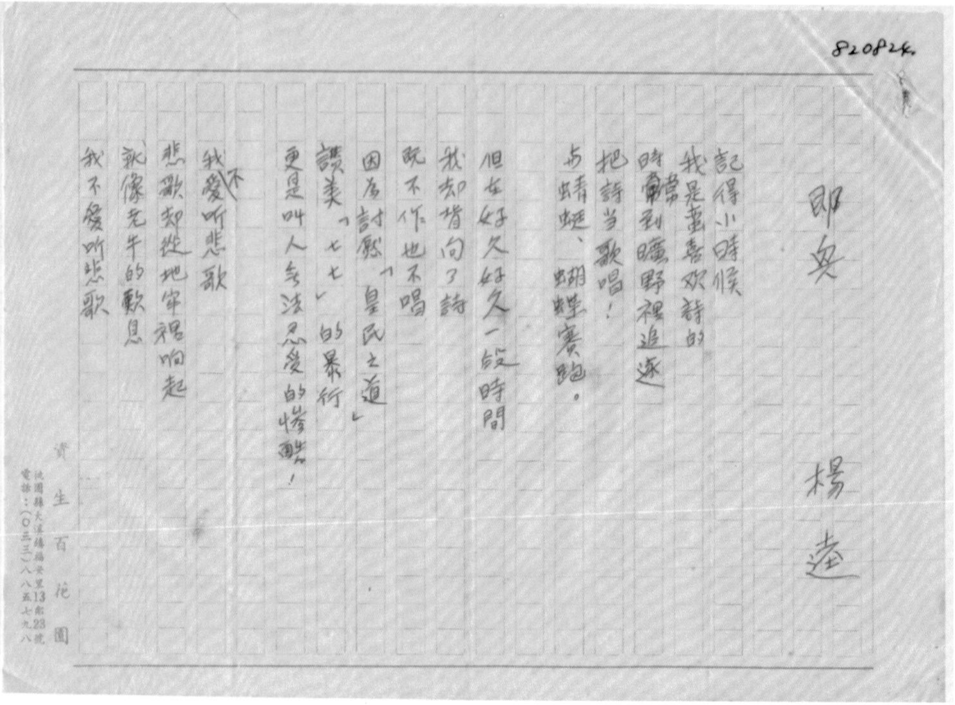

820824

即興

楊逵

記得小時候
我是蠻喜歡詩的
時常到曠野裡追逐
把詩當歌唱!
与蜻蜓、蝴蝶賽跑。
但有好久好久一段時間
我卻背向了詩
既不作也不唱
因為討厭「皇民之道」
讚美「七七」的暴行
更是叫人無法忍受的慘酷!
我不愛聽悲歌
悲歌卻從地牢裡响起
就像老牛的歎息
我不愛聽悲歌

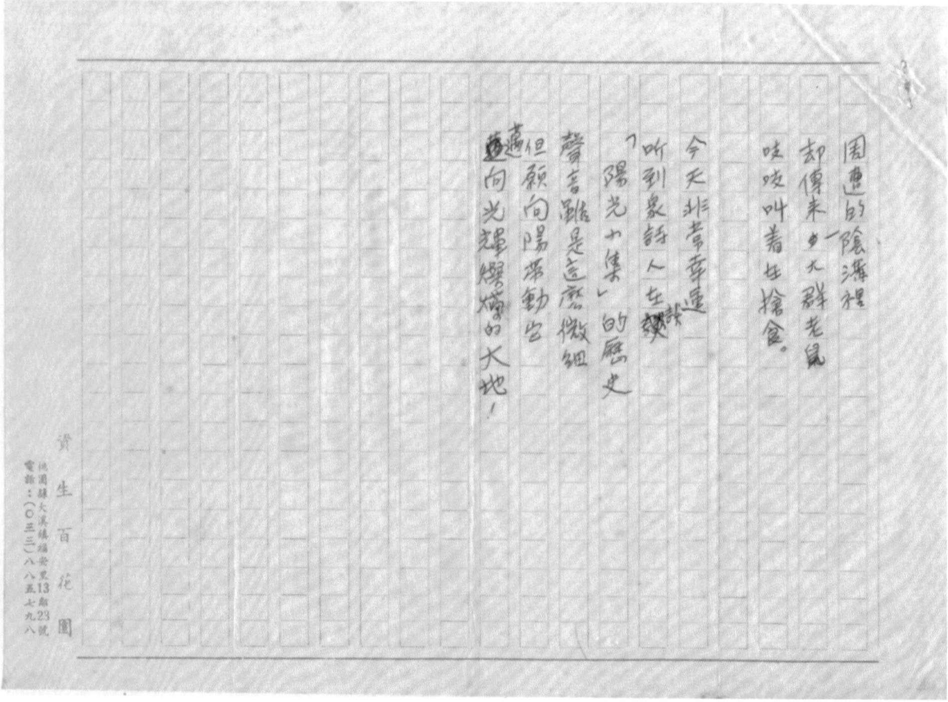

周遭的陰溝裡
卻傳來一大群老鼠
吱吱叫着在搶食。
今天非常幸運
聽到眾詩人在談
「陽光小集」的歷史
聲音雖是這麼微細
但願向陽帶動它
邁向光輝燦爛的大地!

楊逵〈即興〉修定稿。

中華民國七十一年八月二十七日　自立晚報

文化快門⑦

老園丁出國門

歡送小說家楊逵赴美

李雲林

一、今年秋天

二、今年春天

三、明年春天

《自立》副刊「歡送楊逵」專輯，撰寫者李雲林即小說家季季。

楊逵先生對於〈送報伕〉版本的更動，原因複雜多端，塚本老師以治學嚴謹著稱，他逐字比對，我逐字翻譯，而楊逵先生去矣。在翻譯過程中，我心頭不斷浮出的，是他的〈即興〉詩，在兩天之間就有兩個版本，這或許也和他對作品的完成有著更高的自我期許有關吧。

我在編輯《自立》副刊階段最後一次為楊逵先生做的是刊出他寫於一九五七年至一九六〇年之間的《綠島家書》。這些家書是在他辭世後一年回到家人手中，並由他的哲嗣楊建先生整理，於一九八六年十月十八日在《自立》副刊推出連載。我還記得楊翠和魏貽君將《綠島家書》的筆記本交我時，手中的沉重感，畢竟這是楊逵先生繫獄期間寫給家人、而又絕大部分未能寄出的信稿；子孫拿到時，楊逵先生已辭世。信中一個政治犯父親對子女的關愛，居然要等到他離開人世後才被讀到，這能不說是人間憾事嗎？我一頁一頁影印，一張一張閱讀，更加體會楊逵先生在綠島受刑期間的思想、憂煩，及其充滿陽光的胸襟與温熱的愛。《綠島家書》至同年十二月二十四日全文刊完，這時我已轉任《自立晚報》總編輯。次年二月，晨星出版社推出此書，我寫的序就用〈陽光一樣的熱〉為題，在文末我這樣說：「連死後也都發出陽光一樣的熱，來温暖仍得不斷前進的人。楊逵先生，您可以無憾矣。」

展讀〈即興〉詩的兩個稿本，想到以「園丁」自許的楊逵先生，在日治時期，一九三四年擔任過《臺灣文藝》編委；一九三五年十一月創辦《臺灣新文學》，直到遭停刊處置前，都是臺灣文壇的園丁；一九三七年租地闢「首陽農園」，成為實質的園丁；一九四五年，將首陽農園更名為「一陽農場」，發行《一陽週報》，是既揮鐵鍬又拿筆桿的園丁；一九四六年，進入「臺灣評論社」，並擔任《和平日報》新文學版編輯，參與文化傳播，做的也是園丁的工作，一如他在一九七〇年代復出文壇後寫的〈一塊磚〉中所說：

因為我喜歡墾荒、播種、灌溉、施肥、除害蟲，而期望能夠創造一個桃源鄉——可以自娛，可以娛人的美好境界。

拿筆桿是為此，揮動鐵鍬也不例外。

中秋夜，在秋涼如水的暖暖，追懷這位臺灣文壇的老園丁，想到與他結緣，剛好就在我任《自立》副刊主編的階段——一九八二年八月楊逵先生寫下〈即興〉詩時，我接副刊主編不久；一九八六年十二月刊完《綠島家書》之際，我也剛離開主編崗位不久。這樣的緣遇，儼然園丁相遇，又是何等奇妙啊。

——二〇一一年九月

哀傷之禽鳥
——商禽詩〈木棉花〉的原始版本

去年六月二十七日，詩人商禽因肺炎合併急性呼吸衰竭病逝於臺北，享年八十，我在他的愛女珊珊為他建置的臉書「商禽」中，剪裁他的詩句表達我的追思：

一片葉子，垂向水面
去接那些星
餘下天河的斜度
在空空的杯盞裡

七月九日是公祭日，當天凌晨，想及我與商禽先生曾有過的一段短暫共事時光，幾不能寐，於是寫了一篇追念他的的小文，直到清晨四點方才寫完。在這篇小文中，我除了追思一九八〇至一九八二兩年之間與商禽先生在《時報周刊》共事的點滴，也提及他當時應我之邀提供給《陽光小集》的詩稿〈某日某巷弔舊寓〉，這首詩我們特別以手跡重現的方式刊出，見於一九八一年三月出版的《陽光小集》第五期。商禽先生的字跡清晰，筆法圓潤，有著被歲月琢磨過的滄桑感。這首詩寫舊寓已被怪手「踞坐」，等待改建的景況，末段結以「牆角處／有個破了的藥罐子／裝的仍是／老房東的咳嗽」，更覺蒼涼。商禽先生弔的是舊寓，當晚我讀來一如弔故人。「淡墨的夜色」、「比老天還要白」的酷寒、「老房東的咳嗽」，豈不也是商禽先生一生的寫照嗎？

本名羅顯烆的商禽先生，一九三〇年生於四川珙縣，十五歲那年秋天從軍，開始他流離、逃亡的生涯，一九四八年脫離原部隊，在被拉伕與脫逃之中流浪於中國西南諸省，在雲南、貴州山區曾蒐集過一些民謠，並開始嘗試新詩創作；一九五〇年他隨陸軍部隊來臺，三年後開始以「羅馬」筆名在《現代詩》發表詩作，其後參加紀弦發起的現代

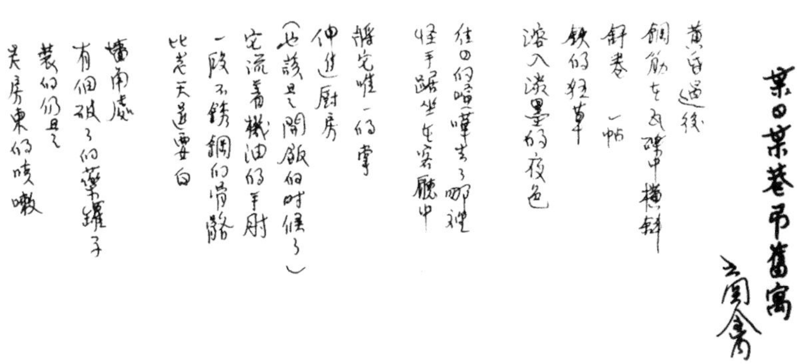

商禽詩〈某日某巷弔舊寓〉以手跡刊於《陽光小集》。

派，成為備受現代詩壇矚目的詩人，並以〈長頸鹿〉等散文詩作建立他的獨特風格，他的第一本詩集《夢或者黎明》（一九六九）就是這個階段的結晶。一九六八年，他以陸軍上士的軍職退伍，開始工作極不穩定、生活極為困苦的人生旅程，他做過出版社編輯、高雄碼頭船艙工，也曾跑單幫，任某國中書記、在永和賣牛肉麵……，直到一九八〇年到《時報周刊》擔任編輯之後，他的生活才告穩定。從現實人生的角度看，商禽先生的生涯可說是流離失所、遍嘗冷暖，在軍旅和社會中都長期位在邊陲、牆角，這使他的生命，連同他的詩，都潛存著哀傷的調子，淡漠、枯澀，而又逃離、反叛，一如扭曲、橫逸斜出的草書。他的筆名「商禽」，似乎喻有「哀傷之禽鳥」的隱義，做為一莫可如何的調侃，對流離人生、對主流社會、對詩。

我與商禽先生共事的兩年，在《時報周刊》意氣風發、獨佔臺灣雜誌界鰲頭的年代。當時他五十歲，我二十五歲；他是我年少即景慕的大詩人，我是剛出道不久的青年寫詩者；我們的認識源於詩，相處則因為編輯工作。在他的引荐下，我得以進入《時報周刊》；也在他的指導下，我得以琢磨編輯經驗。我們一壯一少，相對而坐，每天下午上班，晚上下班，逢週二晚，更是必須熬夜為次日出刊的雜誌拚搏，往往到黎明時刻方能離開大理街中國時報的印刷廠，拖著疲憊各自返家。這對商禽先生其實耗費心神和精力，穩定的收入改善了他的生活，緊張的工作卻壓抑了他的詩神。我常在審稿下標之餘，抬頭見他打盹、忘神。他委屈矯健、叛逆的詩筆，為社會事件、影劇八卦、各色各樣的報導改稿、校稿、下活潑動人、吸引讀者的標題；他以詩壇重鎮，為年輕而筆嫩的記者潤飾稿件，也常必須枯等筆慢的記者遲交的稿件，而緊急調度版面、協調工廠檢字工人、聯絡打字房，低聲下氣、協調磕頭，為順利、及時出刊而緊張、皺眉、搖頭、咳嗽。當時年輕的我，只能協助他分擔部分工作，而無以分攤他的勞碌，更覺不忍。我只能以向他邀約詩稿，試圖激起他重返詩神的殿堂，〈某日某巷弔舊寓〉這首名作，就是他在我多次邀約下交給我的。

其後我轉到自立晚報擔任副刊主編，依然經常電話或當面向商禽先生約稿，但《時報周刊》的工作負擔的確太重了，他雖然應允，卻未見作品。一九八七年八月二十日，我忽接他寄來詩稿〈溫水烏龍〉，稿後附筆說：

向陽：

一直沒有給你作品很不好意思，最近寫詩稍多，以後便不致怕和你見面了。

這首詩已在敦煌（畫廊）展出，覺得很合《自立》，但，仍由你決定，不用便退！

愚兄商禽草上

我接到詩稿，欣喜十分，立即發排，正準備編版之際，又接他的來信，信上說，〈溫水烏龍〉已被聯副從展覽會中抄去發表了，所以另寄〈木棉花／悼陳文成〉一首；也問詢我們到過愛荷華的詩人的《愛荷華詩選》編選進度。關於後者，原是籌組「愛荷華大學國際寫

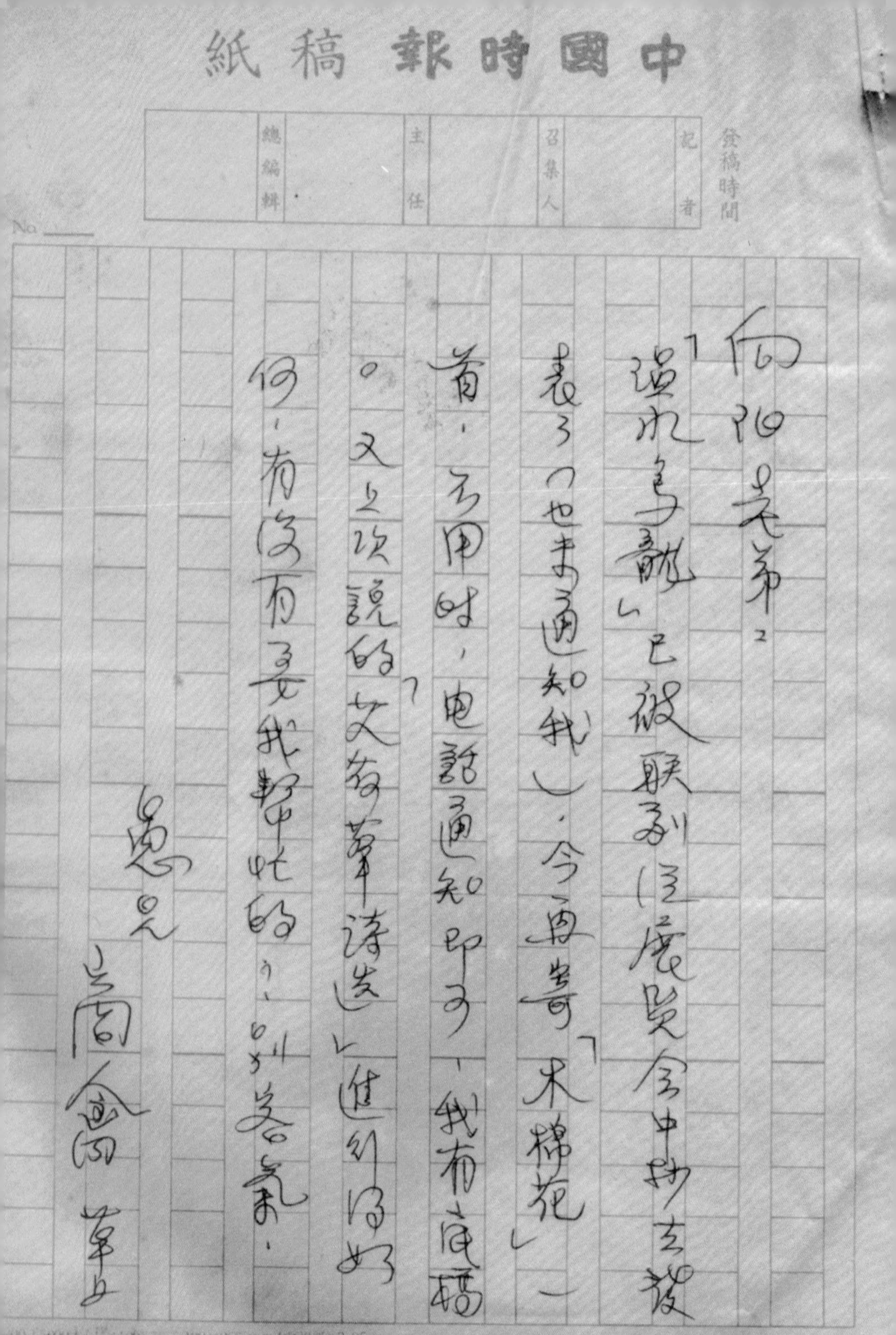

中國時報稿紙

向陽老弟：

「遠水与龍」已被聯副從展覽會中挑去發表了（也未通知我）。今再寄「木棉花」一首，不用時，電話通知即可，我有底稿。又上次說的「女[illegible]詩選」進行得如何，有沒有要我幫忙的？別客氣。

急兄

商禽 草上

一九八七年八月末，商禽致向陽信函。

作計畫在臺作家聯誼會」（一九八八年成立）之前的構想，其後不了了之。倒是我接到商禽先生替換的這首詩，以一九八一年「陳文成事件」為題材，寫出他的哀傷，備覺震撼。

陳文成事件於美麗島事件之後發生，時在美教書的陳文成博士回臺省親，因為曾捐款給《美麗島雜誌》遭警備總部約談，約談次日（一九八一年七月三日）被發現陳屍臺大研究生圖書館旁空地，引起各界譁然以及國際社會的重視，警總認為陳「畏罪自殺」，但不為社會接受。此一事件和美麗島事件之後發生的「林（義雄）宅血案」一樣，迄今均仍為懸案。商禽先生以此一事件為題材寫詩，投寄到被視為「黨外報紙」的《自立》，應該有他的用意吧？

這首〈木棉花／悼陳文成〉的詩如下：

杜鵑花已然謝盡。滿身楞刺和傳鐘一樣
高的木棉，正在暗夜裡開。說有風吹嗎
又未嘗看見草動，橫斜戳天的枝頭跌下
一朵，它不慢慢飄落，它帶著重量，吧
嗒一聲猛然著地！說不定是個墜樓人。

詩以羅斯福路上的行道樹「木棉花」為符徵，表面意涵扣緊臺大周邊春後盛開的木棉花，而著重於木棉開花之後，結出碩果，又復墜落於地，如人墜樓的境況——這首詩若不加副題「悼陳文成」，恐怕會被當成傷春之詩也說不定。副題一加，這首詩之悼，因而就凝定在對於陳文成博士離奇墜樓死亡的言說之中。「滿身楞刺」既寫木棉之實，也喻陳文成之楞梗如刺；「傅鐘」既是臺大的象徵，也隱涵言論自由之喻。情境和語境兩相交疊，從而付託了詩人對於陳文成事件的言說，「滿身楞刺和傅鐘一樣／高的木棉，正在暗夜裡開。」符旨因此浮出；枝頭跌下的木棉「它不慢慢飄落，它帶著重量，吧／嗒一聲猛然著地！」既寫陳文成事件對社會的衝擊，又喻其對臺灣民主與言論自由的「帶著重量」。此詩可以見出，做為一個向來被視為「超現實主義詩人」的商禽先生對於現實政治的高度關注，以及對於「滿身楞刺和傅鐘一樣／高的木棉」的陳文成博士的傷悼。

商禽先生寄此詩與我時，是一九八七年八月末，政府剛解除戒嚴（一九八七年七月十五日）不久，我讀此詩，在剛解嚴的歡欣中，浮出的是震撼，也看到其中隱藏著商禽先生寫作此詩時對於陳文成博士之死的哀傷。那大約是走過戒嚴年代的人無分省籍的集體哀傷，出於曾在行伍和社會邊緣掙扎的商禽先生筆下，更感沉重。

一九八八年商禽先生由漢光文化出版的詩集《用腳思想》收入了此詩，排在〈電鎖〉、〈月光／悼某人〉、〈音速／悼王迎先〉之後，「黑暗」、「淹死」、「淒楚」、「為之呼痛」等語詞貫串了這四首詩作，似可見出他編選作品時的心情。不過，詩集中的〈木棉花／悼陳文成〉（印刻版《商禽詩全集》沿用）與原稿之間，有了較大幅度的改動，並且加註了寫作時地「一九八五年臺北」：

杜鵑花都已經悄無聲息的謝盡了，滿身楞刺、和傅鐘等高的木棉，正在暗夜裡盛開。說是有風吹嗎又未曾見草動，橫斜戳天的枝頭竟然跌下一朵，它不飄零，它帶著重量猛然著地，吧嗒一聲幾乎要令聞者為之呼痛！說不定是個墜樓人

除了行數由初稿五行增為六行之外，較大的更動是第一行「杜鵑花已然謝盡」易為「杜鵑花都已經悄無聲息的謝盡了」，以及初稿第四到五兩行「它不慢慢飄落，它帶著重量，吧／嗒一聲猛然著地！」易為書版第三到五行「它不飄零／，它帶著重量猛然著地，吧嗒一聲幾乎／要令聞者為之呼痛！」這兩種版本之間，相隔一年，以詩學角度看，初稿優於改定稿；以言說角度看，改定稿的情境強於初稿。更動易變之時，詩人有何想法、用意？為何如此更易？如今商禽先生已去年餘，哀傷也還給天地了，我從書房中翻出的初稿，就留予後來者校勘比對吧。

——二〇一一年十月

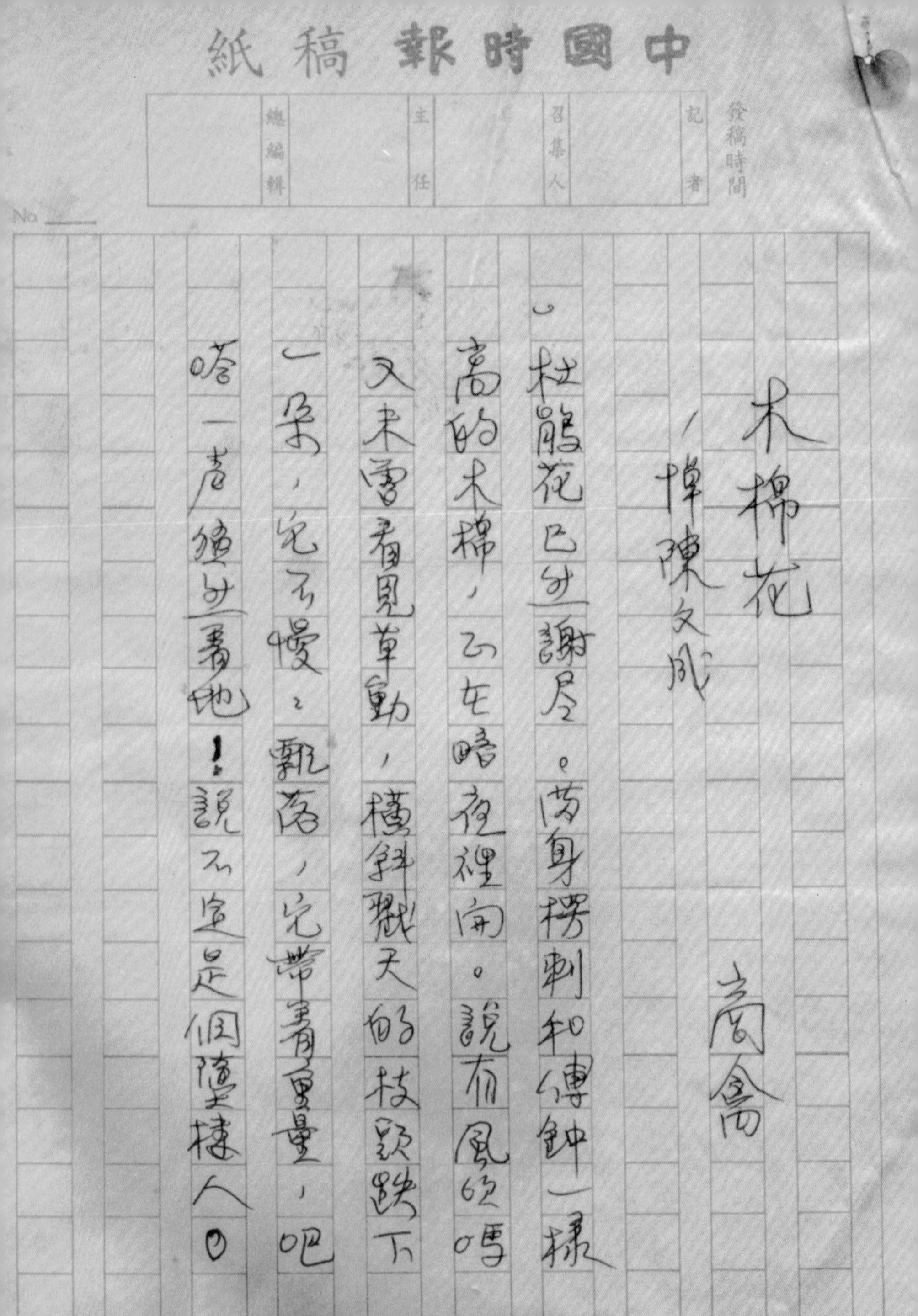

中國時報稿紙

發稿時間　記者　召集人　主任　總編輯

No.

木棉花
／悼陳文成

商禽

「杜鵑花已然謝盡。而身榜刺和傳鐘一樣
高的木棉，正在暗夜裡開。說有風的嗎
又未曾看見草動，橫斜戳天的枝頭跌下
一朵，它不慢慢飄落，它帶着重量，吧
嗒一聲猛然着地！說不定是個墮樓人②

商禽鈔於一九八七年的詩稿〈木棉花／悼陳文成〉，與其後收入詩集的版本多有不同。此稿為漢光文化版《用腳思想》、印刻版《商禽詩全集》所未收。

在文學、歷史與政治的交叉口

——陳芳明的「陳嘉農」年代

文學史家陳芳明剛推出他前後寫了十二年的《臺灣新文學史》，這本厚達八百三十一頁的文學史著，在二十一世紀進入第二個十年之後誕生，具有相當重大的意義。異於一九八七年葉石濤先生的《臺灣文學史綱》，陳著展現了臺灣戰後代文學史家全新的理論格局，在掌握更多出土史料、研究文獻的優勢下，以流利暢順的文筆，建構了一部立基於後殖民史觀的文學史著。如果說，葉著表徵的是臺灣戰前出生的跨語言年代作家，以反殖民、反封建的社會寫實主義主軸觀照出的文學史論；則陳芳明的新著，顯然表現出戰後世代史家不一樣的詮釋觀點，轉而以後殖民兼容並蓄的視野，正視了日治以降現代主義書寫的歷史位置，並且試圖加以反撥，來展演臺灣文學的多樣性和豐富性。

陳芳明的這部文學史才剛出版，預料應會引發相關臺灣新文學史的對話與討論。文學史從來不可能是客觀的真實，而是史家根據一定的史觀，在已出土的眾多史料中，根據當代主流論點，加以編織、連綴，進而再現的結果。任何史著，要獲得不同史觀、流派、立場與世代的論者同聲肯定，自無可能；若能引發討論，則有匯聚衆見之功。陳芳明以一人之力，十二年光陰，皓首窮經於史著，不眠不休，其精神、毅力，以及認真梳理複雜的臺灣新文學史的努力，允應受到肯定。

由於新書發表會適逢上課時間，我無法前往會場，只能上網向博客來網路書店訂閱精裝簽名本。三天後，厚重的《臺灣新文學史》寄達，扉頁上題簽「陳芳明」三字，字跡厚重、流利，一如本人。陳芳明的字跡是我熟悉的字跡，從一九八五年至今，在曾有過的一段書、信、稿相與往返的歲月裡；陳芳明的人也是我熟悉的人，從戒嚴年代到解嚴後他回臺擔任民進黨文宣部主任，以至接受鄭邦鎮教授之邀，同在靜宜大學中文系任教的階段——轉眼二十六年過去了。

陳芳明見識過臺灣民主運動中最詭譎的波濤，曾投身到海外臺灣人運動的洪流之中，美麗島事件後，他任美國《美麗島週報》總編、《臺灣文化》總編，並以其健筆，使用不同筆名（施敏輝、宋冬陽、陳嘉農），在海外刊物、黨外刊物以及《自立晚報》等臺灣民營報副刊發表作品。一九八〇年代的他，寫反對國民黨威權統治的政治評論、臺灣文化論評，也發表散文和詩，並從事其後出版的《謝雪紅評傳》的學術研究，受到當時關心臺灣民主發展的知識青年所景慕。但也因此使他成為「黑名單」，延誤了在西雅圖華盛頓大學的博士課程。他出入文學、歷史與政治的交叉路口，內心的孤獨、苦痛和折磨，都可以在他的文學書寫中得見。

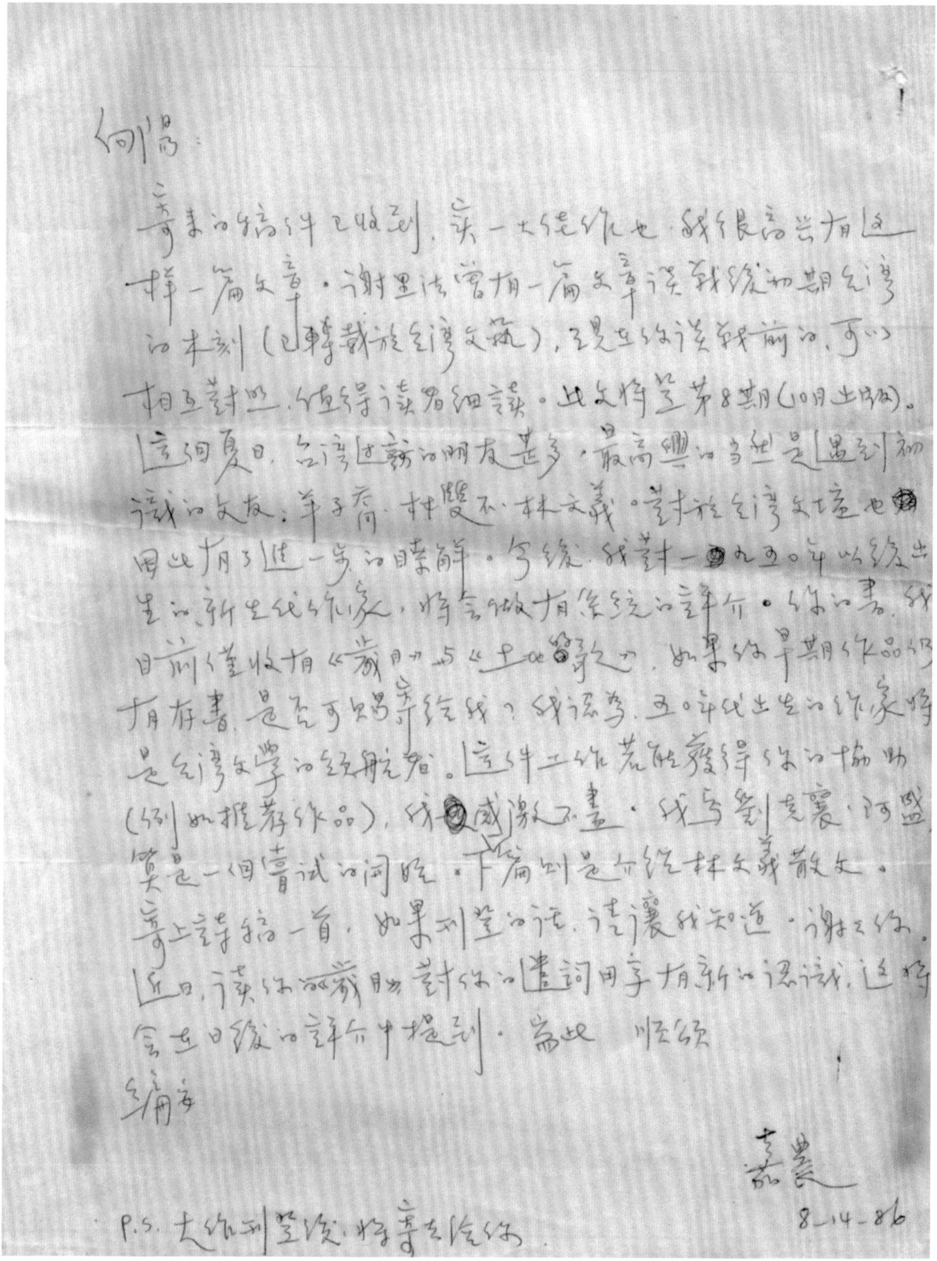
向陽：

寄來的稿件已收到，是一大傑作也。我很高興有這樣一篇文章。謝里法曾有一篇文章談戰後初期台灣的木刻（已轉載於台灣文藝），現在你談戰前的，可以相互對照，值得讀者細讀。此文將登第8期（10月出版）。

這個夏日，台灣過訪的朋友甚多，最高興的當然是遇到初識的文友，羊子喬、林雙不、林文義。對於台灣文壇也因此有了進一步的瞭解。今後，我對一九五〇年以後出生的新生代作家，將會做有系統的評介。你的書，我目前僅收有《歲月》與《土地的歌》，如果你早期作品仍有存書，是否可以贈寄給我？我認為，五〇年代出生的作家將是台灣文學的領航者。這件工作若能獲得你的協助（例如推薦作品），我感激不盡。我寫劉克襄、阿盛，算是一個嘗試的開始。下篇則是介紹林文義散文。

寄上詩稿一首，如果刊登的話，請讓我知道。謝謝你。

近日，讀你的《歲月》，對你的遣詞用字有新的認識，這將會在日後的評介中提到。為此　順頌

編安

嘉農

8-14-86

P.S. 大作刊登後，將寄去給你。

一九八六年八月陳芳明署名「嘉農」給向陽的信，寫他對一九五〇年代出生作家的深厚期許。

我與他的初識，就在他的這段金黃而又苦澀的時期。一九八五年秋，我與小說家楊青矗赴美參加愛荷華大學國際寫作計畫，十二月回臺，過西雅圖，就住在他位於森林中的租宅。記得當時他為剛出獄不久的楊青矗和我在華盛頓大學辦了一場演講，帶我到詩人學者楊牧的研究室拜會。在他家中，我們暢談臺灣前途、文學與社會，不覺夜晏；我也深刻記得，次日清晨他開車載我們赴機場搭機回臺的畫面：黑名單的陳芳明開車，載著政治犯小說家楊青矗和還年輕的我，在淒其雨霧中，沿著高速公路行進，開車的人望著前方，前方是回不去的太平洋彼岸的家鄉……

回臺之後，我與陳芳明有了聯繫，請他為《自立晚報》副刊寫稿，他寄來的大抵都是詩或散文，來一篇登一篇，等我將報紙副刊寄予他之後，他再供稿過來。在副刊上，他使用筆名「陳嘉農」，給我的信上署名是「嘉農」。這是因為郵檢（通信檢查）的關係，使用不同於「陳芳明」的筆名，信稿較不會被警總查扣沒收——這當然是片面、單純、愚騃的想法，檢查從美國寄出、寄到自立的郵檢人員不會那麼笨吧。

手邊的這封信、稿，是一九八六年八月十四日陳芳明所寄。在這封信上，他先告知我「寄來的稿件已收到」。因之前我寄了一篇介紹立石鐵臣及其「臺灣民俗圖繪」的文章給他主編的《臺灣文化》。他只告訴我將刊登，而隱諱了《臺灣文化》刊物名，意在保護我（這是那個年代海外與臺灣內部通信的「文化」）。接著寫道：

這個夏日，臺灣過訪的朋友甚多，最高興的當然是遇到初識的文友：羊子喬、林雙不、林文義。對於臺灣文壇也因此有了進一步的瞭解。今後，我對一九五〇年以後出生的新生代作家，將會做有系統的評介。……我認為，五〇年代出生的作家將是臺灣文學的領航者。

在《臺灣新文學史》已出的此刻，回看這段話，可說陳芳明早在一九八〇年代就展開新文學史的準備功課了。雖然不一定有著史的念頭，他在一九五〇年代作家仍被稱為「新生代作家」的時期，就已經敏銳地看出了這一批作家的潛力。信中提到的劉克襄、阿盛、林文義，莫不如是。

令我感動的，是他隨信寄來的詩稿〈攜我還鄉——為永興、琰玉返臺而作〉，副題「永興、琰玉」是醫師作家陳永興伉儷，當時陳永興接辦《臺灣文藝》，赴美向臺灣人同鄉勸募經費，獲得僑界極大迴響與捐輸，而使《臺灣文藝》得以重生。這首詩寫出了「黑名單」的陳芳明，以及與他一樣無法「回到夢寐依稀的土壤」的海外臺灣人共同的心聲：

縱然僅剩下一把骨灰
請你勿忘為我攜歸
這顆不碎的心也願同你回航

一九八八年七月十日，臺灣筆會作家於臺北YMCA歡迎由美國回臺的語言學家鄭良偉（坐者左起三）、美術評論家謝里法（坐者左起五）與當時以政論聞名的陳芳明（坐者左起六）。

回到夢寐依稀的土壤

遠逝的時光已然難追
這場流浪我永不後悔
不知道來生是否如此倉惶
只祈禱，祈禱我的島嶼無恙

多少豪情都在江湖凋萎
不死的是我的壯志依然飛揚
在故鄉的青山，在故鄉的流水

不要留我在寒冷的異鄉
為我尋回一塊土地可以依偎
也可以歌，可以泣，可以埋葬

這首十四行詩，寫於當年五月四日，整首詩有著甘為臺灣流浪、期望終有建立

攜我還鄉　　陳嘉農

——為永興、琰玉返臺而作

縱然僅剩下一把骨灰
請你勿忘為我攜歸
這顆不碎的心也願同你回航
回到夢寐依歸的土壤

遠逝的時光已然難追
這場流浪我永不後悔
不知道來生是否如此倉惶
只祈禱，祈禱我的島嶼無恙

多少豪情都在江湖凋萎
不死的是我的壯志依然飛揚
在故鄉的青山，在故鄉的流水

不要留我在寒冷的異鄉
為我尋回一塊土地可以依偎
也可以歌，可以泣，可以埋葬

——一九八六年五月四日

陳嘉農詩作〈攜我還鄉——為永興、琰玉返臺而作〉，愛臺深情，誠摯動人。

可以埋葬之地的臺灣的豪情，但主調是悲傷的，傳達了一個流亡海外的革命者心境。當年我接此詩，發排之際，有泫然之感；即令今日讀來，仍為當年三十九歲的芳明兄的愛臺深情動容。

書桌上，陳芳明的《臺灣新文學史》嶄然新出、巍然直立；陳嘉農的信箋、詩稿則紙痕泛黃、墨漬漸褪。在文學、歷史與政治的交叉口，我重讀陳芳明的「陳嘉農」年代，寫下這些，用記歷史長廊中至今仍難忘卻的美麗時光。

——二〇一一年十一月

咏唱臺灣庶民心聲的歌者
——王禎和及其〈人生歌王〉

一九八六年十二月二日，《自立晚報》副刊刊出了王禎和的〈人生歌王〉電影劇本，在當天副刊的版面上，圍繞在這篇作品周邊的，是連載中的米蘭．昆德拉的〈笑忘書〉（呂嘉行譯）、楊逵沉埋二十年的〈綠島家書〉以及詩人吳晟的散文〈堤岸〉——坐在副刊編輯檯前，我展開剛印好的副刊，重新閱讀王禎和這篇少見的電影劇本，看他勾描「臺語歌王林小田」的人生，特別是劇本中貼近庶民口吻的臺語，而感覺到做為一個副刊編輯的喜悅。

在那個兩報副刊（《聯合》副刊、人間副刊）為中心的年代，文壇名家的稿件是其他報紙副刊不敢妄想的，何況是當時還只是小報的《自立》副刊？我從一九八二年六月底接編《自立》副刊開始，就面對著聯副和人間兩副刊的壓力，想要衝出重圍，走出一條屬於《自立》副刊的路。經過幾年的摸索，逐漸能夠以「本土、生活、現實」的特色在兩報副刊之外另立一幟——《自立》副刊對於臺灣本土文學、民俗、語言、歷史和文化的強調，

自立晚報

中華民國七十五年十二月二日 星期二

電影篇

人生歌王

■王禎和

圖/王平

一九八六年十二月二日，《自立》副刊以顯著版面登出〈人生歌王〉電影篇。

逐漸也受到讀者的喜愛和文壇的注目。

儘管如此，格於報社經濟條件不佳、稿費不高，報份也難以匹敵兩報、銷路有限，要邀約名家作品仍然難如登天。我在努力於形塑《自立》副刊的「臺灣味」的同時，也勤於寫信邀稿、主動企畫專題，通過這樣的努力，漸漸地獲得了部分名家的賜稿，而使得《自立》副刊能在兩報副刊之外，顯現不一樣的風貌。

我與王禎和先生的認識，是在約稿因緣下產生的。一九八二年四月，尚未接編《自立》副刊之前，我應《臺灣日報》副刊主編陳篤弘兄之請，為該刊策劃「每日精品」（六百字小品）專欄，第一批約稿名單，王禎和先生也在內，他當時寄給我〈從《大西洋城》談起〉的短文，以路易．馬盧導演的電影闡證一個社會崇尚金權、視成功為道德的可怕。我收到稿子之後立刻寫信向他道謝，沒想到第二天就收他來信，要修改原稿兩個地方，我立刻作了修正；第三天，我又收到他的限時信，寄來同一篇稿子，重行謄寫，右上註明「定稿」，此外還附了一封信，請我以定稿為準。短短六百字的小品，王禎和先生前後三易其稿，二度謄抄。這種對文字高度的敬重態度、書寫精神，使我相當敬佩。當時的王禎和先生，已經罹患鼻咽癌，我回電話向他致謝，他還以極微弱的語氣連聲說「万謝」，那聲音我至今仍然鮮明記得。

我到《自立》副刊之後，繼續向王禎和先生約稿，但這時他的病況已加重，我也不敢强求。有一天，忽然接到他寄來一篇稿子〈驕傲不得〉，寫的是某藝人使用「我好驕傲」

以示「I am proud of...」的不妥。收到後不久，又接到他寄來「千萬拜託」的改正稿，再一次顯現了他對文字的千斟萬酌。我在這樣的改正過程中，更加能體會做為一個傑出的小說家，他如何看待作品，也可體會他對小說中的文字、語言抱持的態度。

一九八四年十月，王禎和先生寫了一封謙稱為「推銷」的信，說他「近讀蘇菲亞羅蘭傳，很受感動，是一部相當坦誠生動的傳記，很想將之譯為中文」，問我有無興趣。我當然有興趣，名家名譯，對《自立》副刊而言是求之不得、無上光榮的事。我立即請他動手翻譯。一個月後，我收到他的信，一開頭就是「非常抱歉」，他告訴我，正開始寫新的小說了，「這幾天為了譯，也為了寫，而弄得什麼都做不出來。實在對不起」。我認為小說才是他的生命，因此立刻打電話給他，請他不要放在心上，《自立》副刊願意等待他的任何作品。

兩年後，我收到他寫於一九八六年十一月十日的信：

> 以前曾答應翻譯「蘇菲亞羅蘭傳」給你，因為他事牽絆，一直沒有踐約，實在抱歉。為了彌此歉咎（應為疚），今寄上〈人生歌王〉電影篇（電影腳本，經整理過，可讀性較高，也比一般劇本易讀），看是否適合《自立》副刊。如果不合適，請不要客氣，就寄還與我。
>
> 〈人生歌王〉電影篇，大約三萬字左右。你看看，有什麼要修改的？

拿著這封信，撫觸〈人生歌王〉的原稿，我欣喜若狂，我終於等到了王禎和先生的創作。從一九八二到一九八六，四年的等待，終於能夠拿到他的最新作品，這對一個副刊主編來說，就是作家的榮寵了。

我閱讀王禎和先生寄來的原稿，這幾乎就是小說家的臺語文學作品了。除了場景交代之外，整部〈人生歌王〉的對話，都完全使用生動活潑的庶民臺語。一如他對中文用語的斟酌，在臺語用語尚處於摸索階段的一九八〇年代，他已然敏感地找到了臺語的神髓，在這劇本中有這一段父子對話：

小田：好。

父親（笑著指著小田）：好？虎（好虎，臺語同音）踮在深山裡啦！好！一日到晚抱歌仔簿唸歌，賺錢？和尚來找蝨母！

諧音和俗語的交雜運用，在這電影劇本中俯拾皆是，臺語的雅正、庶民文化的活潑，通過王禎和先生的筆下，傳神地滲透了〈人生歌王〉的紙頁。此際的他還在臺灣電視公司上班，和另一位小說家舒凡是同事，當時舒凡擔任《電視周刊》主編，王禎和為該刊撰寫「走訪追尋錄」專欄，曾邀訪演員阿匹婆、臺語片導演辛奇、布袋戲製作人黃俊雄、製作人葉明龍、歌仔戲導演陳聰明、演員葉青等進行訪談。此一過程，使他鍛鍊了臺語使用的

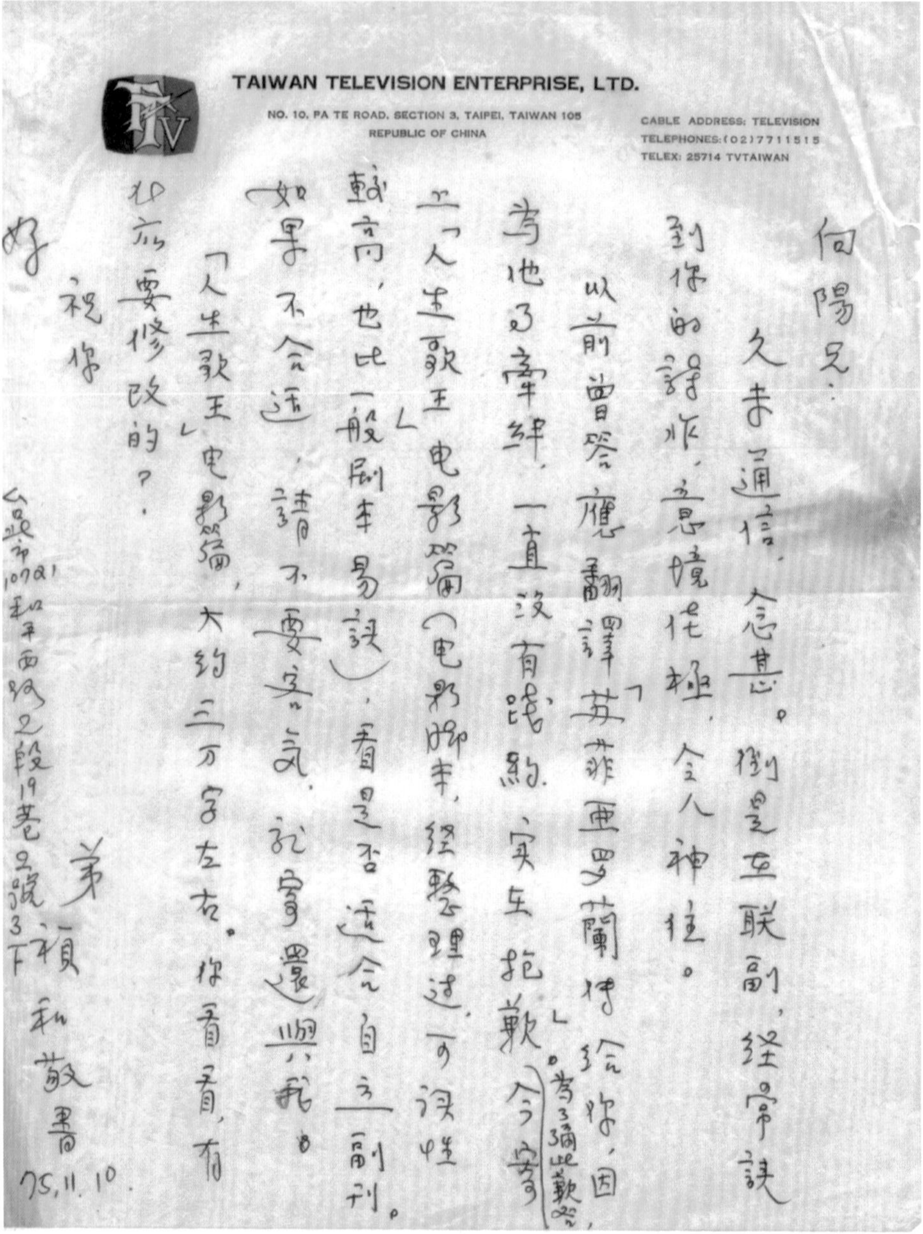

TAIWAN TELEVISION ENTERPRISE, LTD.
NO. 10, PA TE ROAD, SECTION 3, TAIPEI, TAIWAN 105
REPUBLIC OF CHINA
CABLE ADDRESS: TELEVISION
TELEPHONES:(02)7711515
TELEX: 25714 TVTAIWAN

向陽兄：

久未通信，念甚。倒是在聯副，經常讀到你的詩作，意境佳極，令人神往。

以前曾答應翻譯「英菲亞羅蘭傳」給你，因為他事牽絆，一直沒有踐約，實在抱歉。為了彌此歉咎，今寄上「人生歌王」電影篇（電影腳本，經整理過，可讀性較高，也比一般劇本易讀），看是否適合自立副刊。如果不合適，請不要客氣，就寄還與我。「人生歌王」電影篇，大約三万字左右。你看看，有無需要修改的？

祝你好

弟 禎和 敬書
75.11.10

台北市10721和平西路2段19巷2號3F

一九八六年十一月十日，王禎和為〈人生歌王〉電影篇，寫給時任《自立》副刊主編向陽的信。

高敏感度，以及他對當時臺語演藝圈中臺語使用趨於低俗的試圖改變。〈人生歌王〉的臺語對話，表現了他力圖扭轉廣播電視臺語劇語風的用心。

除此之外，這篇劇本中還大量運用了臺語流行歌曲，如文夏主唱的〈彼個小姑娘〉、〈星星知我心〉，郭金發主唱的〈杯底不通飼金魚〉，以及葉啓田的一系列「內山歌」（〈內山姑娘〉、〈內山兄哥〉、〈內山姑娘要出嫁〉等），他似乎有意彰顯這些臺語歌的正典地位（相對於那個年代大眾媒體對臺語歌的輕蔑不屑）；他讓文夏、洪一峰、紀露霞、吳晉淮、郭大誠、黃三元、方瑞娥、鄭日清等臺語歌手在文本中逐一出現，也似乎有意提醒社會，正視這群被壓抑的歌手對臺灣文化的貢獻——我終於了解王禎和先生為何在餘生階段，抱病書寫〈人生歌王〉的心情，他珍惜並且肯定戰後臺灣這些咏唱臺灣庶民心聲的歌者，因為他也是一個用作品咏唱臺灣庶民心聲的歌者。他的文學書寫，潛藏著對臺灣庶民生活與文化的敬重。

我顫抖著手，把這篇精心創作的電影劇本發到檢字房，並且寫信告知王禎和先生，《自立》副刊以刊登〈人生歌王〉為榮。幾天之後，他回了信：

謝謝來信。《自立》副刊要登〈人生歌王〉，很高興，很覺榮耀。若在十一月底刊登，不知有無困難？如果有，十二月初，也行。

至於臺語部分，你認為有問題的，請代勞改正，不要客氣。

昨晚讀過你登在聯副的〈四季・色彩・心〉，有獨創的見解，給人很深的印象，而且行文流麗，到底是出自詩人的手筆。

如此謙遜客氣的語調，以及他對後輩的關愛，都讓我感心。我隨即回信，告知已安排於十二月二日登出；臺語用字，一字不改。這篇〈人生歌王〉在《自立》副刊連載到次年元旦，獲得無數讀者喜愛與迴響。

到此際，四年有餘，我與王禎和先生都未曾見過面。一如筆友，他與我在「無聲」的信稿中結識、往返。

一九八八年五月八日「愛荷華大學國際寫作計畫在台作家聯誼會」成立。

一九八八年七月，愛荷華大學國際寫作計畫在臺作家聯誼會成立，我們才在陽明山中國飯店見了第一次面。這時他已經無法發聲說話，只能透過紙筆交談了。

一九九〇年九月三日，王禎和先生因鼻咽癌併發心臟病過世，我聽聞此一噩耗，想到他曾奮力書寫的〈人生歌王〉，以及他與我的無聲之交，心底浮現出〈嫁妝一牛車〉所引亨利・詹姆斯的這句話：

生命裡總也有甚至舒伯特都會無聲以對的時候……

——二〇一一年十二月

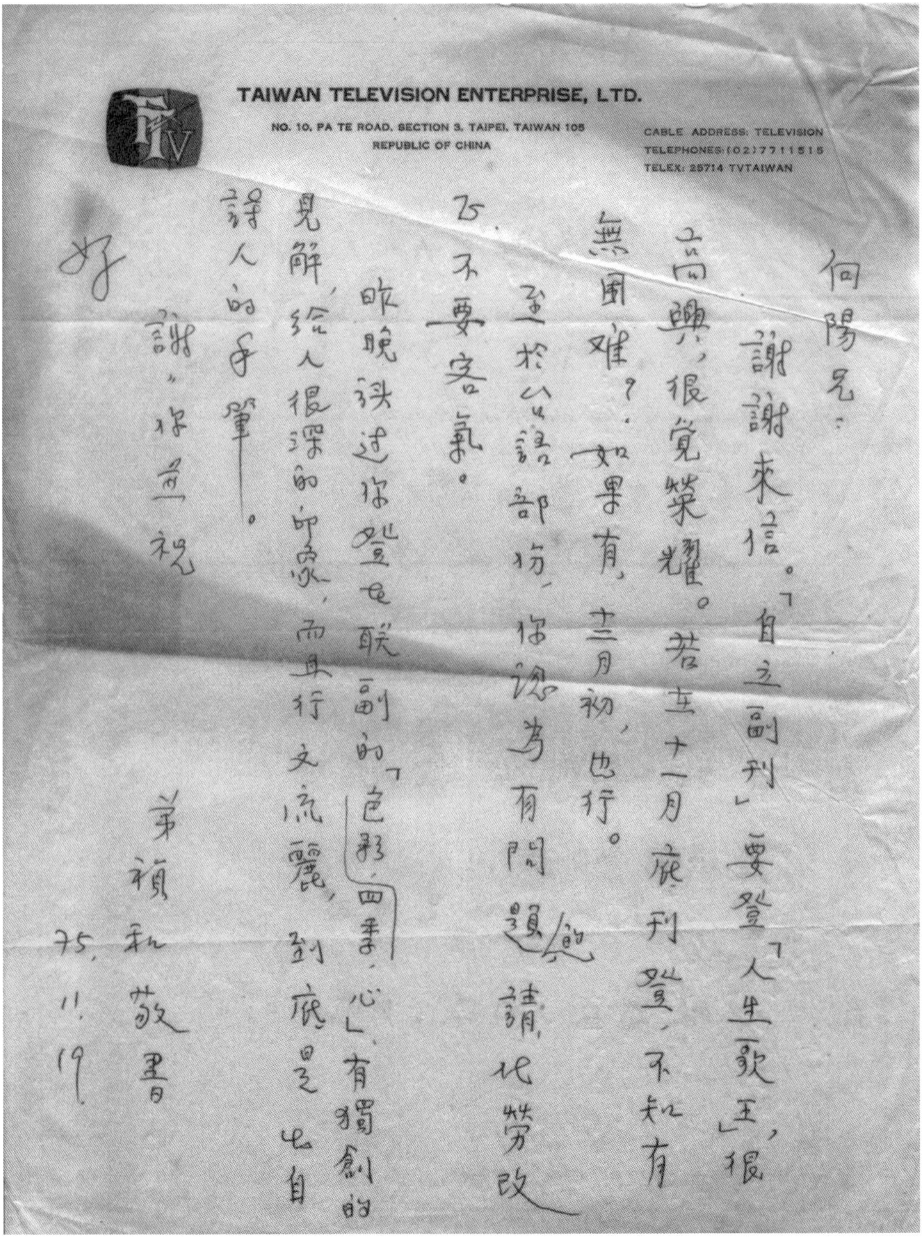

TAIWAN TELEVISION ENTERPRISE, LTD.
NO. 10, PA TE ROAD, SECTION 3, TAIPEI, TAIWAN 105
REPUBLIC OF CHINA
CABLE ADDRESS: TELEVISION
TELEPHONES:(02)7711515
TELEX: 25714 TVTAIWAN

向陽兄：

謝謝來信。「自立副刊」要登「人生歌王」，很高興，很覺榮耀。若在十一月底刊登，不知有無困難？如果有，十二月初，也行。

至於台語部份，你認為有問題的，請代勞改正。不要客氣。

昨晚讀過你登在聯副的「色彩、四季、心」，有獨創的見解，給人很深的印象，而且行文流麗，到底是出自詩人的手筆。

謝謝你並祝

好

弟 禎和 敬書

75.11.19

一九八六年十一月十九日，王禎和給向陽的信。

臺灣文學史的墾拓者

——黃得時及其臺灣文學論述

我與黃得時先生第一次見面，是一九八二年十月十六日，在自立晚報會議室。當時我二十七歲，剛接編《自立》副刊不久，主辦「民俗文學座談會」，邀請民俗文學研究者老與專家座談，得時先生是與談者之一（其他與談人尚有朱介凡、林衡道、邱坤良等先生），那時他年已七十四歲，精神抖擻，不顯老態，他以「六十年來的俗文學」為題，發表談話，指出臺灣的俗文學有三個源頭，一是中國民間故事，二是來自福建泉州、漳州、廈門的歌仔冊，三是臺灣土生土長的故事和歌謠。我在場聆聽，猶如上了一堂臺灣民間文學的課，獲益良多。

身為副刊主編，會後我開始和座談會與談人接觸，準備推出「民俗文學的回顧與前瞻」專題。電話中，得時先生很爽快地應允了我的邀稿，隔日就寄來他的文稿；隨後朱介凡、林衡道、邱坤良諸先生的稿子陸續到達。手上有了這幾位大家的作品，我油然生出編輯的成就感，為能相得益彰，强化副刊專題的重要性，乃斗膽向尚未謀面的臺靜農先生求字，也獲慷慨題賜，而於十月三十一日推出。在我的副刊編輯生涯中，這是一次圓滿而難忘的經驗。

此後，我與得時先生開始了編輯與作家的來往，有空時也到他雙城街家中探訪聊天。一九八三年他自臺大中文系退休之後，因為輕微腦中風，不良於行，但沒有因此歇筆，仍繼續筆耕，《自立》副刊因而獲得不少他的作品。我印象深刻的，是隔年二月《自立》副刊和《臺灣文藝》在臺北耕莘文教院舉辦「走向開闊的大道：臺灣文學討論會」，由當時擔任臺灣文藝雜誌社社長的陳永興和我共同主持，約請陳若曦女士、許達然先生、楊青矗先生主講，當時得時先生也專程與會，並在綜合討論時發言（其他發言者有楊逵、鍾肇政、趙天儀與陳少廷等先生）。他以國內大學研究臺灣文學、撰寫碩博士論文的概況為例，鼓勵臺灣文學界「要有相當的自信，相信只要努力不懈，臺灣文學一定有希望、有前途」。這段談話，其後發表於二月二十一日的《自立》副刊。在「臺灣文學」正名過程中，這場「臺灣文學討論會」以及得時先生的發言，於今看來是具有相當意義的。

一九八四這一年，大概也是已經七十六歲高齡的得時先生創作力最旺盛的一年。印象中他投稿的刊物主要是《中央》副刊、《聯合》副刊、《自立》副刊與《文訊》。他在聯副發表〈臺灣新文學播種者賴和〉、〈郁達夫來臺灣〉；在《文訊》發表〈五四對臺灣新文學之影響〉；在《自立》副刊發表〈始政乎？死政乎？——日本治臺五十年血淚的回憶〉、〈川端康成遊日月潭〉等作品，都圍繞在臺灣文學發展的議題上，足以看出他對臺灣文學的高度關心，也透露出做為臺灣文學史家的定見與敏銳。

也在這年十一月，正在撰寫《臺灣文學史綱》的葉石濤先生寄我一篇他翻譯得時先生發表於日治時期（《臺灣文學》二卷四號，一九四二年十月）的論述〈輓近臺灣文學運動史〉。接獲此稿，我欣喜若狂，除了寫信向葉老說謝，也立即打電話給得時先生，告知他此事。電話中，得時先生謙稱這是不成熟之作，但笑聲爽朗，可以感覺他對這篇史論能在四十二年後重現的喜悅。

〈輓近臺灣文學運動史〉在《自立》副刊連載了五天（一九八四年十一月二十七日至十二月一日）。這是黃得時臺灣文學史論首次進入臺灣文壇的視野，特別是在鄉土文學論戰之後，「臺灣文學」正名前夕，意義格外重大。在這之前，一九五四年，《臺北文物》季刊曾連續兩期（三卷二期至三期）推出「北部新文學新劇運動專號」，得時先生撰有〈臺灣新文學運動概觀〉一文，梳理日治時期臺灣文學發展，但也止於概觀；一九七七年五月，陳少廷先生以該文為基礎，擴充而為《臺灣新文學運動簡史》（臺北：聯經），基本上都不脫〈輓近臺灣文學運動史〉架構。相信葉石濤先生撰述《臺灣文學史綱》過程中，翻譯此文，也有其用意吧。

得時先生在日治年代發憤撰寫《臺灣文學史》，恪於戰亂以及戰後戒嚴，終究未能成書。〈輓近臺灣文學運動史〉之後，他陸續發表了〈臺灣文學史序說〉（《臺灣文學》，三卷三號，一九四三年七月）、〈臺灣文學史（一）——明鄭時代〉、〈臺灣文學史

一九八四年十一月二十七日，《自立晚報》副刊刊出葉石濤翻譯黃得時寫於日治時期《臺灣文學》二卷四號上的〈晚近臺灣文學運動史〉。該文於《自立》副刊連載五天，至十二月一日止。譯者、著者與臺灣文學史互有關聯，意義重大。

〈三〉——第二章康熙雍正時代〉（兩文均載《臺灣文學》，四卷一號，一九四三年十二月）等論述，看得出他的治史企圖；在此之前的相關論述尚有〈臺灣文壇建設論〉（《臺灣文學》，一卷二號，一九四一年九月）發表。整體來說，這部未完成的《臺灣文學史》標誌了得時先生一生未能完成的志業，也象徵了跨越戰前日治和戰後民國兩個年代的臺灣作家共同的困頓。我讀完葉老譯的〈輓近臺灣文學運動史〉之後，又找出東方文化書局復刻《臺灣新文學雜誌叢刊》，逐篇閱讀得時先生以日文寫成的史論，回溯他在皇民化運動臻於高峰之際，如何面對西川滿《文藝臺灣》及其旗下學者島田謹二「外地文學」的論述，如何特意突出臺灣文學獨特性的史論，如聞雷聲，更加動容。

一九八五年我赴美參加愛荷華國際寫作計畫，與得時先生失了聯繫，這一年《自立》副刊因此沒有他的作品。回臺之後我去拜訪他，請他繼續賜稿；其後寄呈我的詩集《土地的歌》給他，很快就收到他的回信。信中第一段他這樣鼓勵我：

> 日前荷蒙惠賜大作方言詩集《土地的歌》、曷勝感謝。以方言寫小說、在光復前、曾經由郭秋生等人嘗試過、叫做「臺灣話文」。後來、因發現臺灣語中有音無字的例子太多、遂偃旗息鼓、未及普遍流行。而以臺灣方言寫新詩、算吾兄為第一人。拜讀之下、殊覺興趣盎然、難以釋卷。對於吾兄如此匠心獨運之創造能力、令人佩服、令人感奮。特此申謝。

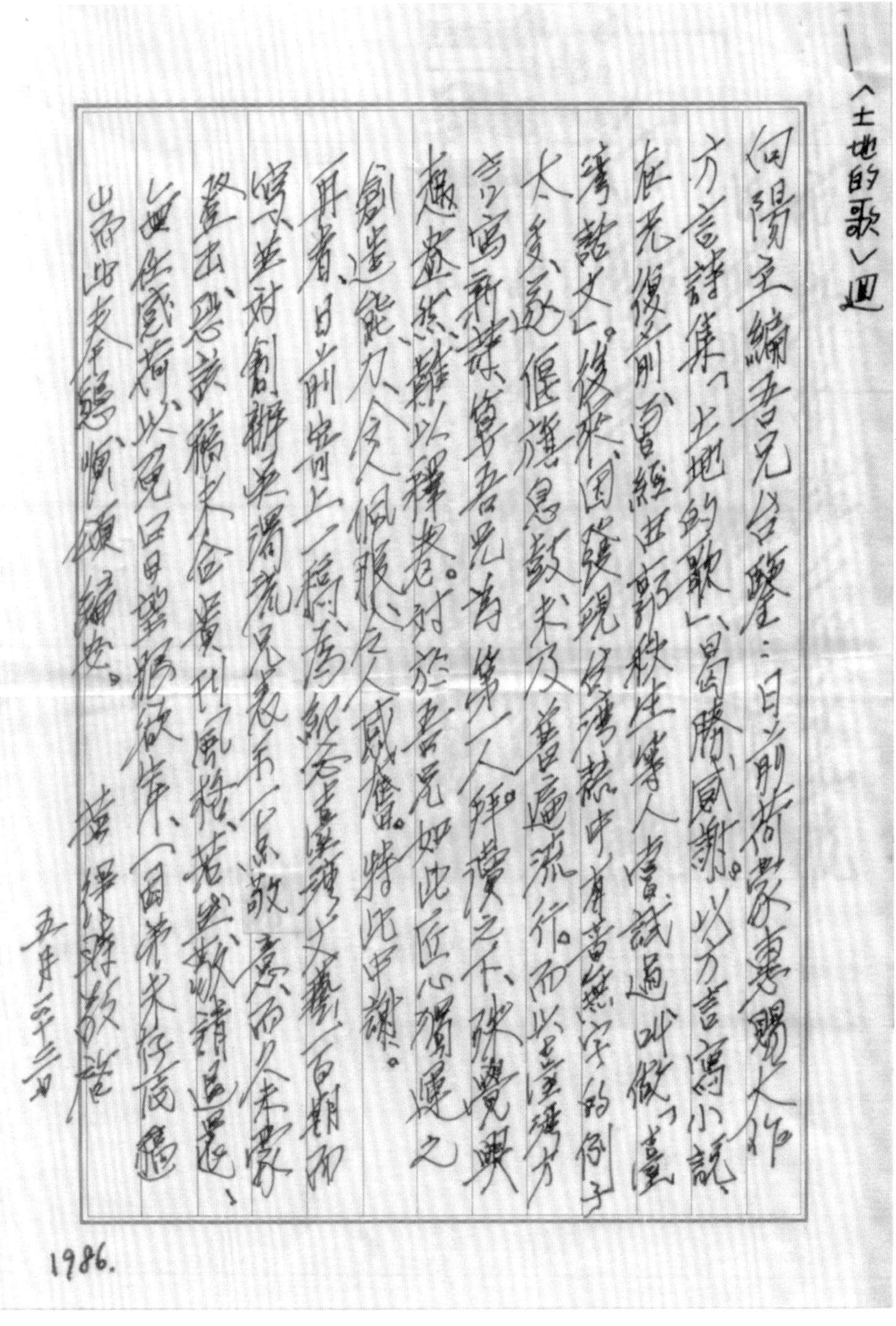

〈土地的歌〉一週

向陽主編吾兄台鑒：日前荷蒙惠贈大作方言詩集「土地的歌」，甚為感謝。以方言寫小說、在光復前曾經由郭秋生等人嘗試過，叫做「臺灣話文」。後來因發現台灣話中有音無字的例子太多，致使停息，殊未及普遍流行。而以臺灣方言寫新詩，算吾兄為第一人，拜讀之下，殊覺興趣盎然，難以釋卷。對於吾兄如此匠心獨運之創造能力，令人佩服，令人感奮。特此申謝。

再者，日前寄上一稿為紀念臺灣文藝一百期而寫的並附創辦吳濁流兄表示之敬意，而今未蒙登出，恐該稿未合貴刊風格，若然，敬請退還，無任感荷，以免日日望眼欲穿，（因弟未存底稿而此文係憑憶頌縮也。

黃得時敬啓

五月二十三日

1986.

一九八六年五月二十三日，黃得時致向陽函，除鼓勵向陽使用臺語寫詩之外，也對當時將發行滿百期的《臺灣文藝》加油。

以文壇耆老的身分，對少他四十六歲的後生晚輩如此鼓勵，一則令我汗顏，一則也讓我在還只能將「臺語詩」稱為「方言詩」的年代獲得更大的書寫信心——這本從一九七六年寫到一九八五年的臺語詩集，在當年幾乎無地發表，幸有《笠》、《詩潮》、《詩脈》、《臺灣文藝》等非主流刊物接受，最後由我服務的自立晚報社出版，但銷路不佳。這樣的詩集，能獲得時先生肯定，我已感激不盡。

此信末提到的，則是他為《臺灣文藝》發刊屆滿百期所寫的〈《臺灣文藝》一百期〉已寄來副刊卻尚未刊出，擔心「該稿未合貴刊風格」，接著說「若然、敬請退還、無任感荷、以免日日望眼欲穿、（因弟未存底稿）」。事實上，當時的《臺灣文藝》和《自立》副刊有些稿子是相通的，主編為詩人李敏勇，本已安排兩刊一起刊登，我事忙疏忽，忘了電話告知得時先生，實在不敬。我當即撥了電話給他，請他包涵。這年五月二十九日，副刊登出了〈《臺灣文藝》一百期〉，發刊一〇〇期的《臺灣文藝》（發行日期：一九八六年五月十五日）也以〈一〇〇期感言：青年作家的溫床．二十二年豐碩的成果〉為題刊出同文。

在這篇文章中，得時先生以「培養年輕作家的溫床」定位吳濁流先生創辦《臺灣文藝》的貢獻；也提及曾在日治年代《臺灣新民報》擔任文化部長，主編副刊的經驗，以及一九四四年三月總督府合併全島六家報紙（《臺灣日日新報》、《臺南新報》、《臺灣新聞》、《興南新聞（原《臺灣新民報》）》、《高雄新報》、《東臺灣新報》）為《臺灣新報》之後，與吳濁流、龍瑛宗共事的因緣，兼及《臺灣文藝》創刊初期的瑣憶；最後則對該刊提出期許。在《臺灣文藝》已經停刊（二〇〇三年四月，第一八七期停刊）九年後的今日，重讀斯稿，更令人感慨萬千。

得時先生寫給我的最後一封信是在一九八七年二月一日，緣於臺灣作家將在該月成立「臺灣筆會」，有感而發，特撰〈寶島文學將躍登國際舞臺——祝臺灣筆會之成立〉一文，囑我刊登。他在信中鄭重其事地寫道：

茲為慶祝「臺灣筆會」成立及喚起世人對於筆會有深入之認識、利用春節休假、特撰寫一篇〈寶島文學將躍登國際舞臺〉一文、同緘奉上、因有時間性之關係，敬請惠予提前閱稿，內容從筆會名稱開始、介紹創始人、各國的筆會、國際筆會、日本筆會與中國之關係、中國筆會之創立、及其活動、以至臺灣筆會之今後展望、內容充實、而且是相當有系統的寫法、故敬請勿刪短、全文不滿四千字、如蒙特地設法、能於二月十日見報刊出、無任感荷。最好一次刊完。……

由用語以及信末署名用印，可見他對臺灣筆會的殷殷期許，我也是筆會發起人之一，尤能感受年將八十的得時先生伏案為文的苦心，乃安排於二月十一日見報，越四日後（二月十五日）臺灣筆會正式在臺北成立，選出小說家楊青矗為首任會長。在會場中，該文文末

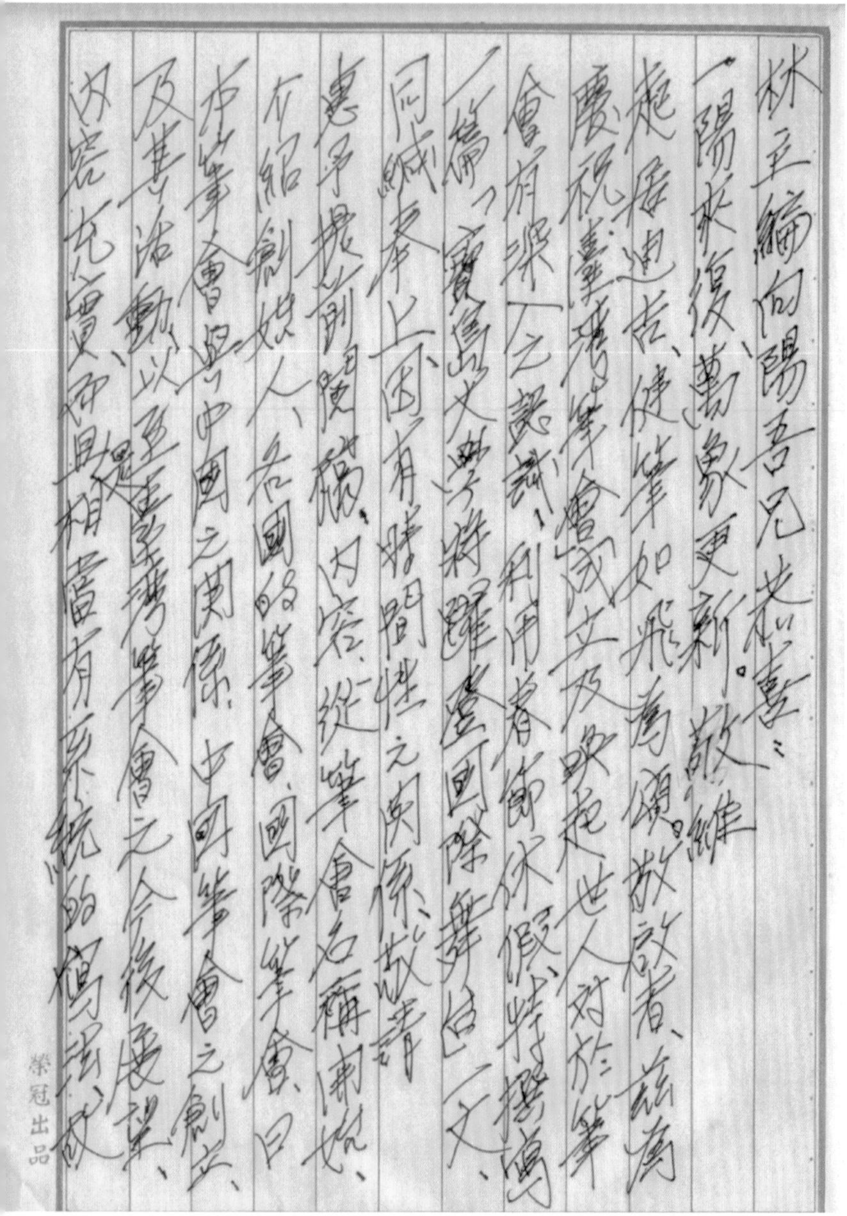
林主編向陽吾兄左右：
一陽來復，萬象更新。敬維
起居迪吉、健筆如飛為頌。啟者、茲為
慶祝臺灣筆會成立及喚起世人對於筆
會有深入之認識、利用春節休假，特撰寫
「一篇『寶島文學將躍登國際舞台』一文、
同織成奉上，因有時間性之關係，故請
惠予提前發表，內容、從筆會名稱開始、
介紹創始人、各國的筆會、國際筆會、日
本筆會與中國之關係，中國筆會之創立、
及其活動，以至臺灣筆會之今後展望、
以資充實、文字且相當有系統的傳述，故

一九八七年二月一日，年將八十的黃得時致向陽函，為臺灣筆會之成立撰述專文。

的「臺灣的作家們！站起來吧！榮耀是屬於你們的！我們可以刮目而待。」仍縈迴於我耳邊，久久未去。

從日治時期就獻身於臺灣文學，長時擔任副刊主編，力圖撰述《臺灣文學史》而未能完成的得時先生，到了晚年仍然心心念念呼喊臺灣文學「站起來」，這是何等動人的事。

敬請勿刪短，全文不滿四千字，乞費神
設法能於二月十五日見報刊出，無任感荷。最
好一次刊完。專此拜懇，並請
代向 令夫人以及副刊室劉還月先生等諸
同仁拜晚年問好，為荷
黃得時 敬上
二月一日

一九八二年十一月，黃得時（右起）與無名氏、吳三連合影於吳三連文藝獎頒獎典禮。

他鼓舞少他四十六歲的我用臺語寫詩，他關心《臺灣文藝》的持續，他為將誕生的臺灣筆會喝采——在他的來信、來稿的每一個字跡當中，我看到的是一個臺灣文學史家對臺灣文學無悔的呵護、無私的關愛。

一九九九年二月十八日，大年初三，得時先生以享年九一之高齡離開至愛的臺灣。臨終前他最掛心的，應該是他從一九四二年（三十四歲）開始撰寫而終究未能終篇的《臺灣文學史》吧。

——二〇一二年一月

定型新詩的倡議者

——周策縱及其「棄園」詩情

春節期間，暖暖依舊濕濕冷冷，濕冷的天氣是懷人的天氣。網路上讀到詩人王潤華兄寫於一九八五年的詩〈棄園詩抄〉兩首，第一首〈掃落葉記〉寫的竟是當年我與潤華兄到美國愛荷華大學參與國際寫作計畫時，應他與淡瑩賢伉儷之邀，與方梓、小說家楊青矗一起到威斯康辛大學拜訪周策縱先生，並夜宿棄園的情景。這首詩寫我們在周府打掃落葉的情景。詩分三段，最後一段這樣寫：

突然主人放下懷素之筆
掃落葉的聲音使他感到不安
推開柴門，他驚訝的發現
原來覆蓋著秋葉的庭院
一片綠草像他的草書

一九八五年十月二十四日，周策縱與向陽在威斯康辛棄園共進早餐。

有勁的扎根在大地上
在秋風中飛舞

潤華兄的詩頗有神韻，把當年我們到棄園拜訪周策縱先生的情境寫活了。我讀這首詩，想及治學之餘也雅好新舊詩創作的策縱先生，更加懷念起年輕時初見這位紅學大師、五四運動史家的風範和兼有詩人氣質的風采。

在一九八五年到威斯康辛棄園之前，我已拜讀過周策縱先生寫的《五四運動史》（臺北：時報，一九七九，未獲授權譯本），當時我在《時報周刊》當編輯，工作之便獲得此書，讀後對於他剖析五四運動的史家之筆格外敬佩，雖然時報版譯本並不齊備，多少仍讓我對五四運動的複雜背景有了深入了解；其後我細想，這又發現我早在高中時就讀過的泰戈爾詩集譯本《螢》、《失群的鳥》（臺北：晨鐘，一九七一），就是周策縱先生翻譯的。一個史學家，而同時又是一個雅愛詩的翻譯家，這在當年的我看來，是相當不可思議的。其後我開始注意他的相關訊息，進一步知道他在國際漢學研究領域也是大師，在一九九四年退休之前，他同時擔任威斯康辛大學東亞語文系與歷史系的雙系教授，他除了備受國際漢學界推崇的《五四運動史》之外，對於《紅樓夢》、中國古典文學與理論、古文經典考釋，都具有創新觀點，引領漢學研究風向。

一九八四年七月，我以十行詩體試驗新格律的詩集《十行集》由九歌出版社出版，在寄贈名單中，我忽然想到周策縱先生，譯過泰戈爾詩的他應該也會是新詩的喜好者吧？我從人間副刊拿到他的地址，以粉絲一般崇敬的心情，把自己的試驗作品寄到威斯康辛，寄給一個國際漢學大師，不敢想像他會有空閱讀，更不敢想像他會不會回信給才剛出版第三本詩集的年輕的冒失鬼。

想不到，策縱先生居然回了一封長信給我。這年十二月，我收到了他從威斯康辛寄來的信，寫滿兩頁，工整的筆跡，顯示他撰寫這封信之際的用心。在這封信開頭，他先給了《十行集》相當大的鼓勵之辭：對於我的「新格律詩」，他以「定型新詩體」提出了殷切的期盼：

> 謝謝你寄來大著《十行集》。這就我看來的確有劃時代的意義。三、四十年前我

就覺得，「定型新詩體」是新詩人可能發展的一個領域，可是總無法推動優秀的詩人去嘗試。

在這封信中，他有感而發，提到一九六二年曾在紐約《海外論壇》月刊發表〈定型新詩的提議〉，卻有人反對，認為他企圖推翻自由新詩。這篇文章後來轉載在瘂弦和梅新編的《詩學》第三輯，「希望臺灣的新詩人們能夠注意到」。好像怕我看不到《詩學》，接著他畫重點似地綜合了「定型新詩」要義：

我那篇文章裡舉的例子五、三「八行體」，格律自然太嚴，我不過是用一個最嚴的例子去說明許多可能的規律，實際上當然還有更多的格律不太嚴的定型詩體，所以我在第二節裡說：「這也可包括一些格律較寬的詩體，所以它發展的範圍可能很大。」這就是說，只規定行數的定型詩體，也該算在內。目前恐怕還只能做到這種最寬的定型體。所以你的嘗試是很富于實際價值的。我們還不妨去試試各種行數，如五行詩、七行詩、九行詩、十二行詩，或十五行詩等等。也就是我在那篇文章的末了說的：「尤其希望大家用多種不同的方式，來創造更多的定型詩體。」

我完全同意策縱先生的看法，相對於他的主張，我的「十行詩」算是「最寬的定型體」了

——但更重要的是，從他的回信中，我得到了鼓舞，知道自己並不孤單，知道自己的試驗是一條未來可以走、還有得走的路途。

信末是策縱先生對詩集中部分他欣賞的「好句」的誇讚，這讓當時年輕的我有飛上天的感覺。實際上，我從他的信中看到的，是一個前輩詩人對後輩的提攜，那種溫煦，如陽光灑地、月光照水，自然無比。

在《五四運動史》史家、泰戈爾詩譯者之外，我發現了詩人周策縱的存在。一九八五年秋天，我赴美參加愛荷華大學國際寫作計畫，因為同時獲邀的詩人王潤華、淡瑩賢伉儷的關係，而有了拜訪策縱先生的機會，這一趟我滿載豐收，更親炙了策縱先生的詩人風采。

這年十月二十三日，潤華兄嫂帶領我、方梓和小說家楊青矗搭巴士到威斯康辛大學，夜宿周府棄園。潤華兄是周策縱先生的愛徒，因此我們抵達棄園時，儘管天色晚矣，策縱先生已在門口等候。初見這位我所仰慕的學者，帶著定型詩體的共識，我特別興奮。策縱先生時年已七十，髮白而短，帶著大框眼鏡，神色和藹慈祥，當晚他在書房與我們聊天，因為潤華兄、淡瑩與我三人都寫新詩，話題也圍繞在新詩上，我才知道策縱先生早自一九三〇年代就開始新詩創作，赴美後為了繼承五四新詩傳統，還曾與紐約白馬社詩人來往，編有《海外新詩鈔》（手稿，一九七三）；他同時寫舊詩，書法也自成特色，有懷素之風。到這晚，我才真正認識了策縱先生博古通今、文史兼治、知性與感性並融的現代儒者特質。

向陽先生：

謝謝你寄來大著十行集。這就我看來
的確有劃時代的意義。三四十年前我就覺得，「定
形新詩」是新詩人可以發展的一個領域，可是總無
法推動優秀的詩人去嘗試。許多人還不能了解，
我們要嘗試發展定形詩，並不意味着要全部用
定形的或不定形的格律詩來取代自由詩，我們中國
人太容易落進非此即彼，只有兩個取捨的思想模
式了。一九六二年我在紐約的海外論壇月刊發表一篇
「定形新詩的提議」後，有人就在香港一個刊物上
非常感情衝動地反對，好像我是在企圖推翻
自由詩一般，真有点像無的放矢。我那篇文章後
來給瘂弦和梅新轉載在他們所編的詩學第三
輯裏，希望台灣的新詩人們能夠注意到。我那篇

文章裡舉的例子五、三「八行体」，格律自然太嚴，我不過是用
一個最嚴的例子去說明許多可能的規律，實際上當然還有
更多的格律不太嚴的詩律，所以我在第二節裡說：「這也可
包括一些格律較寬的詩体，所以它發展的範圍可能很大。」
這就是說，只規定行數的定形詩体，也該算在內。目前恐
怕還只能做到這種最寬的定形体。所以你的嘗試是
很富于實際價值的。我們還不妨去試試各種行數，如五
行詩，七行詩，九行詩，十二行詩，或十五行詩等等。也就是我
在那篇文章的末了說的：「尤其希望大家用多種不同
的方式，來創造更多的定形詩体。」

你這詩集裡，好詩和好句很多，前言和附錄中，他們
已指出和徵引過了，用不着我再說。我還喜歡其中寫于
「雨」和「冰」，以及季節與自然現象的幾首，以至于「園總」的
數首。如「像人類奴腳所踏，都是故鄉。」「甚至連風也不
敢喧嘩」，「所謂心事是楊柳纏着小湖徘徊。」我也很欣賞
「楚漢」。以前談鑒還有首「西楚霸王」，也很好。

本不必多寫了。特此致謝。獨是心樂還繼續出版嗎？祝

近好

周策縱 一九八四年十二月一日

一九八四年十二月，周策縱致向陽信函，論及新詩定型化主張。

當時我還不知道的是：他在赴美之前曾是重慶《新認識》月刊總編輯（一九四二至一九四四）、重慶市政府專員祕書兼編審室主任（一九四三至一九四四）、重慶《市政月刊》總編輯（一九四三至一九四四）、重慶行政學院教育長（一九四四）、《新評論》雜誌主編（一九四五），以及國民政府主席（蔣介石）的侍從編審（一九四五至一九四七）——這段經歷，顯現了他年輕時期也曾涉入政治，對於改革社會可能抱有過某種憧憬，但何以在擔任國府主席蔣介石的侍從之後，越兩年就急流勇退，赴美讀書？從文學青年到政治新貴，再到漢學學者，他的心境轉折，斟酌折衝又是如何？策縱先生已逝，答案也無以得知了。

第二天，一早醒來，詩人羅智成已在棄園庭院掃落葉，當時的智成兄正就讀威斯康辛大學，也是策縱先生的得意門生。秋天的威斯康辛落葉雖多，但天高氣爽，連老友異地重逢也有清爽的感覺，寒暄之後，把落葉清理妥當，我們便進房與策縱先生共進早餐，當時我坐在他的左側。餐桌上，策縱先生問我何以用十行寫定型詩，而不是四行、八行或十四行？我已忘當時如何回答，只記得他興高采烈談到倡議定型詩的種種。這時的他神采飛揚，彷彿重回一九三〇年代；這一天的秋晨，年近七十的策縱先生和年剛三十的我，已無年歲之別。

讓我更興奮的是，餐後，策縱先生居然親題了一幅墨跡贈我。他以有懷素之風的草書，謄錄他創作的舊詩〈新綠〉贈我與方梓。詩曰：

日月無情競走丸，天風一夕韶春殘；
去年落葉今慵掃，留與新榮綠樹看。

這首舊詩，前段寫日月無情，韶華易逝，透露出久居美國的策縱先生晚年花果飄零的心情，一如威斯康辛秋天競相走飛的落葉；後段則逆轉格局，點出落葉既多，已堪承受，且留與來年綠樹觀賞的機趣，表現出與天地自然扣合的豁達心境。棄園詩情，果然如是。

二十多年後的今天，我從珍藏的書畫中找出策縱先生的這幅翰墨，由於一直珍藏，並未裱背，翰墨與摺痕猶新，彷彿剛從策縱先生手中承賜。睹物思情，讀詩懷人，竟覺得當年威斯康辛的棄園之秋，恍如昨夕。

——二〇一二年二月

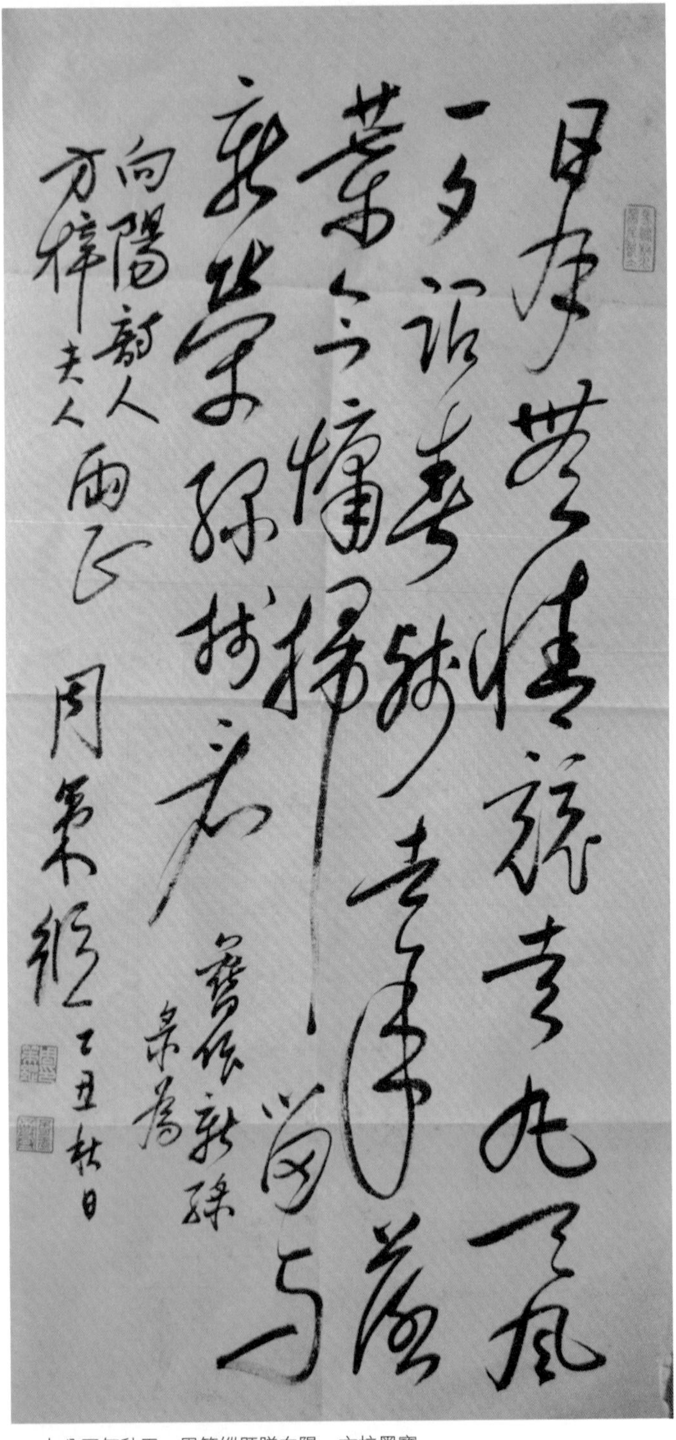

一九八五年秋天，周策縱題贈向陽、方梓墨寶。

「醬缸」文化的批判者

——柏楊與〈醜陋的中國人〉

一

寫完《臺灣現當代作家研究資料彙編．柏楊卷》的綜論，已是迫近黎明的三點半。暖暖春寒，孤燈下獨對柏老一生筆耕，不禁擲筆。

綜論結語部分，我特別針對柏楊一九六〇年代透過雜文所扮演的異議者角色，與一九五〇年代雷震與《自由中國》通過政論與行動所扮演的反對者角色，做了一個對比。相對於雷震的率直敢言，柏楊雜文顯得委婉而屈筆，但是兩人遭到執政者逮捕下獄的命運則是相同的：雷震於一九六〇年九月被捕，以「知匪不報」、「為匪宣傳」兩罪名被判十年入獄，一九七〇年九月出獄，坐滿十年；柏楊於一九六八年三月被捕，以「煽動叛亂」罪名，先被判死刑，後改判十二年，最後因蔣介石去世獲得特赦減刑，於一九七五年減為八年，但仍遭軟禁於綠島，直到一九七七年四月一日才出獄回抵臺北，同樣坐了十年牢。

另一個巧合是，雷震去世於一九七九年三月七日；柏楊則為紀念他於一九六八年三月七日被捕，而以三月七日為新的生日。一死日，一生日，標誌了威權年代兩個敢言者遭受到的共同命運。

雷震反對蔣介石三連任、要求並進行組織反對黨，直如造反，因此繫獄，可謂求仁得仁；柏楊則以雜文諷刺時政，嬉笑怒罵，雖不及於「最高領袖」，一樣也遭到統治者嚴酷的制裁，原因何在？我在該文中做了這樣的解釋：

> 雷震進行的是政治權力的爭奪，透過言論與行動來展現；而柏楊從事的則是意識形態與文化領導權的爭奪，透過文學與作品來傳播。對威權統治者而言，前者站在明處，要求的是民主自由與人權，可以政治解決；但後者則是思想的浸透，難以圍堵，所以儘管是幽默諷刺之文，也如芒刺，必欲去之。柏楊以雜文名家，也以雜文繫獄，原因在此。

「筆勝於劍」，柏楊以雜文繫獄，因此也就形同反諷——統治者面對柏楊的諷刺時政，還給他十年刑罰做為獎賞。這「獎賞」改變了柏楊的人生，也改變了他的文學道路，使他後半生轉入歷史再詮釋與中國民族性的文化批判。獄中十年，宣告了小說家郭衣洞的離去，文化批判者柏楊的再生。幸耶？不幸耶？我的感慨在此。

綜論完成後，我在書房中繼續追思柏老。儘管出生後不久，母親過世，使他的青少年時期都處在身世飄零的慘霧之間；但一九四九年來臺之後，他開始寫作，開啓了以「郭衣洞」為筆名的第一個十年的小說創作生涯；接著是十年雜文，使他成為受讀者歡迎、卻遭統治者忌恨的作家。柏老在一九六二年出版第一本雜文集《玉雕集》（臺北：平原）時，說他在《自立晚報》開「倚夢閒話」專欄是從一九六〇年五月起——我翻尋《自立晚報》合訂本，逐頁複查，發現他開這個專欄，啓用筆名「柏楊」的正確日期是一九六〇年三月二十三日，發表的第一篇雜文是〈嘴與夢〉。在這篇雜文中，柏老以類似宣言的寫法强調：

> 在自己所受的教育範圍內，和不太委屈的情操下，應該能夠比較不像蟒和老鼠那樣的活下去——即令是淡淡的活下去，應該敢說、敢笑，敢在背後沒有所恃的悲慘情況下無畏的面對著權勢，敢去擁抱那被人群起而攻之的朋友，敢背著窮餓而死的危險，向社會，向人類善良的心提出控訴！

這篇少為人知（似乎也未收入《柏楊全集》）的佚文，事實上有著同樣鮮少被討論的政治脈絡——這一天往前推兩天，三月二十一日，蔣中正在國民大會獲得壓倒性的票數（一千四百八十一票）三連任總統；再往前推，是《自由中國》反對蔣總統三連任事件掀

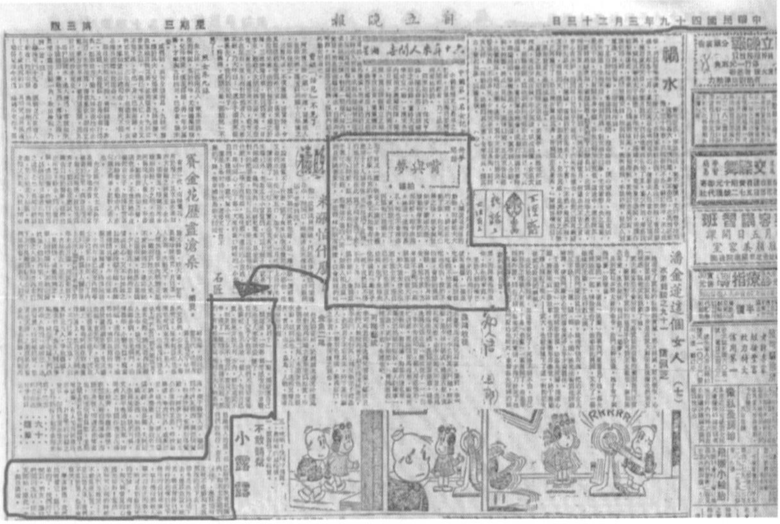

一九六〇年三月二十三日，柏楊在《自立晚報》開「倚夢閒話」專欄，發表第一篇雜文〈嘴與夢〉。

起的政壇風波。柏老「倚夢閒話」的開筆，似乎隱藏著他對當權者的態度：挑戰權勢，說良心話。這或許也正是他後來以雜文繫獄的病灶吧。

二

我初見柏老，是一九七七年四月底，他從綠島出獄後不久。當時大四的我看到一位滿頭白髮的老者從史紫忱老師宿舍離開，一問方知他就是柏楊，是史老師同鄉、舊識。

我真正與柏老見面認識，則緣於詩人張香華的介紹。柏老出獄後遇到香華姊，兩人因為相惜而戀愛、結婚。我與香華姊本來就認識，因而得識柏老。一九八一年三月，我與詩友創辦的陽光小集由高雄移來臺北，由我擔任社長，開始與柏老、香華姊有了更多的互動。一九八二年六月我擔任《自立晚報》副刊主編，而柏老入獄前就是副刊主編、報社副總編輯，有此因緣，往來乃就更加頻仍。

出獄之後，柏老在《中國時報》人間副刊重出江湖，撰寫「柏楊專欄」，叫好也叫座，此外各界邀約甚多，也佔掉他不少時間。但他對於文壇後輩從不擺架子。入獄前，他曾寫過諷刺現代詩的〈打翻鉛字架〉，但是對於陽光小集的我們則寄予厚望。一九八二年十月出版的《陽光小集》「陽光信箱」第一篇投書用的是他寫給我的信，對於《陽光小集》經常延期出版，他寫道「時已六月，方出去年之版，大概經費及稿件，均有困難……而今年（一九八二）春夏兩季，又將於何時出版，使人掛念」。短短幾句，關切與憂心，溢於紙面。

也在這一期的《陽光小集》中，同時刊登了我、張雪映和陳煌訪問他和香華姊的記錄稿〈別讓鉛字架再被打翻〉。柏老在訪談中，期望現代詩人能建立新形式，新的音樂性，和傳統詩合而為一；也特別談到獄中所寫的《柏楊詩抄》，强調這是第一本監獄詩集，認為「傳統詩大有發展餘地」，語鋒一轉，又說「但我不希望為了寫詩去坐牢，坐牢可不是好玩的事」，十足柏楊式幽默。

這一年的柏老，六十三歲，訪問結束後，開車載我們到烏來用餐，他談童年、談來臺初期的流浪、談獄中所見的人間地獄景象，都讓我驚心。餐後道別時，他語重心長地告訴我們，「要努力，長成一棵大樹，任風雨雷電也摧折不了」——這是我和柏老談話最久、與他的內心世界最靠近的一次。我永遠也忘不了，那一晚他開車的表情、說話的口吻，那是一個歷盡滄桑、劫後歸來的老人，對一群年紀未滿三十的年輕孩子的殷殷叮嚀。

此後，柏老和香華姊就成了《陽光小集》的贊助人，一九八三年三月，陽光小集與菲律賓耕園詩社結盟，他和香華姊特別邀集兩社同仁在紫藤廬用餐談心。他總是這樣，關心、提攜我們這一群寫他不太喜歡的現代詩的年輕詩人。他的眼中看到的是希望，他相信一代強過一代，不必因為「不喜歡」而放棄對下一代的希望。

三

一九八四年九月，柏老與香華姊應聶華苓之邀，同赴美國參加愛荷華大學「國際寫作計畫」。在愛荷華，他發表了其後轟動、震撼華人世界的演說「醜陋的中國人」。這是他唯一沒有掌聲、沒有聽眾上前握手、致敬、要簽名的一次演講；其後以文字發表，出書，卻引發了一連串風波，震撼了不同國籍的華文讀者。

這場演講由住在美國愛荷華大學校區附近的呂嘉行整理成文字稿，柏老校對之後，遠在臺灣的我意外地成為第一位讀者。這年十一月四日，我在自立晚報副刊編輯室收到他寄自愛荷華的短箋，標示日期為一九八四年十月二十五日，寥寥數語如下：

柏楊・張香華於馬德里死亡谷

別讓鉛字架再被打翻

訪柏楊、張香華伉儷談現代詩

●訪問／向陽、張雪映、陳煌●地點／花園新城

●時間／一九八二年九月十六日●記錄／明秋心

■張雪映：現代詩還在嘗試階段，中國新文學運動只產生了一甲子，在一個這樣急速的變化裡，現代詩不斷的在摸索，未來要怎麼走還不確定，我們知道柏楊先生您對中國文化的研究精闢。請您來談一下，已有幾千年歷史的傳統詩，突然轉化到現代詩來，因爲幾乎現代的年輕朋友都愛寫新詩，它也發展了半個多世紀，請您告訴我們這方面的感想。

■柏　楊：中國是一個詩的民族，非常非常的一個愛詩的民族。第一，就是說中國詩流傳了將近五千年，似乎是有中國人那天起，就開始有詩。第二，我們的方塊字，是一種準確性非常差的文字，不但用來作爲自然科學的研究很難，即令用來表達很精確的一種感情、一種精確的事物，也同樣很難。但是用來作詩，却非常的夠了，因爲它不準確，而詩的感情正需要用這種不準確的文字來表達。由於它的不準確性，所以中國方塊字非常適合作詩，再加上一個很強大的

一九八二年十月出版的《陽光小集》第十期，刊出柏楊、張香華伉儷訪問稿。

另由郵掛號寄上一稿：〈醜陋的中國人〉，如可刊出，請寄當天報紙一份（航空）給執筆人呂嘉行先生。呂先生是博士，美籍華人，在愛荷華定居二十年之久。他的地址：（略）

如有困難，請轉《前進》。

我十二月初返臺北，一切面談。

這信是柏老寫給我的第二封信，還沒收到的稿子，則是出獄後投給《自立》副刊的第一篇稿子。對我來說，這也是一篇相當沉重的負荷。一九八四年的臺灣，仍在威權統治下，刊登這篇具有爭議性的文稿，編者是要冒政治風險的。

柏老走過政治風暴，當然知道。所以他把信和文稿分開寄出，以備萬一文稿被檢查攔截，至少能讓我收到信；其次，他交代「如有困難，請轉《前進》」，則是審度副刊是大衆媒體，可能無法刊出；《前進》是當年的黨外雜誌，由林正杰所辦，每出必禁，每禁必續出，可以無所畏懼地登出。這短箋，寥寥數語，卻滿布詭雲譎霧。這是柏老對我的體貼，同時也是對我仔肩的考驗。

接到此信，是十一月四日；收到稿子，則等到十一月二十日，整整晚了半個月。顯然，文稿已先被警總郵檢過了。展讀〈醜陋的中國人〉，全文約一萬五千字，主要集中於中國人民族性的針砭，柏老在演講稿中指稱中國文化是「醬缸文化」、「過濾性病毒」；

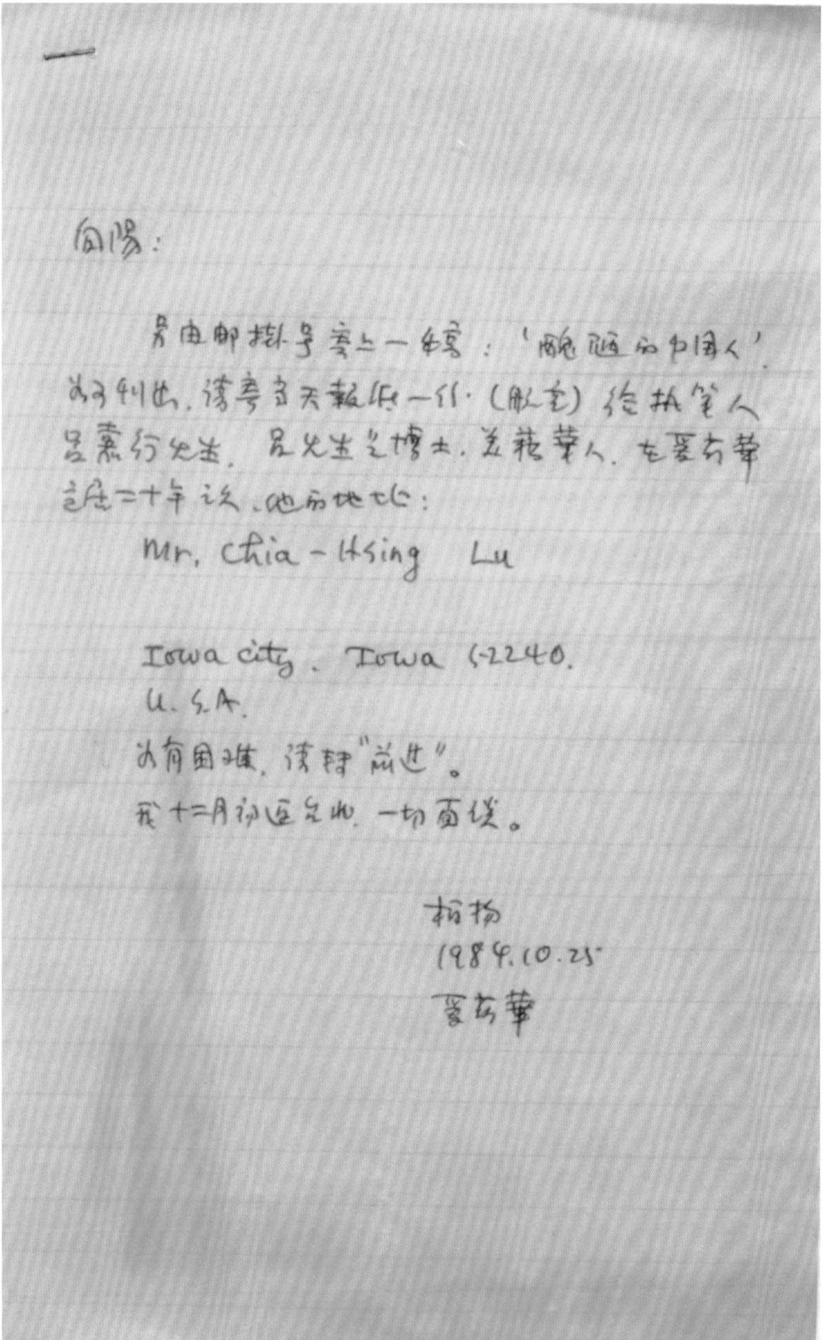

向陽：

另由郵掛号寄上一稿：'醜陋的中国人'，如可刊出，請寄當天報紙一份（航空）給執筆人呂嘉行先生。呂先生是博士，美籍華人，在愛荷華住了二十年了。他的地址：

Mr. Chia-Hsing Lu

Iowa City, Iowa 52240.
U.S.A.

如有困难，請转"前进"。

我十二月初返台北，一切面谈。

柏楊
1984.10.25
愛荷華

一九八四年十月二十五日，柏楊為〈醜陋的中國人〉自愛荷華寫給向陽的短箋。

中國人醜陋的特色是：髒、亂、吵、窩裡反、心胸窄、講假話、不自尊、不認錯……等。用語犀利而直率，有他一貫的雜文風格。讀著讀著，我所認識的柏老如在眼前。但，要不要發交工廠撿排呢？我卻躊躇再三。就在這年三月十三日，我已闖了一個禍——《自立》副刊因為刊登林俊義雜文〈政治的邪靈〉，遭警備總部以「為匪宣傳」罪名查禁，我也遭到約談。記憶猶新，此時若再刊登柏老這篇稿子，會不會又因「混淆視聽」罪名導致副刊被禁、人被約談呢？

終究我還是克服了恐懼，決定刊登。十二月八日，《自立》副刊以顯著頭條刊出了〈醜陋的中國人〉，連載到十二日刊完，前後五天。我至今還清晰記得，刊出首日，就接到一大堆電話，多半辱罵柏楊，部分則罵自立晚報「匪報」，主編「混蛋」；刊完之後，副刊陸續收到大批信件，不署名或署名「一個驕傲的中國人」，抗議、辱罵各半；發郵地址或簡略只寫地名，或空白。總之，這稿子登出後，連報館內部送信的先生都搖頭了。

柏老、香華姊此時也已回到臺灣，林白出版社發行人、詩人林佛兒常來副刊，也與香華姊甚熟，我向他推薦這篇講稿，經過他與柏老聯繫之後，最後終於由林白出版社於次年八月推出包括講稿和回應的《醜陋的中國人》一書，隨即躍登排行榜；其後，又有簡體字版、韓文版、日文版、英文版陸續推出。我刊登此稿時，心裡只有忐忑，根本想像不到，柏老以一篇講稿，居然掀起了一場延續約有十年的「醜陋中國人風波」。

中華民國七十三年十二月八日　自立晚報

醜陋的中國人

柏楊/演講　呂嘉行/整理

時間/一九八四、九、廿四　於愛荷華大學

一九八四年十二月八日，《自立晚報》副刊以頭條顯著版面刊出柏楊講稿〈醜陋的中國人〉首篇。

一九九九年六月十日，柏楊、張香華伉儷與向陽合影於香港大學主辦的「柏楊文學與思想國際研討會」會場。

四

柏老惜字如金，熟識後我曾向他索字，他說「字醜」而作罷。柏老的字，是新聞記者的字，是在急迫欲言中擠出來的字。彷彿亂世之中被擠壓的行囊，遍布流離的皺褶。

我沒看過他入獄之前以「鄧克保」筆名在《自立晚報》發表的〈血戰異域十一年〉（後由平原出版社出版，易名《異域》，一九六一），據《自立晚報》檢排過他這篇稿子的老同事告訴我，潦草難認，只有他認得。那大概是因為亂世擾動，孤軍孤憤，也流瀉於當年義憤填膺的記者筆下的緣故吧。

我手上的這封短箋，卻是工整

的，每一個字都站到該站的紙面上，逐一傳遞清楚的訊息。這是出獄後獲得社會尊敬的柏老的字，脫離了災厄連連的生涯，儘管批判力道不改，但已不再嬉笑怒罵，不復孤憤悲鳴，而有了安頓的住所。

這個時期的柏老，寫〈醜陋的中國人〉，看似激憤，實則充滿自省；文詞看似嚴厲，字跡實則端正十分。聶華苓先生評柏楊小說時曾這樣說：

郭衣洞小說和柏楊雜文有一個共同點：在冷嘲熱諷之中，蘊藏著深厚的「愛」和「情」。

寫完《臺灣現當代作家研究資料彙編・柏楊卷》綜論後，我找出柏老當年給我的這封信箋，撫字追昔，更加深然其語。

——二〇一二年三月

「孤獨國」詩人
——周夢蝶的雪與火

一

清明返鄉，從溪頭向陽書房中找出三箱書信帶回暖暖。某晚得空整理了其中一箱，發現一張獨特的明信片，背面空白，正面是詩人周夢蝶先生寄給我的明信片。上書：

南投縣鹿谷鄉
溪頭
林淇瀁先生
諸書已絕版。廣告誤登。乞諒之。
臺北市武昌街一段五號
周夢蝶謹答

明信片上的郵戳「臺灣64.2.1.15臺北」，顯示了寄發的年度和地點，算來距今三十七年了。

三十七年前，夢蝶先生五十四歲，身體健朗，在臺北市武昌街一段五號擺舊書攤，專賣詩人詩集、文集；當年的我，二十歲，就讀文化學院東語系日文組二年級，才剛開始寫

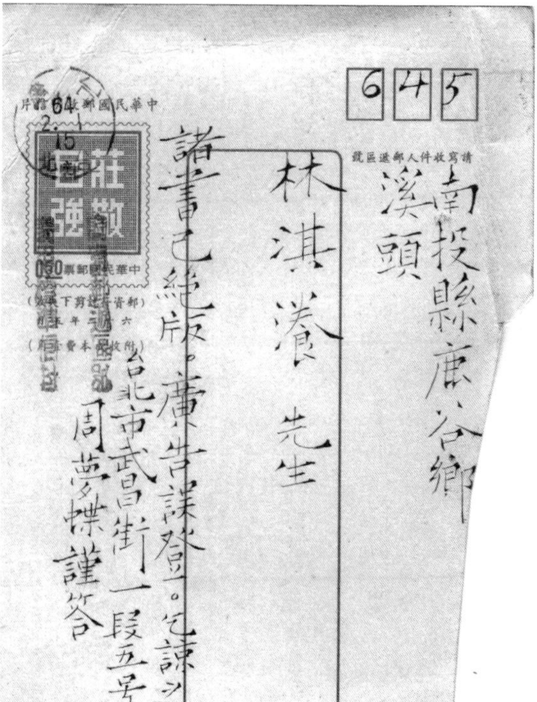

一九七五年二月一日，周夢蝶寫給向陽的明信片。

詩，好讀現代詩集，也喜歡到山下買書，除了光華商場、牯嶺街舊書攤之外，武昌街夢蝶先生的詩攤也是常留連之處。我當時只敢當讀者，夢蝶先生雖說顧著攤子，實則常常閉目靜坐，不理顧客，我拿下要的詩，交給他，付了錢就走，因而也不能說認識他。

一九七五年一月，放寒假了，我返回溪頭家中，買書只能根據詩刊、書目郵購，印象中是在某本詩刊上看到夢蝶先生的詩集有售，於是寫信求購於他。這張明信片就是他的回函了。

對於一個二十歲的愛詩青年來說，夢蝶先生當時已是詩壇名家，像我這樣毫無詩名的後生小子，大可不理不睬，想不到他會如此慎重其事，端正濡墨，以他清瞿、有名的瘦金體字回覆我的請求。

這張明信片，因此這樣被我保存了下來，在溪頭的書房之中，一待就是三十七年。這張明信片並不完整，右側的缺角，彷彿歲月，在飛逝之餘，留下了無法避免的殘缺。

三十七年過去，如今我五十七歲，與夢蝶先生當年年紀不相上下。回想從年輕時至今，與夢蝶先生的往來卻也其淡如水。對他，我至今依然懷有著最早收到這張明信片時的恭敬與感念。那恭整、清瘦的字跡，一如他的人與詩，帶有某種孤獨、枯乾，而又傲然、冷峻的格調。那是「赤裸裸地趺坐在負雪的山峰上」（〈孤獨國〉詩句）的詩人。

還魂讀夢蝶

路漫漫其修遠兮，吾將上下而求索

「風高響作，月動影隨」。讀周夢蝶舊作重版「還魂草」，然綣卷而有此感懷，倒不全是詩人的悲苦，沉落在繁華的市衢、流動的人車裡，顯得十分震人心魂；也不是詩人獨坐的投影，閃爍在字裡行間，而更形幽黯、疾瘁，教人心疼；彷彿只是透過窗鏡，我們面對一個平常人，看他在燈影中生活著，那麼瘦瘦而無力，一轉瞬，卻竟是整個世界轟然灌頂而來。

那必須一個人先是一首完美的詩，淡而不乏味，凡而不低俗，能忍一切風霜雨露，向萬里無寸草處行腳；而在煩囂喧嘩中，也猶能闢清淨地，固守孤寂，受世間至苦，秉方寸淨地，出入自得。方其發而為文，始句句皆詩，句句是全人格的煥發和迸耀。可以說是勁風，愈在高處而響嘯愈作；但更像明月，因為心內先有光，而後山川景物自不能不著其影痕。

所以，「每一隻蝴蝶，都是一朵花底鬼魂，回來尋訪它自己」，用張愛玲先生這句話，做為「還魂草」扉頁上的序詩，不論在涵蓋全書作品風格，或提攜詩人之精神動向，都是十分允當的。對於人生世間，雪白的死與火紅的生，賦予悲苦卻積極，冷澈而熱辣的輪迴詮釋，也許正是周夢蝶先生所欲架構的心靈世界吧！以一種冷靜自省的觀照，詩人透過純中國的文字和涵養，把邏並且表達了他的生死觀，他對人世的慈悲和愛情。

這種冷靜的愛情不是逃避，而是理想之國的提出；看似不著此時此地人間煙火，卻可能是人類未來的精神殿堂；是孤獨的、寂寞的，但仍懷著溫慰其他心靈的大信在。「當你淚已散盡；當每一粒飛沙／齊蟬化為白蓮。你將微笑著／看千百個你湧起來」，如此信望，正是與靈均「九死其未悔」，商隱「成灰淚始乾」一般莊嚴的執着，所謂「為伊消得人憔悴，衣帶漸寬終不悔」是也。即使詩人只面對自我，求索個人的生命方位，他追索時的愛、力和誠摯，也都會深刻地賦給我們理想和啟示，倒不見得世上詩文都要「合為時而作」的。「桃花源記」也能震古爍今，非獨「長恨歌」為然。

準此以讀「還魂草」，我們就不難瞭解詩人「啞然俯視，此身仍在塵外」的靜觀，也就不難體會詩人以宗教的悲憫來對待一切人世的態度。生滅離合，都彷如一夢，所以「睡時一如醒時，碎時一如圓時」，人生之無常，是「再回頭已化為飛灰了」，然則灰飛煙滅中又有「剎那即永劫」的圓熟莊嚴，這種生的苦澀，死的爪熟蒂落，乃是還魂再生的可能；而還魂再生，則要「向絕處斟酌自己」，要敢於「面對第一線金陽／面對枯葉般匍匐在你腳下的死亡與死亡」，「除非你能自你眼中／自愈陷愈深的昨日的你中／脫蛹而出。第二度的／一隻不為蛹眠所困的蝴蝶……」只有面對死亡，始有再生。貫串整部詩集的，就是這種生生死死、輪迴不滅的宗教哲思，人世也許是悲苦的，但肯定人世的態度則是積極的；而「想六十年後你自孤峰頂上坐起／看峰之下，之上之下之左右。／簇擁著一片燈海／每盞燈裡有你」，則是對未來欣然的擁抱，理想的揭櫫；而即使「悲哀在前路，正向我招手含笑／任一步一個悲哀鑄成我的前路／我仍須出發！」正好說明了詩人面對現實，窮索理想的冷毅。

透過了哲智，將感情的悲苦，加以錘鍊凝鑄；賦予熱愛，來圓通柔和哲思的嚴酷，這是詩人多年自我觀照的理想和履踐吧！「於雪中取火，且鑄火為雪」，讀「還魂草」，我們看到一顆心靈常處在對立的兩極：雪與火，紅與黑，生與死……的不斷替代、糾葛、衝突中，如何嘗試去整合融通，在其間掙扎、蛻脫，在其間死生，從蛹到蝶，自蝶而花，這樣的「夢」，美麗之中蘊含有無盡的折磨和追索的悲苦，在悲苦後散發出智慧的光芒。像沙蚌吐珠，是先要含沙吐津的。周棄子先生序詩謂「太瘦眞憐苦作詩」，可見詩人追索歷程之不易，而此不易，大不同於苦吟詩人賈島的推敲，也自非杜子美的撚斷數莖鬚，那是生命在不斷投入、脫出中磨練的大悲，是情智在嬗轉分化，交織裡煎熬的至苦，只有行到水窮處，才能坐看雲起時的。

屈原離騷：「路漫漫其修遠兮，吾將上下而求索。」讀畢「還魂草」，眞教我們面對了這種追索過程的堅毅執着。中國現代詩二十多年來的發展，正是由無數和周夢蝶先生一樣的詩人們忍受孤寂，付出愛與力的背景放映。每一隻蝴蝶，都是花的鬼魂……他們傳遞著花種，讓種籽四處飛播，「只要它（種籽）一天不死，它就隨時有抽芽開花結果的可能。不管它在雪叢下埋得怎樣久，怎樣深。」對中國現代詩的前途，我們有周夢蝶先生一般的信望。

向陽專欄

一九七八年六月十一日，向陽所寫專欄書評〈還魂讀夢蝶〉。

二

要等到一九七七年四月，我自費出版了我的第一本詩集《銀杏的仰望》之後，才與夢蝶先生有了稍微多一點點的對話。在他的詩攤前，從陽明山搭公車下山的我，帶著一疊詩集，其中一本贈書，其餘（約十本吧）則託售於他。夢蝶先生說：「好，你放著，賣完了再來結。」，我說：「好，謝謝周先生。」就是這樣。

然後，我當兵去了，也沒問詩集賣得如何。一九七八年五月，我在高雄小港當兵，在書店中買到了周夢蝶詩集《還魂草》

〈臺北：領導出版社〉，這是一九六五年文星版的重刊本，也收了《孤獨國》的部分詩作。封面是夢蝶先生的畫像，召喚了我對他的想念。當時我因為好友陳銘磻之邀，在他主編的《愛書人》雜誌開了「向陽專欄」，於是就以〈還魂讀夢蝶〉為題，發表了我的讀後感。其中有幾句是這樣說的：

「於雪中取火，且鑄火為雪」，讀《還魂草》，我們看到了一顆心靈常處在對立的兩極：雪與火，紅與黑，生與死……的不斷替代、糾葛、衝突中……。那是生命在不斷投入、脫出中歷練的大悲，是情智在輾轉分化、交融裡煎熬的至苦，只有行到水窮處，才能坐看雲起時的。

文章發表後，我找了一個休假日到臺北，將之面交夢蝶先生，彷彿是對當年收到明信片之情的一種答報，表示一個年輕詩人對他的敬意。夢蝶先生只說：「謝謝你。」接著忽然想到什麼似的：「你的詩集賣完了，要不要結？」我聽到詩集賣完，這就夠了，答以：「可不可以換詩集？」夢蝶先生點頭，我挑了幾本詩集，便算結了帳。這是我與夢蝶先生奇特的往返經驗，我們以詩集易詩集，做了一次「生意」。

一九七九年八月底，我退伍後就到臺北工作，先是在海山卡片公司寫卡片文案，其後因詩人商禽介紹，進入《時報周刊》。在這個階段中，我與南部的詩友還合辦《陽光小集》；與蕭蕭、陳寧貴合編《中國當代新詩大展》（臺北：德華出版社）；與張默、向明、蕭蕭、李瑞騰、張漢良等輪編爾雅出版社《年度詩選》……，這都使我與詩壇有了較多的往返，與夢蝶先生也有了更多的接觸。

這時夢蝶先生的書攤收了，先是暫住內湖，後移住淡水。我見到他多半是在詩友的聚會中，他一貫沉默不言，總是一人端坐角落，我們以微笑見面，三言兩語也已足夠；比起其他我所熟識的前行代詩人，夢蝶先生的內心世界可能只能從他的詩作中去了解了。

三

一九八一年春，陽光小集移來北部編輯，開始改為非同仁詩刊，初期由我任社長，編輯部就設在我的書房，美術編輯則是由我三弟林柏維無償擔任。這時我開始構思將《陽光小集》改版為「詩雜誌」，不再走純詩刊的舊路。以前行代詩人手書詩做為封面，也是這個構思中的一個部分。我約請夢蝶先生賜稿，他答應了，沒多久，我收到他以毛筆書寫的詩稿〈目連尊者〉，這是一首思念母親、難報母恩的佳作。我收到之際，相當興奮。夢蝶先生惜墨如金，願意為《陽光小集》這樣的小眾詩刊寫稿，當然是陽光的榮耀。這年《陽光小集》冬季號，因夢蝶先生詩作墨寶而有了光彩。

次年春天，陽光小集編輯部開始策劃青年詩人票選心目中的十大詩人。我們列了

《陽光小集》一九八一年冬季號以周夢蝶手書詩作〈目連尊者〉為封面。

四十四位戰後代詩人為「選舉人」，也開列了前行代詩人的參考名單，最後選出余光中、白萩、楊牧、鄭愁予、瘂弦、洛夫、周夢蝶、商禽、羊令野、羅門為十大詩人。這個重估詩壇權力結構的創舉，當然也衝擊了當時的文化界，成為焦點議題。夢蝶先生名列其中，意義格外重大，那是一個强調寫實主義的年代，他在「現實性」的評比中得五．七，為十位詩人中最低，但「思想性」的評比則有七．七，僅次於白萩。如就當年十位詩人的活躍程度來看，他深居簡出，根本不涉主流。我告訴他這件事時，他只是淺淺一笑，未及其他。

一九八二年十月底，《陽光小集》第十期出版，封面以「誰是大詩人——青年詩人心目中的十大詩人」為題，印了十位詩人的肖像，夢蝶先生的照片苦行僧一般，閉目低頭，宛然當年在武昌街擺書攤，繁囂聲光，皆與他無涉！

但夢蝶先生畢竟有情，我把這期《陽光小集》寄去給他，附了封信問候他。這次他並沒有立即回覆。

冬天過去了，一九八三年元月中，我收到了他寄來的紙箋，37×11.5cm，同樣是恭整的瘦金體字，一筆一畫，毫不苟且，每個字都緊抓住帛紙：

花氣晴
薰日
鳥聲嬌

一九八三年一月七日，周夢蝶以新羅山人題畫詩答賀「陽光小集諸仁者」。

戰春
新羅山人
題畫詩
一九八三年一月七日
周夢蝶答賀
陽光小集諸仁者

夢蝶先生選清朝畫家新羅山人（本名華嵒）的名句，回答我的問候，而以「陽光小集諸仁者」為答賀對象，用心良苦。「花氣晴薰日」，暗合他對陽光小集青年詩人的期許；「鳥聲嬌戰春」，似乎也有對於《陽光小集》挑戰當年詩壇權力結構的嘉許之意吧。新羅山人有號「離垢居士」，別號「布衣生」，老來自喻「飄蓬者」，喜用枯筆、淡彩，有空靈駘宕之致，夢蝶先生選其題畫詩贈陽光，或也有自譬當時心境的想法吧。

四

葉嘉瑩為周夢蝶詩集《還魂草》寫的序，說他的詩境所表現的，是極近於一種自「雪中取火，且鑄火為雪」的境界；說他是「一位以哲思凝鑄悲苦的詩人」。「雪中取火，且鑄火為雪」出自〈菩提樹下〉，用來說明夢蝶先生的詩與人，乃至於他的日常生活，都不為過。

一九九七年，夢蝶先生以其詩藝成就獲第一屆國家文藝獎，評審委員會擬定的「得獎理由」由詩人瘂弦主草，末段指夢蝶先生：

人格風格高度統一，文學哲學渾然一體，建構出一個完整的心靈世界。在當今文壇，以苦行堅持個人情志、完成文學事業、淡泊自持、無怨無悔如周先生者，洵屬少見。

說的也正是他鎔鑄文學之火、哲學之雪而建構出的澄明境界。我當時忝任評審委員之一，由於委員會擔心夢蝶先生婉拒領獎（而依他的狷介個性，這是極有可能之事），乃指派我與他聯繫，請他接受此一榮譽。我受此高難度任務，便與夢蝶先生聯繫，約了一個週日上午到他在新店的住處看他。還記得當天風和日麗，我準時到達，見了夢蝶先生，向他說明來意，也希望他了解國家文藝獎是經由嚴謹的評審過程所產生，是全體委員不帶感情地對

二〇〇九年周夢蝶與向陽合影。（陳文發攝）

他作品成就的肯定，請他萬勿謙辭。

十多年過去，我如今已經忘了我當時如何組織那些我所講的話，只記得夢蝶先生只是傾聽，有時回應一聲，如我年輕時在武昌街見他一樣。也許是我說的，讓他難以拒絕吧，最後他接受了。頒獎典禮之後，我讀到記者史玉琪訪問夢蝶先生的稿子，這才知道當時他才剛自中國大陸探親回來，承受了「得知母親、二子故去，妻子改嫁也故去，長子得見最後一面，只剩一個女兒在」的生命中最嚴酷的打擊。原來我去拜訪夢蝶先生，遊說請勿婉拒國家文藝獎時，他是在這樣的苦境之中，在這樣的煎熬之下；原來他之接受國家文藝獎，是因為「不忍澆人冷水」，是因為「接受比拒絕容易」。而當時的他，有的是「人在病中，慘澹經營」的感覺。

十多年過去，我開始明白夢蝶先生當日自苦而不苦人的謙遜。他的內在世界深藏於詩作最底層，不輕易示；但同時他又是一個多情之人，用葉嘉瑩教授的話說，他有著屬於「火」的沉摯的淒哀，也有著屬於「雪」的澄淨的淒寒。他的孤獨，源自於此；他的受人敬重，也源自於此——這在他寫給二十歲的我的明信片上，如此；在他寫給年輕躁進的「陽光小集諸仁者」的題墨中，也是如此。

——二〇一二年四月

臺灣的心窗

——王昶雄及其〈阮若打開心內的門窗〉

歲月は悲しい思ひ出も，樂しい思ひ出も一樣に載せて流れた。
（歲月同時載著悲傷的記憶與快樂的記憶流逝而去。）

一

一九四三年七月三十一日，張文環主編的《臺灣文學》秋季號（第三卷第三號）刊出了王昶雄所寫的日文小說〈奔流〉。這個時候的王昶雄二十八歲，剛從日本大學齒學系畢業返臺一年，已經在淡水開設岩永齒科診所，同時也加入了《臺灣文學》為同仁。「歲月は悲しい思ひ出も，樂しい思ひ出も一樣に載せて流れた」這句話是〈奔流〉第五章起筆之語，點出了〈奔流〉這篇小說的主旨。做為日本在臺推動皇民化運動如火如荼之際出現的小說，〈奔流〉敘述了當時臺灣人面對國族與身分認同的掙扎與苦悶。王昶雄通過一個

一九八四年，王昶雄邀向陽參加益壯會聚會的合影。

受過日本完整教育的鄉下醫師「我」（洪醫師）與伊東春生、林柏年兩個臺籍青年的來往，描繪了皇民化時期臺灣知識份子在「日本人」認同或「臺灣人」認同之間猶豫與徬徨——是要以統治者日本人為認同對象、還是要以生為臺灣人為榮的雙重苦惱——這是一篇凸顯殖民地人民國族認同課題的小說，複雜的殖民處境、弔詭的認同游移，形成深沉的悲哀，正是這篇小說動人之處。

我初接觸王昶雄這篇小說，是在大學年代，讀日文系的我，在文化學院的圖書館中發現了東方文化書局復刻的《臺灣新文學雜誌叢刊》，當時非常震撼，因為在我的受教育過程中，這是我所不認識的臺灣。通過各卷叢刊的翻閱，我方才看到日本統治下臺灣新文學的面貌。然而以當時的日文閱讀能力，我也只能囫圇吞棗，〈奔流〉是我勉强可以閱讀的一篇小說，留下了一些印象。但也僅止於小說故事，而無法理解小說背後深沉的無奈。

等到我與王昶雄老前輩認識時，已是一九八〇年代，當時我主編《自立晚報》副刊，因為約稿和報社特質的關係，和包括王昶雄在內的日治年代作家有了相當頻繁的接觸，當時經常提供稿件給《自立》副刊的老作家除了王昶雄之外，還有巫永福、郭水潭、龍瑛宗、楊逵、黃得時、劉捷、楊熾昌、林清文、林芳年等人，他們都是在日治年代開始文學書寫，戰後則因為語文的轉換和跨越，到一九七〇年代鄉土文學論戰前後才先後復出文壇。對於這一群「跨越語言的一代」作家，我總是在與他們接觸的過程中，感覺到一股無可如何的落寞。受過日本教育的他們，年輕時嫻熟的是日文書寫，也以日文書寫成為受文壇矚目的新星；然而，戰爭和大時代的變化，卻迫使他們在中壯之年停筆，必須重新學習中文，而有一大段時間無法發聲，並且不為下一代所認識。這樣的落寞，伴隨的往往也是孤獨。而當時的《自立》副刊無疑提供給他們和戰後一代對話的機會。

我與王昶雄先生的交往，是在這樣的背景下開始。印象中應該是透過同事、詩人杜文靖的介紹，與他見面，其後因他的邀請，參加了幾次由他召集的「益壯會」聚會。益壯會，是日治時期老作家的聯誼餐會，取「老當益壯」之意，大約開始於一九七〇年代，常常參與聚會的作家有王昶雄、劉捷、龍瑛宗、吳坤煌等人，我的日本老師、臺灣文學學者塚本照和來臺研究時，也都會與會。這樣的因緣，使我與他的接觸更加頻仍，每次相聚，總會小酌。王昶雄先生都是神采奕奕、笑聲連連，他與塚本老師談話用日語，轉過頭和我談話時說臺語，自然流轉，談笑風生，表現出他的豪情、浪漫和寬闊。難怪杜文靖兄總是稱他為「少年大仔」，他應該另組個「忘年會」才是。

二

雖然以小說〈奔流〉揚名日治年代的文壇，王昶雄先生其實也擅長散文和詩。特別是他開始中文創作之後，散文作品尤多。他的散文，寫得相當流暢，文筆秀美，字跡清麗，讀來有酣然暢快之感。這和他天生開朗樂觀的人格有關。

一九八三年冬，我籌思在《自立》副刊推出「作家日記三六五」專欄，邀請作家提供日記，以為次年元旦後之用。我也向王昶雄先生約稿，他寄來一篇題為〈身在此山中〉的日記。日記寫他在陽明山的山居生活，表現了他熱愛自然、寄情山水的心境：

「山中無曆日，寒盡不知年。」在山上，我從不留意過自己的歲數，一頂草笠，一條牛仔褲，是我出門時的打扮。我寄情山水，自然不慕榮利，讀書與爬山一般，致心其中，渾然忘我。我愛山之靜中有動，它靜得那麼安謐，動得那麼和諧。

「山中無曆日，寒盡不知年。」在山上，我從不留意過

No. 2.

自己的歲數，一頂草笠，一條牛仔褲，是我出門時的打扮。我寄情山水，自然不慕榮利，讀書與爬山一般，致心其中，渾然忘我。我愛山之靜中有動，它靜得那麼安謐，動得那麼和諧。

（王昶雄，生於五四運動前後，台北縣淡水人，早年畢業於日本大學齒學系。小說家、詩人，曾參與「台灣文學」的編輯工作，並且創作過多首國、台語歌詞。）

(24×25)

王昶雄日記〈身在此山中〉片段，及文末所書簡介。

這時的他，六十八歲，這篇隨筆，一點也不顯老態，他寫陽明山，寫山居生活的陶然自得，都令我動容。「靜得那麼安謐，動得那麼和諧」，寫的該也是他的人生觀吧。

文靖兄與王昶雄先生是忘年交，認識也早。他多次向我推薦王昶雄先生的歌詩〈阮若打開心內的門窗〉，也在《自立晚報》的專欄中向讀者推薦這首歌；每年農曆七月，《自立晚報》在南鯤鯓舉辦鹽分地帶文藝營，〈阮若打開心內的門窗〉更是營隊必會合唱的歌。這首歌以「五彩的春光、心愛的彼人、故鄉的田園、青春的美夢」四個圖像，寫出人生的美麗，給人希望和力量：

阮若打開心內的門，就會看見五彩的春光，
雖然春天無久長，總會暫時消阮滿腹辛酸，
春光春光今何在？望你永遠在阮心內，
阮若打開心內的門，就會看見五彩的春光。

阮若打開心內的窗，就會看見心愛彼的人，
雖然人去樓也空，總會暫時給阮心頭輕鬆，
所愛的人今何在？望你永遠在阮心內，
阮若打開心內的窗，就會看見心愛彼的人。

阮若打開心內的門，就會看見故鄉的田園，
雖然路途千里遠，總會暫時給阮思念想要返，
故鄉故鄉今何在？望你永遠在阮心內，
阮若打開心內的門，就會看見故鄉的田園。

阮若打開心內的窗，就會看見青春的美夢，
雖然前途無希望，總會暫時消阮滿腹怨嘆，
青春美夢今何在？望你永遠在阮心內，
阮若打開心內的窗，就會看見青春的美夢。

有一次我和王昶雄先生談到這首歌，問他能否寫篇有關這首歌創作的文章，他以一貫的笑回答我：「哈哈，好啊，我來寫吧。」過了幾天之後，我們再見面，他已經帶來用孔雀牌六百字稿紙寫的〈鄉音代表我的心——「阮若打開心內的門窗」前後〉，共七頁，近四千字。我接到這一疊稿紙，不能不佩服他的精力，這時他已六十八歲了，對於我的約稿，如此快速回應，也可看出他對這首臺語歌詩的重視。

這篇文章，分三節。第一節交代他受到日本詩人西條八十投入流行歌詞創作的啓發，投入國語歌詞、臺語歌詞創作的因緣；第二節寫他與呂泉生先生合作〈阮若打開心內的門

窗〉的過程，和他當時構思內容的心境；最後一節則寫歌曲完成後受到喜愛的種種。

我很仔細地閱讀了這篇難得的稿子。這才知道，〈阮若打開心內的門窗〉發表於一九五七年（當時我二歲），由文協男聲合唱團在臺北中山堂首唱，其後在大專合唱團中傳唱。但更重要的是，這首歌詩寫的，原來是王昶雄先生前後十一年的留日歲月，是他對故鄉臺灣、往事、故舊、愛人的懷念：

> 身在異鄉，每天開開窗戶，長方的窗框宛如畫框，出現窗子的藍天、白雲和遠山近水，好像裝在畫框裡的一幅印象派油畫。如果打開內心的窗戶，由「心窗」望出去，卻盡是故鄉的那嫵媚多姿的青山，前面是一片稻田，可以看到起伏的稻浪，也彷彿聞到了泥土的芳香。故鄉的田園，更讓我身在異鄉時的無奈日子裡，有所寄懷。鄉思代表了遊子愛戀泥土的芬芳、生根的地方。

我讀這段文字，揣想青年王昶雄在東京寄宿處的心境，這就更能體會這首歌詩的情懷了。是對故鄉和一切美好事物的想望，是對臺灣戀慕的心窗，使得王昶雄先生寫出了〈奔流〉中臺灣人認同的尷尬與矛盾，寫出了〈阮若打開心內的門窗〉的故鄉之愛和人生之美。他的心靈之門敞開著，他的心靈之窗敞開著，即使走過兩個時代，而多半的時候是在灰暗的巷弄踽行，他卻總是看到希望和光明，並且以他的人與文，向熱愛的臺灣傳遞同樣的訊息。

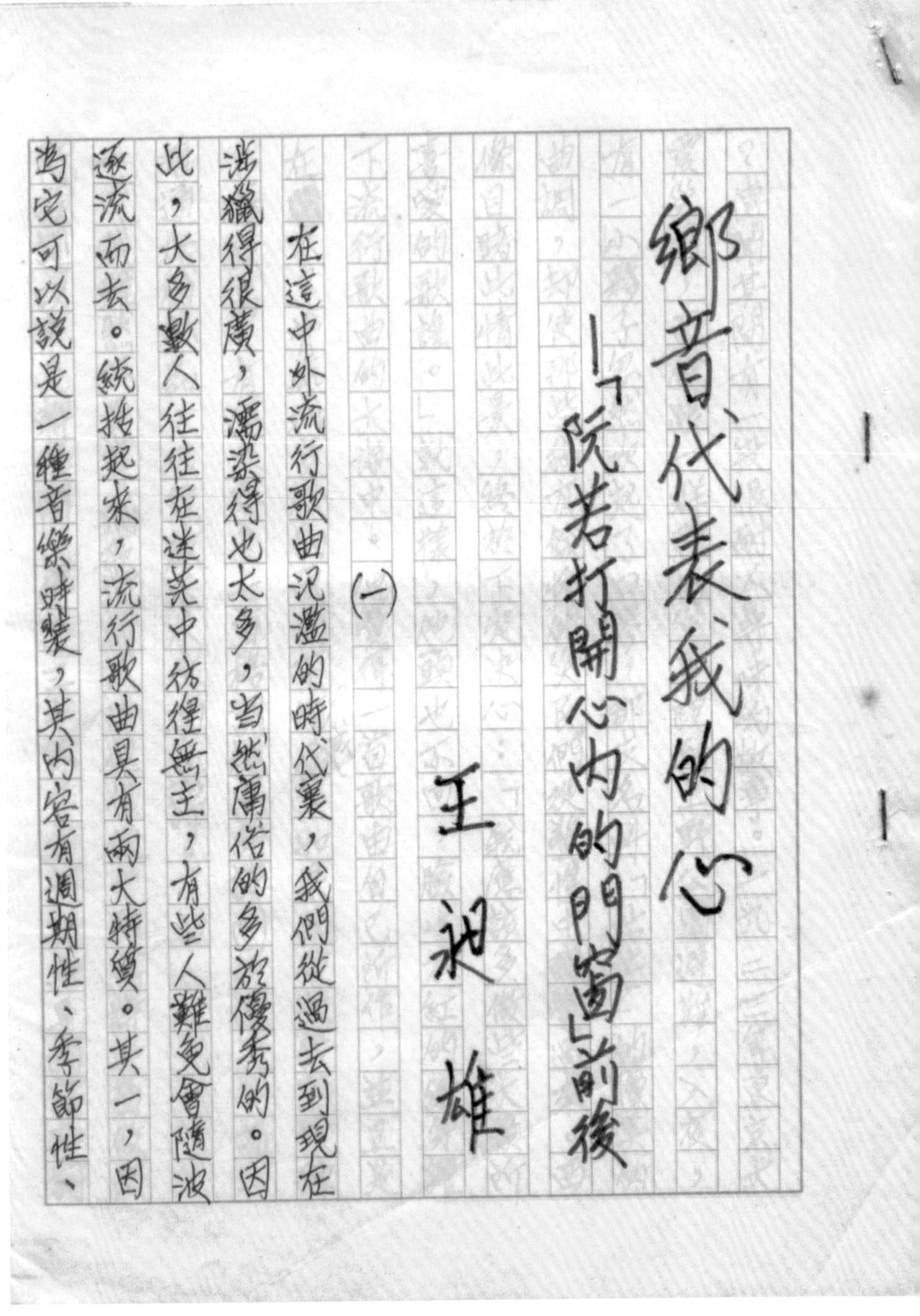
鄉音代表我的心

——「阮若打開心內的門窗」前後

王昶雄

(一)

在這中外流行歌曲氾濫的時代裏，我們從過去到現在涉獵得很廣，濡染得也太多，當然庸俗的多於優秀的。因此，大多數人往往在迷茫中彷徨無主，有些人難免會隨波逐流而去。統括起來，流行歌曲具有兩大特質。其一，因為它可以說是一種音樂時裝，其內容有週期性、季節性、

王昶雄〈鄉音代表我的心〉手稿，談他創作〈阮若打開心內的門窗〉的來龍去脈。

自立晚報　中華民國七十三年六月七日

〈我的心路〉王昶雄

鄉音代表我的心

——「阮若打開心內的門窗」前後

一九八四年六月七日，《自立》副刊以頭條刊出王昶雄作品〈鄉音代表我的心〉，並附〈阮若打開心內的門窗〉詞曲合譜。

我決定以最快的速度發表這篇文章，並請王昶雄先生提供他和呂泉生先生的合照，外加這首歌的詞曲合譜，頭條刊出，來凸顯王昶雄先生創作這首歌詩的文獻意義。時為一九八四年六月七日。

三

〈奔流〉的最後一段是這樣寫的：

我想膩了，連想都不願意再想。我終於待不下去地連呼著狗屁！狗屁！而從山崗上跑到山崗下。然後像小孩子似地疾跑，跌了爬起來跑，滑了爬起來再跑，撞上了風的稜角，更用力地一直跑。（林鍾隆譯本）

王昶雄先生從日治年代出發，逝世於二〇〇〇年元旦凌晨。他的一生，可說是在與「風的稜角」競逐的歲月中度過。對於像王昶雄先生這樣跨越兩個年代，經歷兩個國家統治的臺籍作家來說，認同的困惑可能是他們一生都難以排解、無法言說的苦悶吧。但儘管如此，他們對生身之地的臺灣的愛則是堅定的；他們通過書寫，無負一生，即使總是暗巷獨行，仍然用力地走下去。

同年十一月四日，真理大學以「臺灣文學家牛津獎」獻給他的在天之靈，並舉辦了「福爾摩莎的心窗——王昶雄文學會議」來紀念他對臺灣文學的貢獻。與會之後，我寫了一篇紀念他的散文〈臺灣心窗〉，表達我對他的追思與想念：

讀老前輩的舊作，書頁之間不時浮出他的笑顏和身影，耳畔響起〈阮若打開心內的門窗〉的歌聲。斯人去矣，但他的人與作品則為臺灣留下可貴的心靈之窗，如他一生所信，悲傷和愉快都會過去，只要懷抱希望和信心，五彩的春光終將來臨。

——二〇一二年五月

臺灣文學明燈

——鍾肇政與《臺灣文藝》

一

一九七六年十年七日，獨力撐持《臺灣文藝》雜誌十三年的吳濁流先生逝世，長期以來協助編務的小說家鍾肇政，在延續臺灣文學命脈的使命感下，接下了這個相當吃力的棒子。創刊於一九六四年四月的《臺灣文藝》，是戰後臺灣本土文學的搖籃，但由於一九六〇年代的臺灣文壇以現代主義為宗，描寫臺灣鄉土、反應社會現實的文學未成主流，加上政治上的敏感，使得這份雜誌並未受到讀者的青睞，借鍾肇政先生的說法，「她幾乎沒有銷路」，吳濁流為了這份雜誌，四處向老友募款，把雜誌編印出來之後，「差不多可以說只是為了分送給朋友們而已」——在這樣慘澹的狀況下，鍾肇政先生毅然接下重擔，可以看出他為臺灣文學的傳承與延續所下的決心。

我大約也在這個階段接觸了《臺灣文藝》，當時我仍就讀文化學院，開始寫詩，投稿，在圖書館看到《臺灣文藝》，薄薄的冊子，紙張與印刷都不夠精緻，相較於當時大學生必讀的《中外文學》，這本文學雜誌看來並不起眼，然而我卻被蘊藏其中的「臺灣味」吸引了。這是無法言說的感覺，來自泥土的聲音，在我看似熟悉、實則陌生的紙頁中召喚著我。

當時的我開始臺語詩和十行詩的實驗。十行詩每一寫就，就投稿報紙副刊和詩刊，都很快被刊登出來；但當時稱為「方言詩」的臺語詩則命途多舛，投寄報紙都遭退稿，後來我把最初的一輯「家譜篇」寄給了《笠》詩刊，接到了主編趙天儀先生的明信片，說這輯詩作會刊登時，整個晚上興奮得睡不著覺。在那個暗黑的年代中，使用臺語創作，犯了兩個大忌：文學水平和政治疑慮。《笠》詩刊接受還是無名投稿者的臺語詩，讓我有了繼續寫下去的信心。另一個接受我的臺語詩的刊物是高準先生主編的《詩潮》，這是緣於高準先生當時在華岡任教，要我提供詩作，於是我把「狂誕篇」交給了他，發表在一九七七年五月的創刊號中，並且意外地獲得該刊創刊紀念獎。更意外的是，這年鄉土文學論戰爆發，《詩潮》被指控刊登「工農兵文學」。

在這樣的發表環境中，當時鍾肇政先生主持的《臺灣文藝》銳意革新，於一九七七年春天推出了革新號，很快就吸引了我。於是我將臺語詩寄給了《臺灣文藝》，先後在當年六月革新二期、十二月革新四期上刊出了「百姓篇」、「不肖篇」兩輯詩作，負責詩稿編輯的是趙天儀先生，但寫信給我的，換了鍾肇政先生。他鼓勵我持續寫作，這封信已經找不到了，但從此之後我與他開始了書信往返。他的信，寫得相當有感情，對於一個文壇後進，他滿懷熱情；他的字跡則因為振筆疾書，而有龍飛鳳舞的逸趣。這時的《臺灣文藝》由遠景出資支持，和《現代文學》並為臺灣兩大文學雜誌，小說創作甚有可讀，如宋澤萊的〈打牛湳村：笙仔和貴仔的傳奇〉，就是在一九七八年三月的《臺灣文藝》發表，並引起文壇矚目。看得出來，鍾肇政先生接編《臺灣文藝》之後勤於挖掘新銳，因而也勤於寫信給小輩的熱誠。這個階段的《臺灣文藝》在鄉土文學論戰之後，以穩健而又豐厚的內容，猶如明燈，照亮了戰後臺灣文壇，鍾肇政先生這時五十四歲，雙眼炯炯，為提振臺灣文學把苦差事當成了日常功課。

二

一九七八年六月出版的《臺灣文藝》革新號第六號，發布吳濁流文學獎、新詩獎得主，前者由已逝的李雙澤以〈終戰の賠償〉獲得；我得到新詩獎，作品即是先前刊登的臺語詩「百姓篇」和「不肖篇」兩輯。此時我已入伍，在高雄小港當兵。得獎消息在編委會通過後，由鍾肇政先生於三月十三日通知我。

這張通知函，用鋼板刻寫油印，是由鍾肇政先生親手謄刻，字跡秀雅，主要是通知當屆「吳濁流文學獎及新詩獎」評選結果：

文學獎部分：

得獎作品及作者：「終戰賠償」李雙澤作

佳作獎作品及作者：「河鯉」鍾鐵民作、「剝」喬幸嘉作

新詩獎部分：

得獎作品及作者：「鄉里記事」向陽作

佳作獎作品及作者：「醉漢」非馬作、「鄉景」宋澤萊作

這張已有歲月摺痕的通知函，發於鄉土文學論戰尾聲之際，包括李雙澤在內的所有得獎作品都與臺灣土地、現實社會有關。在風聲鶴唳的威權統治之下，主編《臺灣文藝》，並擔任吳濁流文學獎評選會召集人的鍾肇政先生，一定承擔了相當的政治壓力。

對我來說，能以臺語詩獲得吳濁流新詩獎，乃是莫大的榮幸，我隨即寫了得獎感言〈人間的喜悲〉，寄給鍾肇政先生。幾天之後，我收到了他的回信。在這封信中，他以相當熱切的口吻鼓勵我寫小說：

從你這篇稿子，我看出了你的文章強勁有力，極適合寫小說。尤其你那份對泥土的悲憫與摯愛，令人感動。我在想，你看了陳映真、宋澤萊等人的作品後，說不定也會想寫寫小說，對嗎？小說的世界，應當比詩更開闊，也更深邃，實在值得追求的。

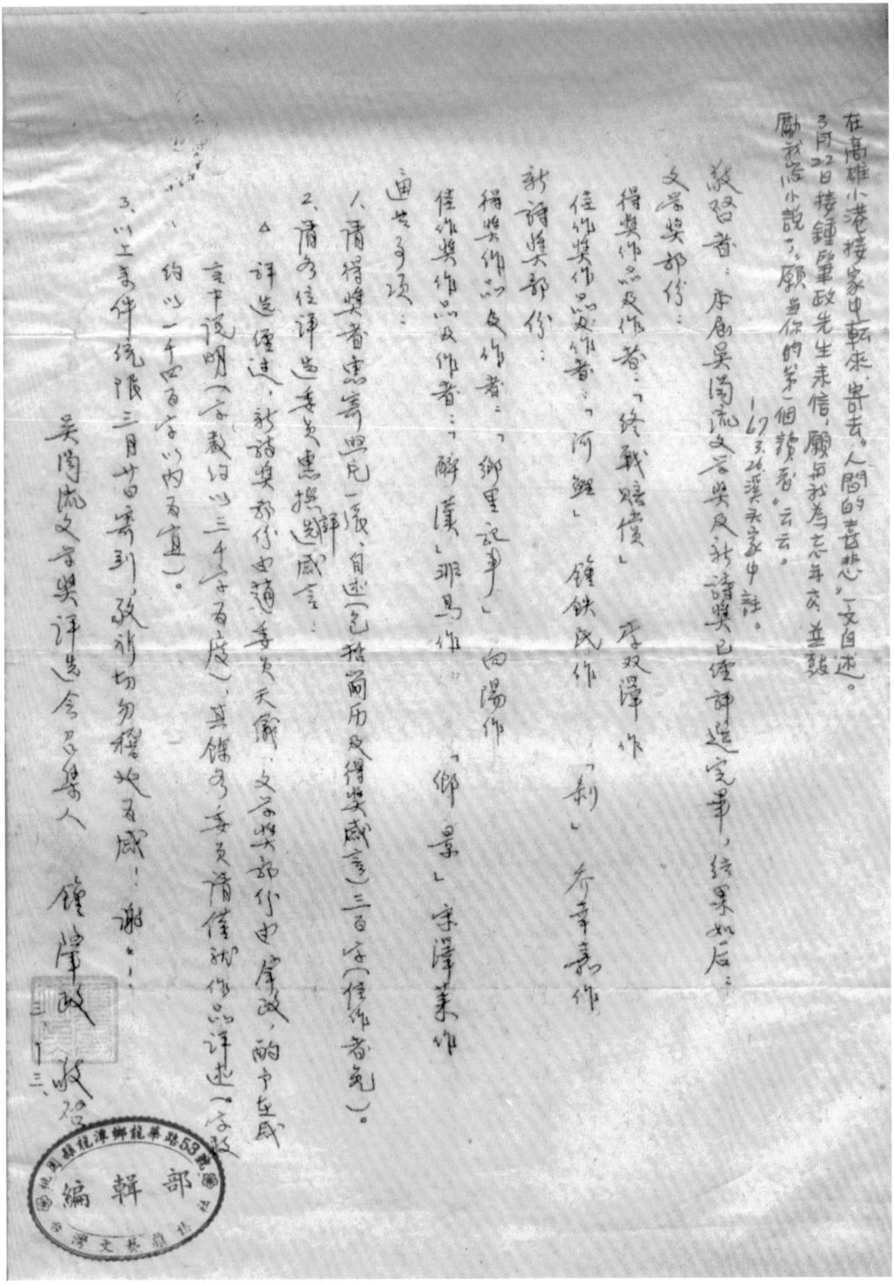

在高雄小港接家中轉來，寄去「人間的喜悲」一文自述。
3月22日接鍾肇政先生來信，願與我為忘年交，並鼓
勵我寫小說……。願當你的第一個讀者。云云。
67.3.26.溪和家中註。

敬啓者：本屆吳濁流文學獎及新詩獎已經評選完畢，結果如后：
文學獎部份：
得獎作品及作者：「終戰賠償」 李双澤作
佳作獎作品及作者：「河蟹」 鍾鐵民作 「剎」 喬章嘉作
新詩獎部份：
得獎作品及作者：「鄉里記事」 向陽作
佳作獎作品及作者：「醉漢」 非馬作 「鄉景」 宋澤萊作
通告事項：
1、請得獎者惠寄照片一張、自述（包括簡歷及得獎感言）三百字（佳作者免）。
2、請各位評選委員惠撰評選感言：
△評選經過，新詩獎部份由趙委員天儀，文學獎部份由肇政，酌予在感言中說明（字數約以三千字為度），其餘各委員請僅就作品評述（字數約以一千四百字以內為宜）。
3、以上事件統限三月廿日寄到，敬祈切勿稽延為感！謝々！
吳濁流文學獎評選會召集人 鍾肇政 敬啓
三、

桃園縣龍潭鄉龍華路53號
編輯部
台灣文藝雜誌社

吳濁流文學獎通知函，由鍾肇政用鋼板刻寫油印寄發。

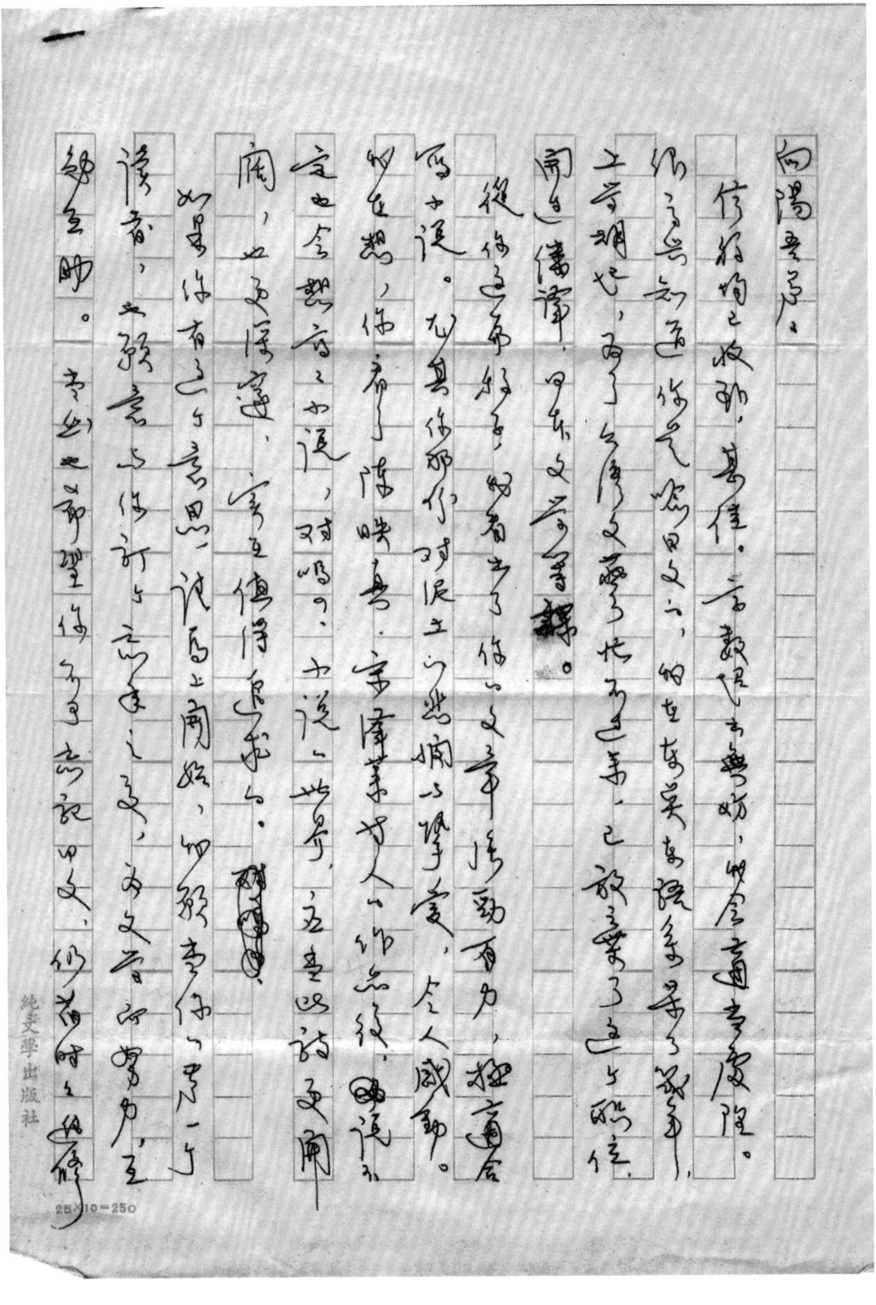
向陽先生：
信稿均已收到，甚佳。一首散文也無妨，[illegible]適當限度。
你可能知道你先[illegible]日文，[illegible]東語系學了幾年，
[illegible]，到了台灣文藝[illegible]，已放棄了這個[illegible]
[illegible]翻譯，日本文學翻譯。
從你的散文，我看出了你的文章[illegible]有力，相當適合
寫小說。尤其你那份對泥土的熱愛，令人感動。
[illegible]，你有了[illegible]，寫[illegible]人的作品？說不
定也會想寫寫小說，對嗎？小說的世界，應該更開
闊，也更深厚，[illegible]。
如果你有這個意思，[illegible]開始，[illegible]你的第一個
讀者，也[illegible]意見，[illegible]
幫助。 [illegible]

一九七八年三月二十日，鍾肇政給向陽的信，期許他寫小說。

如果你有這個意思，請馬上開始，我願當你的第一個讀者，也願意與你訂個忘年之交，為文學而努力，互勉互助。

在軍中，我反覆閱讀鍾肇政先生的信稿，彷彿看到了一九五七年他召集文友共組《文友通訊》的熱情。我生也晚，讀《文友通訊》的來往信札，也總會看到「互勉互助」這四個字。鍾肇政先生三十三歲時組《文友通訊》，被稱為「臺灣文學主義者」而不以為忤，當時他寫信甚勤，字裡行間，對於文友鼓勵、打氣，毫無吝意；他看到鍾理和作品在林海音主編的聯副刊出，都會懷著激動的心，剪報寄給鍾理和；他對不為文壇接受的李榮春也是如此打氣——我何其有幸，在初入文壇之時，就能獲得這位文壇大家的鼓勵！

但也在這同時，《臺灣文藝》再次面臨經營困境，儘管鍾肇政先生用心提升內容，使雜誌具有高度水準，但仍不為市場接受，打不開銷路，使得出資的遠景出版社不堪賠累，必須收回自營。這年五月十四日，鍾肇政先生給了我一張明信片，首段問我如何發寄吳濁流新詩獎的獎金、獎牌；第二段提到了《臺灣文藝》的苦境：

《臺灣文藝》因遠景說賠不下去了，所以我只好收回自營。經費何出，迄仍茫無頭緒，目前正在努力找人支持，不過恐不容易。我會想盡一切辦法讓她存續下去。萬一無法就讓她垮了算了。你的小說已開始寫了嗎？匆匆祝好。

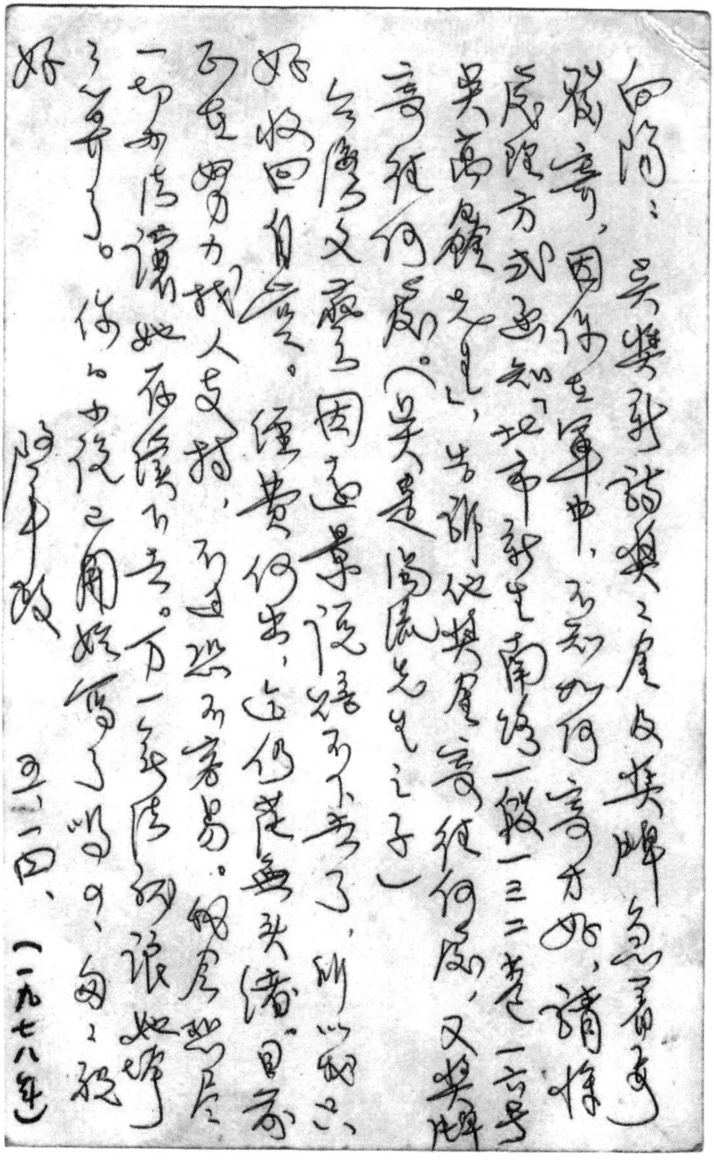

一九七八年五月十四日，鍾肇政寫給向陽的明信片，談及《臺灣文藝》的出版困境。

向陽：

接信之際，不敢重看一次，也未敢回信，因為心緒動亂，欷歔不已，有無從着筆之慨。

然後要謝謝你的好意，你的激勵。我本心灰意冷，怕那份負荷沉重工作負担，從選稿、集稿、編稿、付印，到連絡書，我便覺書系都由自己一把抓而困頓一煌態。看信後，我的心似乎再提起力量。事實上，近日心裏消息傳來，一個朋友的謝函打亂我的心。然之後沒有推辭下去了。

真不忍心接下你那份代表寬容與心與心的契合，不過我已全心全意接下，因為也定出自一份純真的友誼。

我已有所了悟。回家的路上估計，每年經費是

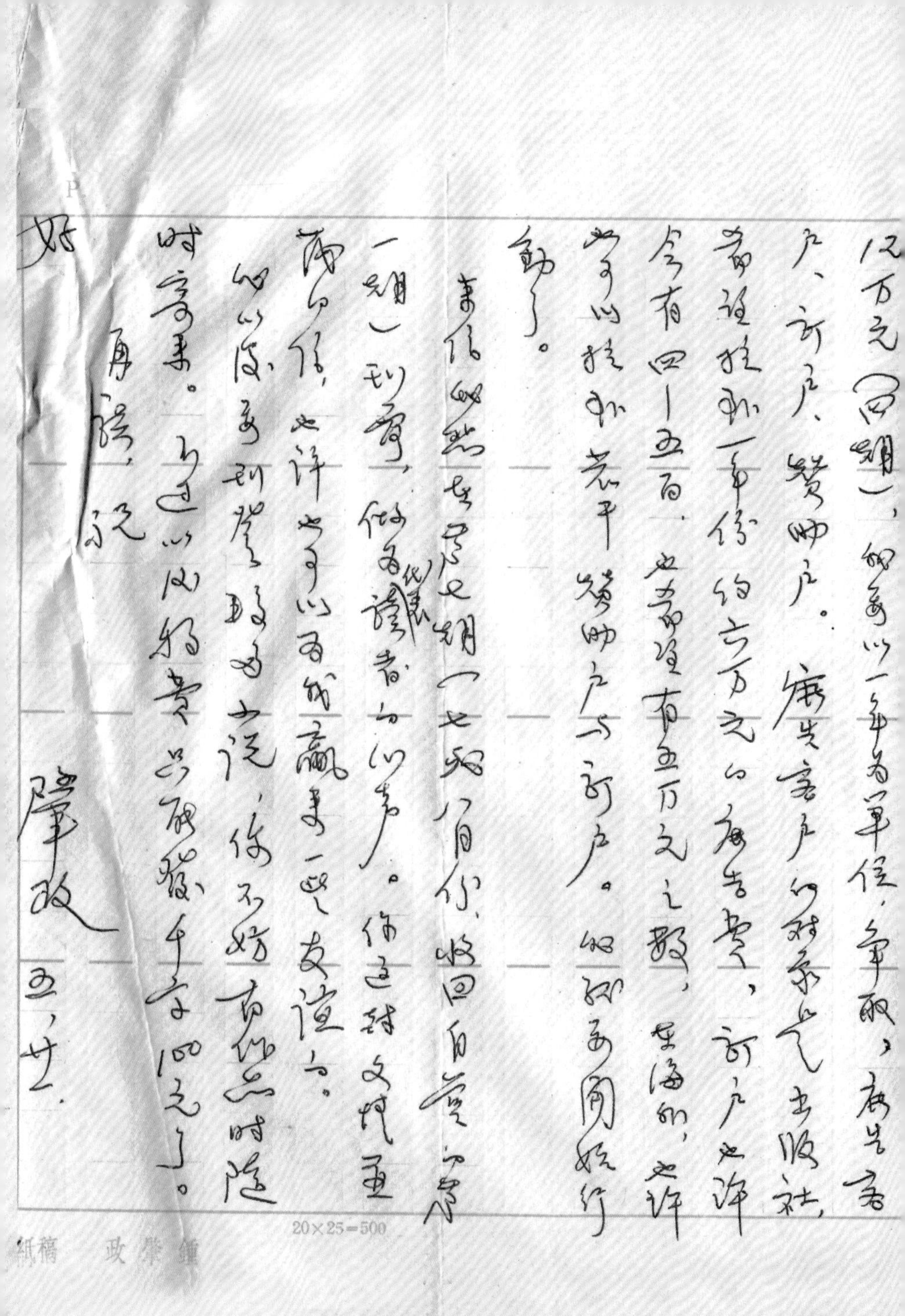
12万元（四组），仍每以一年为单位，每年取，广告客
户、订户、赞助户。广告客户的对象是出版社，
每组找到一年份的六万元的广告费，订户也许
会有四一五百，也每组有五万元之数，至海外，也许
也可以找到若干赞助户与订户。如此可开始行
动了。
来信所说要退出七组（七组）的人，你收回自管，只要
一组）到齐，仍每（代）读者为以订户。你这封文件主
旨可信，也许也可以为我赢来一些友谊与。
的以后，要到发现的好小说，你不妨打电话，时随
时寄来。至这以后稿费另服发千字100元了。
再谈，祝
好
肇政
五，廿.

20×25=500

鍾肇政 稿紙

一九七八年五月二十一日，鍾肇政給向陽的信，說他要為《臺灣文藝》「開始行動」了。

我接此短札，也為《臺灣文藝》的前景擔心。於是回信給肇政先生，請他將獎牌寄溪頭老家，獎金則請捐回，希望《臺灣文藝》能持續以繼。五月二十一日，鍾肇政先生回了信，信的開頭就說「接信已兩天，不敢重看一次，也未敢寫信，因為我激動起來，欷歔不已，有無從著筆之慨」。接著說：

> 我原心灰意冷，怕那獨負的沉重工作負擔，從邀稿、集稿、看稿、付印，到連發書、找經費來源都必須一把抓的困頓與惶恐。來信給了我一份再挺挺的力量。事實上，近日以來消息傳出後，朋友們都為我打氣，要我辦下去。我已無法再推辭下去了。
>
> 真不忍心接下你那份代表榮譽與心血的獎金，不過我還是要接下，因為它出自一份熱血的友誼。
>
> 我已有幾個構想。目前約略估計，每年經費要十二萬元（四期），我要以一年為單位，爭取廣告客戶、訂戶、贊助戶。廣告客戶的對象是出版社，希望拉到一年份約六萬元的廣告費，訂戶也許會有四——五百，也希望有五萬元之數，在海外，也許也可以拉到若干贊助戶與訂戶。我就要開始行動了。

三十四年後的今天，我逐字鈔謄鍾肇政先生的這封信，更覺不忍。他當年的心情，從「心灰意冷」到「我就要開始行動了」，是在怎麼樣的煎熬中交替。做為臺灣文壇的大老，他接下吳濁流先生的遺業，以無比的毅力撐持《臺灣文藝》這份讀者有限的刊物，沒有助理、沒有幫手，一肩負重荷，即使到了山窮水盡，還籌謀再起。這又是何等的無私奉獻啊，在那個年代，鍾肇政先生無疑就是臺灣本土文學的守護者，他提明燈，照亮邊陲，珍惜本土作家的創作，鼓勵他們書寫，並且想盡辦法要讓《臺灣文藝》成為高水準的文學刊物。這份情操，使他在心灰意冷之餘，還銜命望前，繼續拖犁耘田。

三

一九七八年八月，鍾肇政先生應民眾日報社之聘，擔任該報副刊室主任兼副刊主編。在無給職的《臺灣文藝》之外，《民眾》副刊主編的待遇雖然微薄，但每日出刊，可運用的篇幅甚大，也付作者稿費，於是他愈發奮勇，展開了本土文學的領地。除了邀請葉石濤、彭瑞金以每月對談方式討論副刊所登小說之外；他先後刊登了李喬《寒夜三部曲》、東方白的《浪淘沙》，激發了臺灣大河小說的書寫風潮；他對年輕作家的拔擢更是不遺餘力。《臺灣文藝》依然苦撐，陳映真的〈夜行貨車〉、陳若曦的〈路口〉、施明正的〈渴死者〉，篇篇精彩。這該是鄉土文學論戰之後臺灣現實主義小說的又一次豐收。推動搖籃的手，來自鍾肇政先生。

遺憾的是，鍾肇政先生主編《民眾》副刊未及兩年，職務便遭架空，最後辭職。但

一九八三年，自立晚報宴請《自立》副刊作家，高歌者為時任社長的吳豐山，左至右依序為詩人李魁賢、副刊編輯江小姐、小說家陳恆嘉、接棒主辦《臺灣文藝》的醫師作家陳永興、卸下編務不久的鍾肇政、向陽。

儘管如此，他在這個時期樹立的臺灣本土副刊風格，已經足以在文學傳播史上留下典模。另一個遺憾屬於我，雖然前輩殷殷叮嚀，我終究沒有產出小說，愧對鍾肇政先生的期許。而最大的遺憾是，《臺灣文藝》在鍾肇政先生之後，雖然有陳永興醫師、詩人李敏勇、臺灣筆會、前衛出版社、李喬、杜潘芳格、鄭邦鎮……等先後接棒，還是抵不過寒冬，已於二〇〇三年四月停刊。

——二〇一二年六月

為母土而書寫

——阿盛與「散文阿盛」

我與阿盛認識甚早，兩人都是一九五〇年代出生的「庄腳囝仔」，是原因之一；在寫作經歷上，大約同時起步，是原因之二；曾經在中國時報有過同事之緣，是原因之三——但更重要的原因，可能是我們對臺灣這塊土地都有著深厚的感情，我們的寫作不是沒來由的，赤腳走過泥土，我們都為腳下的母土而寫。這使阿盛和我之間，隱約存在著某種書寫的默契。我們的作品有土臭味，因而臭味相投。

阿盛崛起文壇，源於一九七八年三月在《聯合報》副刊發表〈廁所的故事〉，獲得詩人楊牧的讚賞，使他受到文壇的矚目。事實上，阿盛早在高中階段就已經開始寫作，編輯學生刊物；高一就在《臺灣日報》副刊發表小說，較諸同年代作家，起步甚早。可惜的是，考上東吳大學中文系之後，卻忽然停了筆，大學四年間一無作品。直到畢業後，才開始重拾筆桿，第一篇作品〈同學們〉刊登於《中國時報》人間副刊，這篇佳作，讓副刊編輯部驚豔，當時負責督導副刊的楊乃藩召見了他，並要他到報社上班。就這樣，阿盛以一篇散文進入了當時同輩作家稱羨的《中國時報》，擔任副刊編輯，也開始了他此後寫與編的人生旅程。

這是一九七八年的事。鄉土文學論戰在一九七七年爆發了將近一年，來自臺灣南部新營的阿盛在這個浪頭下出發。一篇〈同學們〉讓他進入主流副刊，一篇〈廁所的故事〉則使他成為文壇鵠望的新銳。他寫臺灣的鄉土，寫日常的瑣事，乾淨俐落、妙趣橫生，而不落前人窠臼。這使他可以無懼於鄉土文學論戰的官方論述，理所當然寫自己的鄉土。

一九七八年我還在當兵，工兵二等兵，帶著圓鍬十字鎬，跟著營隊流浪於臺灣南北做工事。畢業前出了第一本詩集《銀杏的仰望》，是詩壇新人，創作力盛而量豐，投稿副刊，發表作品，是當兵時唯一不覺苦悶的事。人間、《聯合》等各報副刊和各家詩刊也常見我的詩作，就在這樣的投稿過程中，認識了阿盛。但真正相熟，則是在一九七九年九月我退伍後，來臺北進入海山卡片公司擔任文案編輯的事。這一年，中國時報文學獎增加敘事詩獎項，我寫了三百餘行的長詩〈霧社〉參賽，次年二月獎項公布，我得到優等獎，與我聯繫的就是阿盛。

一九八〇年六月，因為詩人商禽的推介，我進入《時報周刊》擔任編輯，和阿盛成了同事。這時的阿盛由副刊轉到生活版，辦公室離《時報周刊》很近，我們有了更多共事的機會。他和我聊得來，我們的文學觀點相近，有時也找林文義、陳煌就近找個咖啡館聊天。在這個階段，做為編輯的阿盛已經實際主編生活版，常常丟一個題目，或者找一張相片來，要我及時寫文章，或者看圖寫些文字，多半是應急之用；但有時則是特別企畫，我印象中，他曾要我為街頭的各種行業寫短文（例如送報生、豆腐店……），請攝影記者拍照，以圖文刊出，頗獲好評。

一九八一年九月，阿盛出版了他的第一本散文集《唱起唐山謠》，這對一個青年作家來說，比結婚還重要，出版後，阿盛送我一本，希望我這個「老兄弟」寫篇評論向讀者推薦，我當然義不容辭，於是以〈質樸而文暢〉為題寫下了我的讀後，刊登於《臺灣日報》副刊。記得當時我是這樣評價阿盛散文的：

阿盛不是個「美文家」，在他的俚語俗諺中，在他的日常用語裡，我們看不到「徐志摩」的影子，可是我們看到了生命，以及生命的「甜美與苦澀」。通過阿盛，現代散文多闢了一道活水，這道活水從民間來，也流回民間去；不只是見證的鏡，也是引望的窗。

這篇文章距今已經三十多年了，於今重看，似乎也沒「走經」多少。阿盛似乎也因此對我的評介產生了信心。從此之後數年，他每有新書出版，我多半成為第一位讀者，為他的書寫序，向讀者推薦他具有濃厚臺灣味的散文，沒記錯的話，我前後為阿盛的書寫了六篇序文，兩篇書評，可說是「阿盛讀書會代言人」了。一九八四年阿盛將他的第一本散文集一

阿盛自述
73年4月
呈致 方梓

高中时学校中有学生自辦刊物，参加编辑工作並開始喜歡寫作。高一起在台湾日报發表小說，当时主编是徐秉鉞，至今仍记得他，蓋对我甚為鼓勵。陸續發表許多小说。
高中畢業至大学畢業，未有寫作，原因不明，反正沒有很想寫。说是蘊釀期也好，大学四年只喜歡读书，可能读了不少，但谈不上有学问，本拟读研究所的，可惜不能再拖着不找工作，家裡需要我吃头路賺点錢。

一九八四年四月，阿盛自述文稿首頁。

中國時報稿紙

總編輯　主任　召集人　記者　發稿時間

No ______

為好，中小人實在會用字，現代很多人卻不記得老中國人的智慧，可惜之至。寫作的出發點是什麼：這個人，沒有好壞對錯，每個人的看法是，別離開人性、別脫開群伴的社會，倒也不一定實用，說實用太玄，不過，私心式的呢喃，閨內式的夢話，我極不喜歡，一篇敘述小時候祖母如何為自己把尿的文章，好過一篇失戀後寫給女孩看的衷心話還要動人。我出生在戰後破敗的鄉下，一切都很簡陋，懂得很多托在泥土之上的人讀懂得的人類活動、這對我的寫

（旁註：請看、普通的、動人）

編001 10,000本(1×100)72.12.265×190 mm(白報紙)

阿盛自述文稿第五頁，強調「一篇敘述小時候祖母如何為自己把尿的文章，好過一篇失戀後寫給女孩看的衷心話」。

拆為二，加入新作，分別出版了《兩面鼓》（批判散文）與《行過急水溪》（抒情散文）兩本集子，確定了他完整的散文風貌。這時我已在《自立晚報》副刊擔任主編，《兩面鼓》收入的大多是批判散文，包括阿盛應我之邀在《自立》副刊開的專欄「金角銀邊」的雜文；《行過急水溪》晚了半年出版，收入包括〈廁所的故事〉在內的抒情散文。這兩書都由我寫序，我以「不規不矩求規矩」為題，給予阿盛散文極高的評價，指出「散文阿盛」的特色就在於打破規矩、自塑規矩，說他的散文已經「在當代散文中，獨樹冷峻奇峰」。如今看來，我對老兄弟阿盛，果然沒看走眼。

這個時期的阿盛，來到創作的高峰，但他對自己的書寫又抱持什麼看法呢？我從書房中找出一九八四年四月阿盛親手書寫的一篇未落題的自述文章，用「中國時報稿紙」（一張兩百字），寫了八頁。我在首頁上用鋼筆標註「阿盛自述／73年4月」；頁邊又有「呈致方梓」字樣——我已經忘了這篇阿盛自述是否曾發表過？但是它一直留在我的書房內，並且攀爬著歲月泛黃的爪痕。這年三十四歲的阿盛，如此述說自己的寫作觀點：

我「個人」的看法是，別離開共通的人性、別脫開群體的社會。倒也不一定實用，說實用太玄，不過，私心式的呢喃，關門式的夢話，我極不喜歡。一篇敘述小時候祖母如何為自己把尿的文章，好過一篇失戀後寫給女孩看的衷心話，還要動人。我出生在戰後破敗的鄉下，一切都很簡陋，懂得很多活在泥土之上的人該懂得的人類活動，這對我的寫作很有幫助。我不喜歡水泥鋼筋及三房兩廳兩廁，那是生力麵，小攤子小飯鋪最好，只要衛生點，則幾乎無缺失，寫作亦如此。

這段自述，很有個性地表現了阿盛不同於流俗、不喜於呢喃夢囈、風花雪月的創作觀：人、社會和土地，才是他關注的對象。這就是阿盛的本質，散文阿盛獨樹一格的文風就由這樣的本質發散開來，如臺灣野地的百合。

也在這個時期，阿盛忽有改用筆名的念頭。這年八月二十七日，阿盛寫了一封信給我，前段先說《兩面鼓》已要再版，想請林文義寫篇書評，在《自立》副刊，問我可否。次段則說：

> 我決定更改筆名為「盛其躬」，自日前〈犬養十一郎正傳〉後，不再使用「阿盛」筆名，特此奉告，此中涵意，在於寫作風格力求更新自我突破，嘗試不同的筆調、方向，盡力而已。

我收此信，頓時愣住，一個已經成名的作家，要改筆名，這也是大事，詩人「葉珊」改名「楊牧」的時候，詩壇就有過一段難以適應的期間，最後還是因為楊牧以新作品、新路向來昭告一個傑出詩人的存在。當時我猜想，阿盛也是在這樣的心情下「厭棄」了帶有泥土

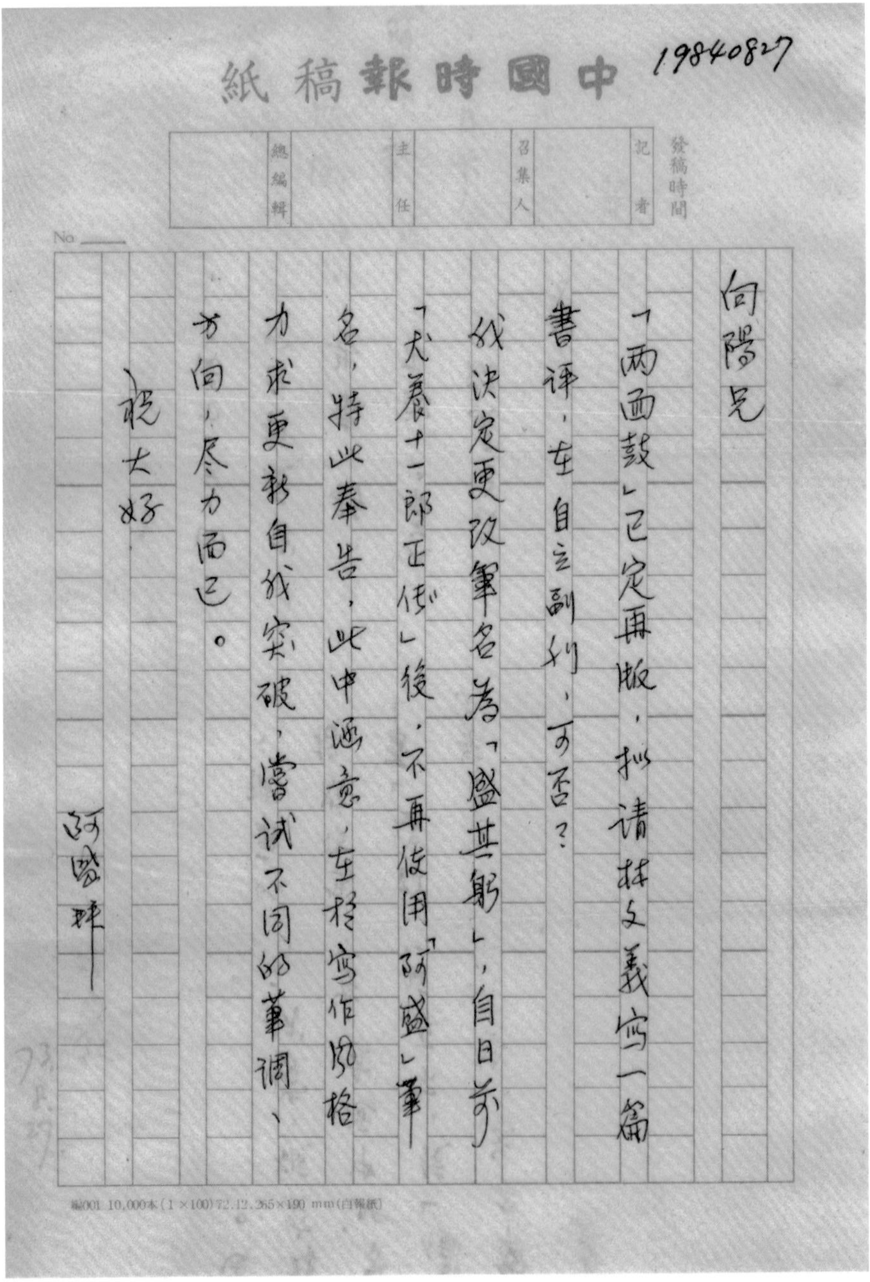

中國時報稿紙

19840827

發稿時間 | 記者 | 召集人 | 主任 | 總編輯

No

向陽兄

「兩面鼓」已定再版，擬請林文義寫一篇書評，在自立副刊，可否？

我決定更改筆名為「盛其躬」，自日前「犬養十一郎正傳」後，不再使用「阿盛」筆名，特此奉告，此中涵意，在於寫作風格力求更新自我突破，嘗試不同的筆調、方向，盡力而已。

祝大好

阿盛 拜

一九八四年八月二十七日，阿盛給向陽的明信片，說他要更改筆名為「盛其躬」，後作罷。

味的「阿盛」的嗎？而想以「盛其躬」來調整文風，要「躬逢」一個「其盛」的新的文風嗎？

我贊同阿盛突破舊有文風，但我不贊成他改筆名的想法。我沒有回應。一個半月後，阿盛又發了一張明信片給我。說「盛其躬這筆名不好」，「他日再作研究可也」，又說「你若有意幫我想一個筆名更佳」。我可不上當，好好的「阿盛」，沒有特殊原因，改筆名幹嘛。

這可算是「祕辛」了。我若不寫，大概連阿盛也忘了二十八年前他曾動過改筆名的念頭了吧。

幸好阿盛沒改為「盛其躬」，否則臺灣文壇可能少掉一位足以表現臺灣味的散文大家。阿盛繼續寫著，一九八五年他推出散文集《綠袖紅塵》，一九八六年出版《春秋麻黃》，更加鞏固了他特有的文風，同時也顯現了他由鄉村事物寫到都市風情的傑出筆力。屬於散文阿盛的年代由此展開，到二〇〇七年出版《夜燕相思燈》為止，他總計出版了二十七本文集，包含詩集《臺灣國風》和兩部長篇小說。阿盛創作量之豐、質之佳，已經可以由這些作品來說話了。以近著《夜燕相思燈》來看，我認為這是散文阿盛的另一個高峰，我在為該書寫的推薦詞是這樣說的：

阿盛散文雜糅古典與現代、鄉土與都會，隨心運轉，隨意鋪排，展現俚俗和典

二〇〇七年十月二十六日，阿盛散文集《夜燕相思燈》新書發表會，會後阿盛、向陽與到場文友合照。（阿盛提供）

雅爭勝、詼諧與嚴肅共存的獨特文風。這本新著《夜燕相思燈》以常民社會為素材，寫人間生活的百般無奈、人性深層的萬端矛盾，左刨右削，上諷下刺，笑中帶淚、淚中見笑，允為替小民吐怨氣，為亂世開不平之佳構。讀後拍案，無錯！

春夜燈下念老友，翻出阿盛寫於一九八四年的文稿、信函，重新回想我與阿盛的文字往來，閱讀曾經為阿盛著作寫過的書評與序文，這才感覺時光如此催人，歲月如斯易逝。阿盛與我已不再是當年的青壯作家，滿懷雄心，欲開文學新路。唯對書寫臺灣土地與人民，則從不休止。

我想到二〇一〇年十一月，阿盛以他散文書寫的成就榮獲吳三連獎，我以基金會副祕書長身分主持頒獎典禮，用臺語朗讀評審委員會評定書。兩個交往三十多年的「老兄弟」，當年初識時豈知會有今日這一幕？而阿盛上臺領獎後，發表得獎感言的一段話，則令我動容。就以阿盛當天說的話做為本文的結束吧：

我執筆像是拿鋤頭，在文學土地上耕作。三十多年來我很感念我母親，她從不干涉我要走哪條路，有一次她上臺北找我，看我半夜趕稿，問我寫作這麼久，是一直無法合格嗎？我說寫作可以賺錢。快截稿時，她問我說，怎麼不多寫一點？……我常在想：寫作真的是給大家看爽就好嗎？我不認為如此。寫作像是耕種一樣，根植於這片土地，發芽、開花、結果，永遠有著最深的感情。這塊母土雖小，但沒有第二塊，不可能再多或再少，我的寫作就是為了這塊母土。

——二〇一二年六月

喑啞的能言鳥

——龍瑛宗的書寫語境

一

午後讀陳萬益教授編《龍瑛宗全集》中文卷（臺南：國家臺灣文學館籌備處，二〇〇六），翻到第三冊（小說集三），有篇〈月黑風高〉，題目很眼熟，細看內文，是龍瑛宗先生生前舊作自譯（原文係日文）發表之作。這篇小說，以「冥府之鬼」的口吻，敘述一個生於清朝、死於日治的鬼魂，在月黑風高之夜的回憶與所感所想。最後結束於「我們的時代，給殖民制度破壞了。我要輓歌著：還我青春，還我青春」句。

讀著讀著，覺得此文似曾相識，但又與我記憶中的〈月黑風高〉有相當差異，於是從所藏舊稿中，找出了龍瑛宗先生的手稿，兩相比對，發現內容所述略近，但文本的敘事架構則大為不同。《全集》版〈月黑風高〉以第一人稱「我」為主角，透過追憶，敘述「我」的短暫一生；後半段以墓園為場景，敘述「我」與「日據時代的黑狗」、「紅春姑娘」三個鬼魂的相遇與對話。手稿版則以全知觀點，以對話體例，鋪排兩個「骸骨」在月黑風高的墓園中議論日本殖民政策、殖民文化的種種；後半段同樣是「紅春姑娘」來到，但以「骸骨」的形體出現。小說的結束也是以對話作結：

「明眸皓齒那裡去了？柚子般的乳房那裡去了？豐腴的肌肉那裡去了？我要高呼，還我青春，還我人生啊！」

「統統一去不回了，慨嘆有何用呢？哎呀！不得了，天快亮了。不要打擾人間的寧靜，我們趕往棺材裡躺歇吧！」

同一題目、同一內容，兩種寫法、兩種形式——再看龍瑛宗先生附於文後的作者按語：

（作者按：民國六十六年十一月，以日文創作本篇小說，唯一直未予發表。遽聞王詩琅先生的噩耗，乃將日文稿子予以中文改寫，以資記念老友。）

陳萬益教授主編《全集》，註明「日文稿未見」。那麼，我手上這篇〈月黑風高〉和《全集》的〈月黑風高〉，何者最接近日文稿？恐怕也難以比對了。龍瑛宗先生說這篇是因為聽到王詩琅先生的「噩耗」而改寫，王詩琅去世於一九八四年十一月六日，可推估手稿版

月黑風高

龍瑛宗

草木皆睡的三更半夜，從根裏骨碌地爬起了骷髏，滿天星辰稀罕，夜風爽颼着，骷髏骨蹓々地行走於墓園。他俯視找尋着地上的人遺烟蒂，行着行着突然叫了一聲；

「哎呀！有了。好像長壽烟。嘿々……」

骷髏的嘿々笑聲，像如秋天裏的啾々寒風。

骷髏骨到了想思樹下，便坐在根頭上。把烟叼着在手縫裏抽起來。烟蒂的火苗像火螢光般似滅，

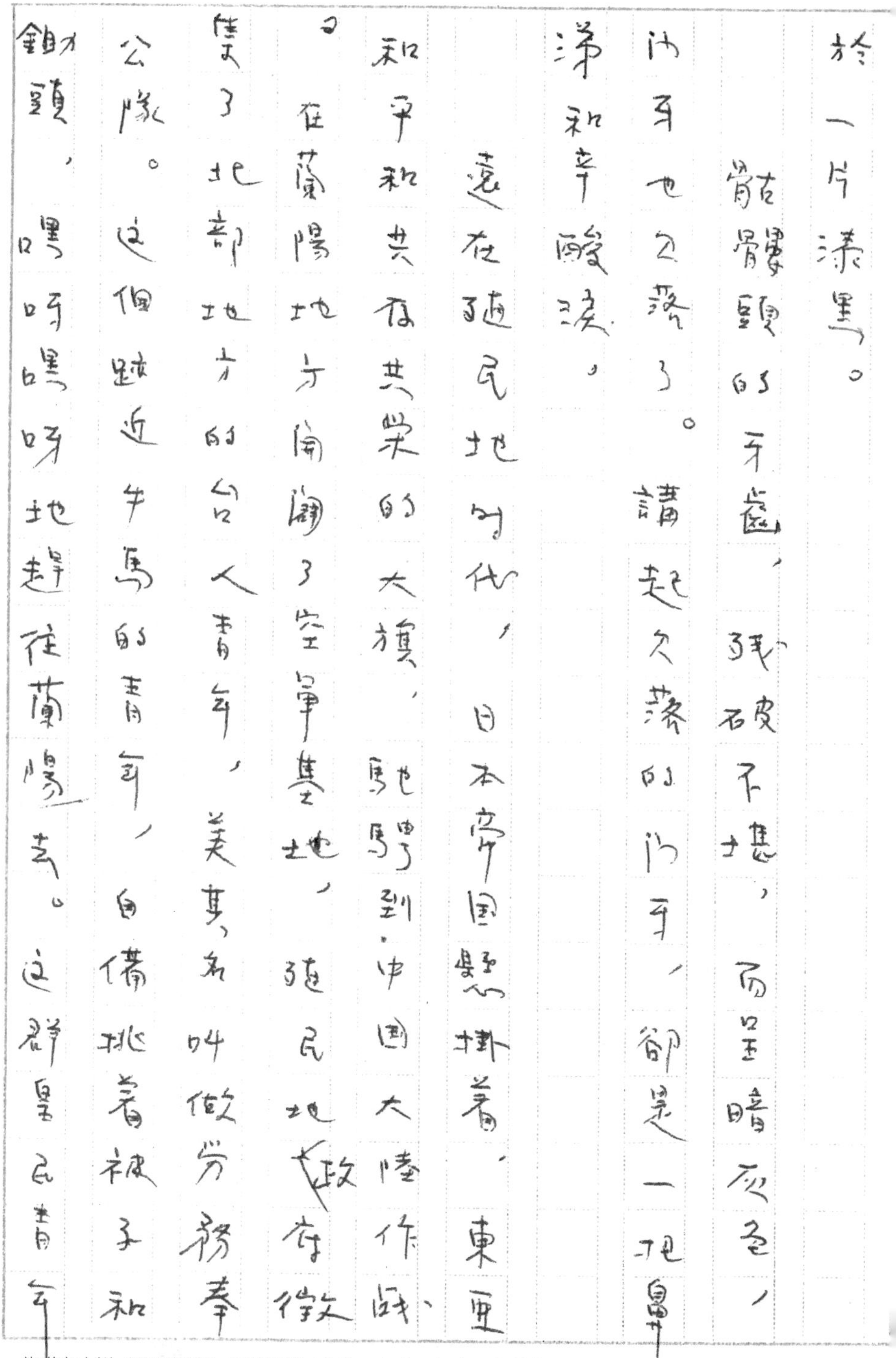
於一片漆黑。
骷髏頭的牙齒，殘破不堪，而呈暗灰色，
門牙也久落了。講起久落的門牙，卻是一把鼻
涕和辛酸淚。
還在殖民地時代，日本帝國懸掛着，東亞
和平和共存共榮的大旗，馳騁到中國大陸作戰，
在蘭陽地方開闢了空軍基地，殖民地政府徵
集了北部地方的台人青年，美其名叫做勞務奉
公隊。這個跛近牛馬的青年，自備挑着被子和
鋤頭，嘿呀嘿呀地趕往蘭陽去。這群皇民青年

龍瑛宗小說〈月黑風高〉自譯手稿（約為一九八四年十一月所寫）。

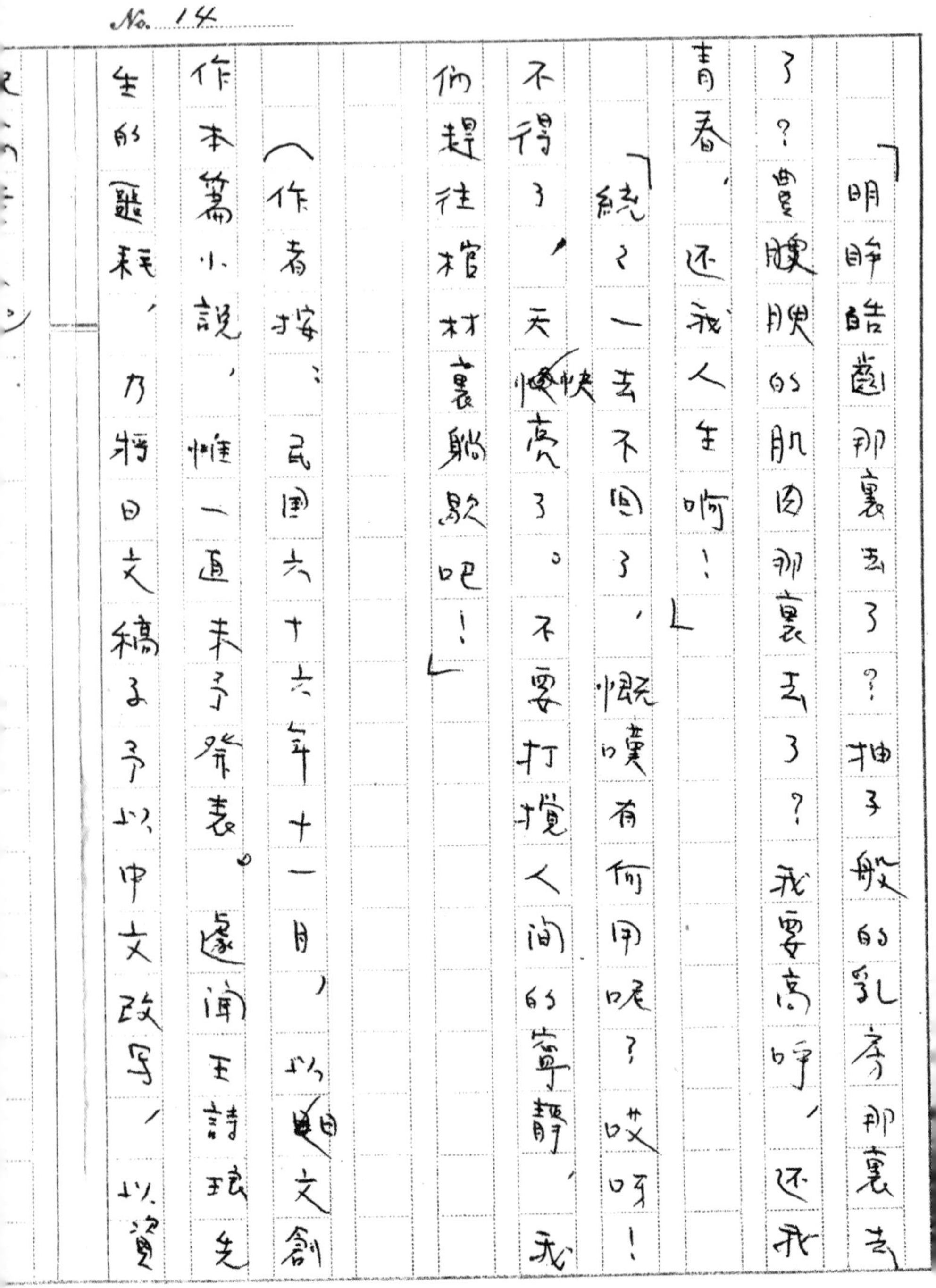

No. 14

「明眸皓齒那裏去了？柚子般的乳房那裏去了？豐腴腴的肌肉那裏去了？我要高呼，还我青春，还我人生啊！」
「繞繞一去不回了，慨嘆有何用呢？哎呀！不得了，天快亮了。不要打攪人間的寧靜，我們趕往棺材裏躲吧！」

（作者按：民國六十六年十一月，以日文創作本篇小說，惟一直未予發表。遽聞王詩琅先生的噩耗，乃將日文稿予以中文改寫，以資

龍瑛宗小說〈月黑風高〉第十四頁，文末有「作者按」，以此文紀念剛過世的王詩琅。

的寫作應在當年十一月中旬。王詩琅在日治時期曾因「臺灣黑色青年聯盟事件」遭到日警逮捕，並被判刑一年六個月，則〈月黑風高〉中的「黑狗」指的，是否就是王詩琅呢？更重要的是，我找出的手稿，以四百字稿紙謄寫，共十四頁，估有五千四百字左右；《全集》版估約三千六百字左右，兩者同樣都改寫自日文稿，何以會出現如此大的差異呢？

這些問題，在龍瑛宗先生於一九九九年過世之後，已然無解。至於我手中的這篇小說是否曾發表過？依《全集》〈龍瑛宗寫作年表〉來核對，也未見發表處——換句話說，這篇〈月黑風高〉雖然寄到我手中，但並未發表，也未退回給龍瑛宗先生，而存放至今。副刊因為稿擠因素，往往會產生稿子已決定刊登、最後卻未能刊登的狀況，這稿子是因為這樣留下來的嗎？又或者是，龍瑛宗先生寄出此稿之後，未見立即刊出，而另寫一篇投寄《文學界》發表呢？這些問題，時隔近三十年，就連我也無法回答了。

類似的狀況，也見於《全集》中文卷第七冊，該冊收隨筆〈《文藝臺灣》與《臺灣文藝》〉，原文係日文，由林至潔女史翻譯；事實上，早在一九八六年十二月十八日，我主編的《自立》副刊就已刊登由葉石濤先生翻譯的同文，但題目則是〈「文藝臺灣」與「臺灣文學」〉。翻查《全集》〈龍瑛宗寫作年表〉一九八六年，未見葉譯版本。足見文獻稽徵、考證之不易。

二

我印象中的龍瑛宗先生，一直存活在一九八〇年代；我對他的印象，是身影瘦弱、個性內向、不善應酬、木訥謙遜。用他自己的話來說，「非常內向又患口吃的人，在人的面前，訥訥說不出話來」（引自葉譯〈「文藝臺灣」與「臺灣文學」〉）。最早見到龍瑛宗先生，是在鹽分地帶文藝營，一九八〇年暑假，當時我還在《時報周刊》上班，因此與他只是初識點頭；一九八二年我到《自立晚報》編副刊，年年必須參與鹽分地帶文藝營籌備與駐營工作，才和當時多仍健在的日治時期老作家有了接觸。真正與龍瑛宗近距離聊天，則是因王昶雄先生邀我參加「益壯會」聚餐，才在餐會上多聊了一些話。那是一九八三年冬夜的事。當天與會的，記憶所及，除了主邀的王昶雄先生之外，到會者有劉捷、吳坤煌、鄭世璠、塚本照和等先生，以及杜文靖、黃武忠和我三位年輕人。

相較於王昶雄先生的豪邁、劉捷先生的篤定，龍瑛宗先生感覺上是害羞、落寞而拘謹的。他在眾人之前，話很少，只靜靜聽著其他老友的笑談，有時跟著微笑，但隨即又恢復原來的表情。他是北埔客家人，日語和客語是他最流利的語言，因此和我的老師塚本聊得較多。聚會之後，大家拍照，他也只是靜靜地在一旁，那個晚上，應該是王昶雄先生帶了相機，因而留下了劉捷先生、龍瑛宗先生和我這個後輩的合照。這張照片，珍藏至今已近三十年，不僅因為這是我和龍瑛宗先生、劉捷先生唯一的合照，也是因為其中標誌著戰

中華民國七十五年十二月十八日　星期四

「文藝台灣」與「台灣文學」

／龍瑛宗作
／葉石濤譯

一九八六年十二月十八日，《自立》副刊刊登由葉石濤先生翻譯，龍瑛宗所寫的〈「文藝臺灣」與「臺灣文學」〉。

一九八三年冬，龍瑛宗（右）、劉捷（中）與向陽合照於益壯會聚會。（王昶雄攝）

前、戰後兩個世代作家交會的意義。

與龍瑛宗先生相熟之後，我開始向他約稿。記得他給我的第一篇稿子是題為〈極短篇集〉的四篇隨筆，四篇分別是〈甲子新春〉、〈新與舊〉、〈二度過年〉、〈壓歲錢〉，這篇雖名為〈極短篇集〉，實際上是日本文學界習用的「隨筆」寫法，因此我將它改名為〈新春隨筆〉，內文則一字不改，發表於一九八四年二月二十九日的《自立》副刊。龍瑛宗先生日治時期即以處女作〈植有木瓜樹的小鎮〉入選日本《改造》雜誌小說徵文佳作推薦（一九三七年），崛起於日本文壇，當時他二十七歲；在日治時期，他以日文書寫，是活躍文壇的重要作家；戰後曾短暫擔任過《中華日報》日文編輯、日文組主任

（一九四六年三月至十月）。他的日文，優雅流麗，卻因戰後廢除日文與二二八事件、白色恐怖等因素封筆三十年，所以他的中文是依賴閱讀自習而來，以文字來說，並不流暢，其中還存有先天性的日文語法、臺語語法。如這篇隨筆所寫：

> 他訂購二份報紙，於清晨，打開報紙便看到啟事；農曆初一起三天，暫停送報，萬民共樂。另報卻以（應為已）照常送報。瀏覽第一版，首版大標題，公教待遇續維年節獎金，薪水也適度調整。他猛想到自己，既予退休了。難以分享好消息，湧上了頹喪感。

在這段文字中，我深刻感覺到一個「失語者」詞不能達意的艱辛，「於清晨」、「湧上了頹喪感」等語，潛藏著日文思考；「萬民共樂」、「另報」等詞，浮現了臺語思維——這是所有「跨越語言的一代」在從日文書寫跨越到中文書寫時，共同面臨的語感困境。做為戰後的一代，我不忍修改它，那就依照原稿來留存這樣艱困的語境吧。

這種語境，一如「龍瑛宗」的筆名之於「劉榮宗」的本名，一九一一年誕生於新竹北埔客家山村的龍瑛宗先生，出生之際，就在日本統治之下，展開文學創作之時，自取筆名「龍瑛宗」，與本名「劉榮宗」漢字看似有所區別，日語發音則是一樣的。異字同音、異名同聲，兩者互喻，也互為詮釋，在符號轉換的過程中，似乎可以看出被殖民者內心幽微的認同困惑與矛盾：其中一端，指向殖民者的認同（被視為日本作家的「龍瑛宗」），另一端則指向被殖民者父祖的繫念（仍是客籍漢人劉家的「劉榮宗」）——這是直到戰後因為國民黨威權統治而封筆的日治時期作家共同的苦悶與悲哀，在像龍瑛宗這樣以中文書寫復出的作家筆下，其語境依然如此。

三

我與龍瑛宗先生的來往，可說是文字交。〈新春隨筆〉刊登後，大約每隔一段時期，就會接到他寄來的文稿，直到一九八七年十一月我轉調新聞編輯檯為止。他的來稿，文字清秀，謄抄整齊，即使修改，也是一清二楚，在鉛字排版的年代，是編輯和檢排工人歡迎的文稿。我印象深刻的是一九八四年他應我之邀，為《自立》副刊「作家日記三六五」專欄提供稿子，所附的簡介：

龍瑛宗

劉榮宗，民國前一年八月廿五日生，新竹縣人，臺灣商工學校畢業。臺灣銀行、臺灣日日新報社。光復后，中華日報日文版主任，由於日文禁止為山胞編輯《山光旬刊》，後入省合作金庫與張我軍共事五年，升人事室副主任，稽核室主任以至退休賦閒。

開南校友通訊　用稿

No.

龍瑛宗

劉榮宗，民国前一年八月廿五日生，新竹県人，台灣商工學校畢業。台灣銀行，台灣日日新報社。光復后，中華日報日文版主任，由於日文禁止為山胞編輯，山光月刊，後入省合作金庫與張我軍共事五年，升人事室副主任，稽核室主任，以至退休職前。

24×12=

一九八四年，龍瑛宗手書簡介。

在這短文中，他僅述戰前戰後的職涯，而不及於文學書寫成果，包括得獎紀錄，卻突出了「由於日文禁止為山胞編輯山光旬刊」、「進入省合作金庫與張我軍共事五年」兩事。我不知龍瑛宗先生隨手書寫這段簡歷時有何想法，但可以想見當時七十四歲的他，對於一九四六年政府全面廢除日文，導致他的文學生命中輟，仍記憶鮮明；對於與他一樣，曾經活躍於日治時期臺灣文壇，卻都停筆於戰後的張我軍，也抱有深沉的懷念。那是能言鳥一夕暗啞的悲哀，即使到了晚年仍刺痛著他的心。

二〇〇〇年九月四日，龍瑛宗先生過世後一年，我驅車到北埔，走在街上，經過他從八歲到十五歲就讀的北埔公學校（今北埔國小），我想像少年時期的龍瑛宗，在這所學校赤腳奔跑，習劍，習日語的畫面……。那時，日本統治臺灣已有四分之一世紀，在他童稚的心中，國語（日本話）和方言（客家話）相互交織，被殖民的語境從他的童稚時代已然展開。隨著公學校教育，他的日本話逐漸琅琅上口；二十七歲時他以〈パパイヤのある街〉（植有木瓜樹的小鎮）進入日人主導的文壇，活躍於一九四〇年代，卻也被迫依照殖民者的腳本「感謝皇軍」；戰後，他短暫主編《中華日報》日文版，卻在「日文禁止」之下停筆近三十年。在這兩個殖民年代的交替中，陰鬱和明亮，如影隨形，起落於他的文學書寫和文本上。

離開北埔老街後，我到一家客家餐廳用餐，看到餐廳擺放一疊龍瑛宗先生過世後才出版的日漢對照小說集《夜流》紀念版（臺北：地球出版社，一九九九年十一月），這是一九九三年版《夜流》的重印本。書前有葉石濤先生序文，指龍瑛宗作品的異質，部分來自他心靈深處潛藏著「屈從和傾斜」的客家意識陰影。從龍瑛宗先生的文學生涯來看，或許如此吧，他的文學，在語境上，的確是永遠的弱者，無論他嫻熟的日文、生澀的中文，都讓他吃足了苦頭。

——二〇一二年七月

鄉里人物的刻繪者
——追憶洪醒夫

一

小說家洪醒夫去世至今三十年了。一九八二年七月三十一日清晨，在風雨交加的颱風天，他因所搭的計程車出了車禍而離開人間，得年三十三歲。消息傳出，文壇震驚悼惜。這位臺灣傑出的小說家、詩人的亡故，分外讓人不捨，不只是因為他的英年早逝，更因為他的小說勾畫出的臺灣農村圖像以及市井人物的悲喜，也隨著他的離開成了絕響。

一九四九年生於彰化二林農村的洪醒夫，在短暫的寫作生涯中留下了不少見證臺灣農村變遷的佳作，如為讀者熟知的〈黑面慶仔〉、〈散戲〉、〈吾土〉等。他的小說取材自生身的農村，關注的是土地與人民的議題；他以一九七〇年代的農村社會為背景，點描農民與市井小人物的悲歡離合、喜怒哀樂，刻繪從農業社會轉型到工商社會階段的臺灣農村圖式，既承襲也開創了臺灣寫實主義文學的新格局。這些小說的基調多半是苦難，農村的衰頹、沒落，農民和市井小民的愚昧、卑微，以及連帶而來的困窘處境，在洪醒夫悲憫的筆下，更加令人不忍。

洪醒夫早於一九六七年十八歲時就發表了第一篇小說〈逆流〉，這時他還是臺中師專五年制的一年級生，可見他的早發。一九七〇年他與蘇紹連等創辦後浪詩社，其後發行《後浪詩刊》，在這個階段他寫小說，也寫詩、散文、評論，《臺灣文藝》、《書評書目》以及報紙副刊是他發表作品的主要媒體。然而要到一九七八年他以〈散戲〉和〈吾土〉分獲當年聯合報小說獎和時報文學獎之際，他的小說才真正受到鄉土文學論戰後的文壇矚目，這時他已經寫作十一年了。

二

我最先知道的洪醒夫，是「詩人司徒門」，而不是「小說家洪醒夫」，透過《後浪詩刊》以及後來更名的《詩人季刊》，拜讀司徒門詩作時，我還是文化學院的學生，愛詩讀詩，但仍未展開創作與發表；我與洪醒夫初識，已是我入伍之後的事，一九七九年三月吧，當時在桃園虎頭山服役的我寄了第一本詩集《銀杏的仰望》給洪醒夫，請他指正。沒過多久，就接到他的回信，洋溢著田莊人特有的熱情和爽朗。信上說：

近三五年來，弟已較少讀詩，每日看故事、講故事，喝醉酒胡說八道一番，亦是一番生活景況。詩雖少讀，卻不是完全不讀，會爽的才看，不爽的便不勉強，閣下「鄉里記事」是我必看的詩作之一。沒什麼理由。讀來特別爽快，用方言唸，更是爽快，就是這樣。尤其酒到微醺之際，大聲唸「猛虎楚霸王者在庄是我……」，那個鄉下人特別能夠領會的味道，之美妙，恐怕連您這個作者都想像不到。

讀您的鄉里，便想起我那個與您的相去不遠的鄉里。文學如果真的有什麼貢獻，這便是其中之一。感謝您那些獨創一格使我心動的詩所帶給我的撫慰，即使有些部分是哀傷的，我仍然喜歡。

在枯燥的軍中，展讀尚未謀面的洪醒夫給我的這封信，使我也有酒酣的微醺之感。一方面，洪醒夫當時已是名家，對我這個才出第一本詩集的新人如此過譽，難免讓我臉紅；但另一方面，同樣來自中部鄉下，同樣以鄉里人物為樣本，同樣寫鄉間小人物的人間喜悲，洪醒夫豪爽的用語，也讓我有知音相惜之喜。我讀他出版於一九七八年的《黑面慶仔》（臺北：爾雅），就有這種熟悉而酣暢的「爽」的感覺。他以小說寫鄉里人物，我則出之以詩，書寫形式固然不同，精神則是一致的。

有趣的是，《銀杏的仰望》收入的「方言詩」（當年通稱）只及於「家譜篇」，信中所說的「鄉里記事」系列詩作仍未收入，洪醒夫獨鍾詩集未收的「鄉里記事」，還特別引用

「猛虎楚霸王者在庄是我……」詩句（出自〈猛虎難敵猴群論〉），加以讚賞，原因何在？〈猛虎難敵猴群論〉寫的是當年鄉下車站前計程車司機之間的地盤之爭。詩以「虎在山是王生氣嗽一聲／山搖地動花蕊見笑草木面色青／虎在山是霸歡喜笑一下／天清日豔溪水伴奏風雲腳手驚」起頭，其後各段大量援引臺灣俗諺，營造氛圍，以反諷敘事形式寫兩方爭霸車站地盤的故事。在模擬司機「氣口」和故事性上，都有小說的意圖。這或許是引起寫小說的洪醒夫閱讀趣味的原因吧。

從另一個角度看，「鄉里記事」系列詩作曾見刊於鍾肇政先生主編的《臺灣文藝》，並獲吳濁流新詩獎（一九七八年），大概是因為這樣，讓洪醒夫印象深刻。但他當時已是名家，不吝告知我這個後進他的喜讀，應該也有鼓勵我繼續使用臺語，深掘臺灣鄉土的苦心吧。

三

我退伍後不久，和詩友一起創立《陽光小集》，和詩壇有了更密切的往來，其後進入《時報周刊》，大約就在這個階段，也和在臺中主編《臺灣日報》副刊的陳篤弘兄常相往來，就這樣與醒夫兄見了面，開始有了接觸。最難忘的是初見面時，醒夫兄就以「猛虎楚霸王者在庄是我」做為見面語。他的臺語是道地的中部腔，面容是道地的中部人面容，我們初見猶似熟識，很快就暢快聊了起來。醒夫兄酒量好，篤弘兄也是，酒酣耳熱，相互疼向陽吾兄大安：敬領大著「銀杏的仰望」一冊，謝謝。

近三五年來，弟已較少讀詩，每日看故事、講故事、唱醉酒胡說八道一番，亦是一番生活景況。詩雖少讀，卻不是完全不讀，會爽的才看，不爽的便不勉強。閣下「鄉里記事」是我愛看的詩作之一。沒什麼理由。讀來特別爽快，用方言唸，更是爽快，就是這樣。尤其酒到微醺之際，大聲唸「猛虎楚霸王看在庄是我……」，那個鄉下人特別能夠領會的味道，之美妙，恐怕連您這個作者都想像不到。

讀您的鄉里，便想起我那個與您的相去不遠的鄉里。文學如果真的有什麼貢獻，這便是其中之一。感謝您那些獨創一格使我心動的詩所帶給我的撫慰，即使有些部分是哀傷的，我仍然喜歡。謝謝您。我想我們會有見面的機會。祝

安好

弟 醒夫 拜

1979 3.28、

一九七九年三月，洪醒夫致向陽信稿。

惜，醒夫兄是憨厚質樸之人，不善言詞，但誠懇熱情，有詩人的氣慨，小說家的細膩。

一九八二年年初，應篤弘兄之邀，我為《臺灣日報》副刊策劃名為「每日精品」的小品專欄，向文壇名家約集六到八百字的小品文，逐日刊登於臺副。這個專欄是我與副刊編輯沾上邊的開始。我用心擘劃，約稿名單不止於散文名家，而同時及於詩人和小說家。醒夫兄當然在我邀稿名單內，但邀稿函發出之後，遲未見他作品，我又寫了一張明信片，請他務必交稿。過了不久，我收到了他寄來三篇小品，以及使用「詩人季刊便箋」寫的信。

向陽我兄：

每日精品邀稿函並閣下明信片早已收到，因為我一向寫滲水的蓬鬆文章，對於短文，實在怕怕，恐怕沒那個能力，弄出笑話。但吾兄所囑，亦不敢不從命，因此，特別用心寫了三篇，寄請指正，不知有無可取之處？三篇之中，若有可刊者，則請推介給「臺副」，若不好，則請寄還，容後再撰寫其他篇章。這等短文，著實費力，因為兄弟我的學養，不過如此也。遲遲覆信，非敢怠慢，實因短文不好下筆，寫不習慣也，此等情形，還望多加體諒。

來玩。祝

安好

弟醒夫拜
1982.6.10

中華民國七十一年七月八日

紙船印象

洪醒夫

每個人的一生都會遭遇許多事，有些是過眼雲煙，倏忽即逝，有些是熱鐵烙膚，記憶長存；有些像是飛鳥掠過天邊，漸去漸遠；而有一些事，卻像夏日的小河、冬天的落葉，像春花、也像秋草，似無所見，又非視而不見——童年的許多細碎事物，大體如此，不一想，什麼都沒有，一旦思想起，便歷歷如繪。

紙船是其中之一。我曾經有過許多紙船，在童年的無三尺浪的簷下水道航行，使我幼時的雨天時光，特別顯得充實，讓人眷戀。

那時，我們住的是低矮簡陋的農舍，簷下無排水溝，庭院未鋪柏油，一下雨，便泥濘不堪。屋頂上的雨水滴落下來，卻理直氣壯的在簷下匯成一道水流，水流因雨勢而定，或急或緩，或大或小。我們在水道上放紙船遊戲，花色斑雜者，形態怪異者，氣派儼然者，甫經下水即遭沉沒者，各色各這的紙船或列隊而出，或千里單騎，或比肩齊步，或互相追逐，或者乾脆是曹操的戰艦——首尾相連。形形色色，蔚為壯觀。我們所得到的，是真正的快樂。

這些紙船都是有感情的，因為它們大都出自母親們的巧思和那雙粗糙不堪、結著厚繭的手。母親摺船給孩子，讓孩子在雨天裏也有笑聲，這種美麗的感情要到年事稍長後才能體會出來，也許那雨一下就是十天半月，農作物都有被淋壞，被淹死的可能，母親們心裏正掛記這些事，煩亂憂愁不堪，但她仍然平靜和氣的為孩子摺船，摺成比別的孩子所擁有的還要漂亮的紙船，好讓孩子高興。

童年舊事，歷歷在目，而今早已年過而立，自然不再是涎著臉要求母親摺紙船的年紀，只盼望自己能以母親的心情，為子女摺出一艘艘未必漂亮但卻堅強的、禁得住風雨的，如此，便不致愧對紙船了。

一九八二年七月八日，《自立》副刊刊出洪醒夫小品〈紙船印象〉。

我讀此信，深為感動，醒夫兄的確把「每日精品」的稿約當成了要務來處理。我約一篇，他卻用心地寫了三篇，謙虛地請我擇一刊登。他擅長的是小說寫作，小品、短文的確難為了他。這封信我保存了下來，連同醒夫兄對我的尊貴情誼，是這樣敬謹書寫的態度，方才成就了洪醒夫小說中洋溢的特屬於臺灣農村的悲憫精神。這是我向王禎和先生約稿時收到的信札中也看到的可貴精神。

我從三篇小品中選了一篇寄給臺副主編篤弘兄。六月二十五日，我應自立晚報之聘擔任《自立》副刊主編，於是寫信給醒夫兄，請他容許我將所餘兩文〈言情〉、〈紙船印象〉刊於《自立》副刊之上。這個請求，他爽快地答應了。這對剛接編副刊，需求好稿甚殷的我來說，如荒漠甘泉。

七月七日，《自立》副刊左上角專欄位置登出了醒夫兄的〈言情〉，右側是余光中先生的詩作〈長青樹〉手稿；七月八日，我將醒夫兄的〈紙船印象〉挪為右側頭條——置頂，這是一個副刊主編對於重要稿件的無聲告示，我希望讀者優先選擇醒夫兄的小品。特別是〈紙船印象〉一文，醒夫兄寫童年放紙船的舊事，兼及母親為孩子折紙船的感情，由紙船記憶寫到親子之情，由小處切入，擴其情於大，知感交融，確屬精品。

沒想到這卻是醒夫兄的兩篇完稿的遺作！三十一日早上，我進自立晚報接到羊子喬兄電話，告知我醒夫兄已經因車禍過世。得知此一噩耗，不禁錯愕良久。這天晚上，我以哀痛之情，寫下題為〈請你慢慢行——送醒夫兄〉的臺語詩，詩分四段，前兩段追憶我與醒夫兄的詩文情誼：

昨暝風吹雨打，我在
書房看你寫給我的批
簡單幾句；短文歹寫
只有盡力而為！批紙面頂
若像你的聲、你的影
又一擺來到我的眼前

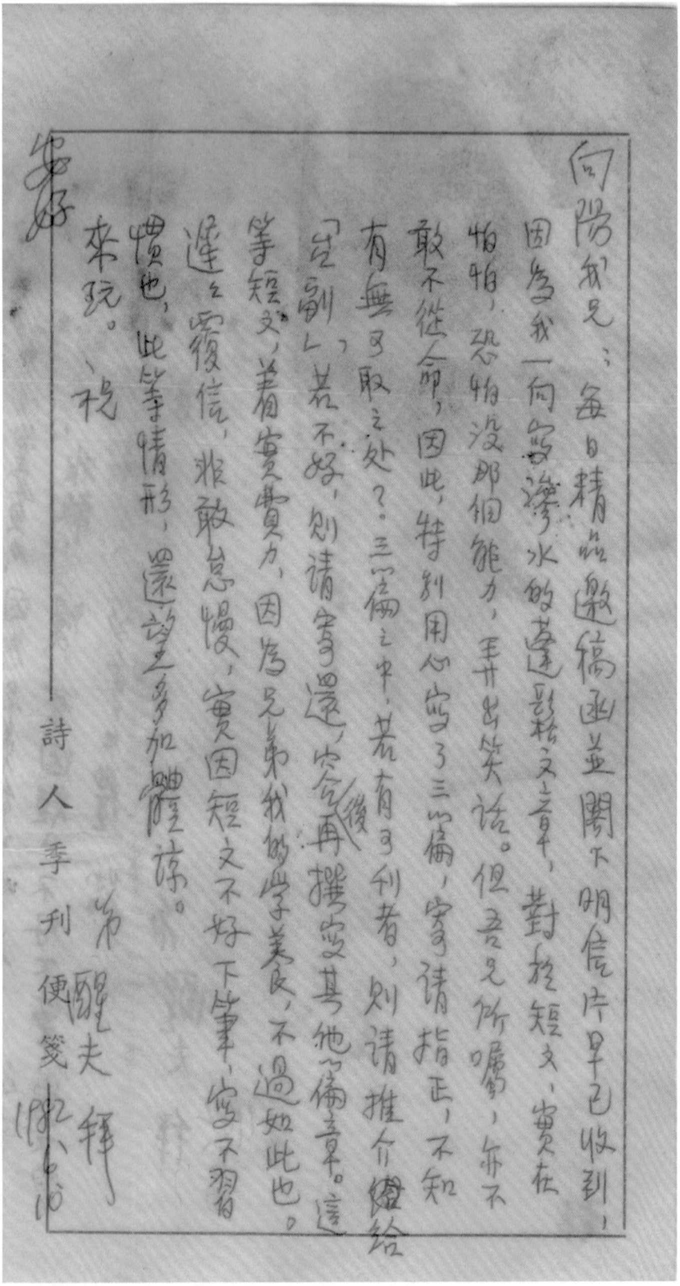

向陽我兄：：每日精品選稿函並閣下明信片早已收到，因為我一向寫瀟灑水的遠影格文章，對於短文，實在怕怕，恐怕沒那個能力，弄出笑話。但吾兄所囑，亦不敢不從命，因此，特別用心寫了三篇，寄請指正，不知有無可取之處？。三篇之中，若有可刊者，則請推介給「自副」，若不好，則請寄還，以後再撰寫其他篇章。這等短文，看實費力，因為兄弟我的學養，不過如此也。遲遲覆信，非敢怠慢，實因短文不好下筆，寫不習慣也，此等情形，還望多加體諒。

來玩。

祝

安好

弟 醒夫 拜

1982、6、10

詩人季刊便箋

一九八二年六月，洪醒夫致向陽信稿，使用「詩人季刊便箋」。

仰頭，我望向窗外
田庄人的你，這時
是在寫你的小說？抑是
手拿酒杯，向著醉鄉行

好漢相敬免相驚，乾一杯
「猛虎楚霸王者在庄是我」
每一擺見面，你總是
向我提起這句我寫的詩
飲酒時你愛唸的話
在杯底，你的影你的聲
你小說中鄉土人物的驚惶
同款使我半杯落腹心著驚
你二林到社口，我鹿谷來臺北
田園的一切總是放膾得行

這首詩隨即刊登於當時的黨外雜誌《暖流》（二卷二期）之上，如果醒夫兄在天之靈能看

請你慢慢行——送醒夫兄

向陽

昨暝風吹雨打，我在
書房看你寫給我的批
簡單幾句；短文歹寫
只有盡力而為！批紙面頂
若像你的聲、你的影
又一擺來到我的眼前
仰頭，我望向窗外
田庄人的你，這時
是在寫你的小說？抑是
手拿酒杯，向著醉鄉行

好漢相敬免相驚，乾一杯
「猛虎楚霸王者在庄是我」
每一擺見面，你總是
向我提起這句我寫的詩
飲酒時你愛唸的話
在杯底，你的影你的聲

你小說中鄉土人物的驚惶
同款使我半杯落腹心著驚
你二林到社口，我鹿谷來台北
田園的一切總是放鱠得行

今日早起風息雨停，我在
辦公桌前讀你刊出的散文
你講：只要情真便是好
筆拙一點也無妨！在副刊面頂（註）
若像你的影、你的人
又一擺浮上我的心頭
握拳，我按著桌仔
做老師的你，這時
是在批改學生的作業？抑是
為著改善家庭經濟在操煩

就這時，電話傳來你的不幸！
「洪醒夫車禍，死去囉！」
這敢是真的？好好一個人
很多田庄代誌等你寫
死去囉，松柏斷於突來的
風雨，你的消息使我雙眼
暗烏。你的聲你的影
你的小說內底所有的事件
攏總令我在風和日麗中驚惶
猛虎楚霸王，請你慢慢行

——一九八二・七・卅一・夜，台北

註：句見七月七日自立副刊「言情」（洪醒夫），據我所知，這篇與次日自立副刊「紙船印象」，大概是醒夫兄生前最後兩帖小品了

一九八二年八月，向陽追悼洪醒夫詩作。

到，應能體會我當時的悲傷吧。

四

轉眼三十年過去，醒夫兄生前種種，有時仍會在我腦中盤桓。他對我說「猛虎楚霸王者在庄是我……」的笑容和口吻，歷歷在目；在華語主導文化下，他對我臺語詩作的不吝鼓勵，曾是我繼續書寫的動力之一；寫在「詩人季刊便箋」上的文字，也還是像他的人一樣，謙遜、敬謹，而留著餘温。

他去世之前在《自立》副刊刊出的兩篇小品，如今讀來，依然清新雋永。〈言情〉破題就說「情有許多品類，也有許多面貌，我最愛那些樸素而沒有花巧的。心有所動便自然流露的感情，時日越久，越顯現出它的香醇來……。只要情真便好，無需裝飾」，這就是我所看到的洪醒夫，直率、豪情，不虛矯的田莊人。

如今已被收入國中國文課本的〈紙船印象〉，則以童年放紙船的美麗記憶，襯映母親為孩子折紙船的温柔感情，更是動人心弦。首段起筆就說：

> 每個人的一生都會遭遇許多事，有些是過眼雲煙，倏忽即逝，有些是熱鐵烙膚，記憶長存，有些像是飛鳥掠過天邊，漸去漸遠；而有一些事，卻像夏日的小河、冬天

的落葉，像春花，也像秋草，似無所見，又非視而不見——童年的許多細碎事物，大體如此，不去想，什麼都沒有，一旦思想起，便歷歷如繪。

做為三十年前醒夫兄生前的最後一篇作品，他的遽逝，果真如「飛鳥掠過天邊」，憾恨已隨時間漸去漸遠。但他是臺灣鄉里人物的刻繪者，他為臺灣田莊、市井所留下的小說，已在文學史和讀者心中留存鮮明刻痕。至少對我來說，與他在生時的交往短暫，情誼也其淡如水，許多細碎瑣事，「不去想，什麼都沒有，一旦思想起，便歷歷如繪」。

——二〇一二年八月

亞細亞文學交流的推手

——陳千武與《亞洲現代詩集》

一

詩人陳千武先生以九十一歲高齡辭世，消息傳來，我內心一陣戚惻。對於這位把一生貢獻給臺灣文學，為推動臺灣文學本土化、國際化戮力不懈的詩壇前輩，以及與我同屬南投出身的鄉長，我還留存著與他互動的多種圖像，無論親炙、書信，或者經由閱讀他的作品，這些鮮明的圖像都讓我對他懷有深重的敬意，也讓我對他的離開，覺得悵然不捨。

一九二二年出生於南投縣名間鄉（舊稱濁水、湳仔）的陳千武先生，是臺灣濁水溪孕育出來的詩人，直到一九三八年全家搬到臺中豐原之前，他的童年是在濁水溪畔、八卦山脈下的小村度過的。壯闊的濁水溪一路奔向臺灣海峽，美麗的八卦山則是夕陽落腳之處，這樣的自然環境，想必也是促發他走上文學之路的內在動力吧。小他三十三歲的我出生於鹿谷鄉，俯望就可看到濁水溪，背倚鳳凰山脈，一樣的山明水秀，一樣的以文學書寫為職志，這也使我自踏入詩壇之初，就對陳千武先生抱有敬慕之情。

然而，雖然有同鄉之誼，畢竟我是後生晚輩，真正與陳千武先生認識，要到一九七六年我在《笠》詩刊發表我的臺語詩〈家譜篇〉四首之後。那時我已經大三，《笠》詩刊由詩人趙天儀先生主編，他以慧眼刊出當時我無處發表的臺語詩，壯了我的膽，也讓我對臺語詩的寫作增添了信心。陳千武先生是笠詩社的主幹，他當然也讀到了這批當年名為「方言詩」的作品，好像是在趙天儀先生的引介下，我與他見了面，並有短暫的交談。時隔三十多年，當時談些什麼已無法清楚記得，只知道他鼓勵我多寫，問我哪裡人，知道我故鄉是鹿谷時露出親切的表情，如此而已。

一九七七年四月，陳千武先生以短篇小說〈獵女犯〉榮獲第八屆吳濁流文學獎，這篇小說以他在日治末期被徵召為志願兵遠赴南洋的戰場經驗為背景，描述臺灣籍林兵長在帝汶島戰場所見所遇，透過林兵長和印尼籍慰安婦賴莎琳之間發生的情誼，反映被殖民者的無力與悲哀。這是一篇自傳色彩濃厚的小說，顯然也有印證戰爭期間臺灣人歷史的企圖。我這才看到詩人「桓夫」之外、我所不了解的小說家「陳千武」的存在。也在同月，我自費出版了第一本詩集《銀杏的仰望》，將詩集寄贈予他，這才算是開始有了往來。

一九八二年一月，在臺北召開的「中日韓現代詩人會議」，由陳千武（桓夫）主催並主持。

二

認識陳千武先生時，他擔任臺中文英館館長，其後又以文英館為基礎，推動成立了全臺第一座文化中心，而成為臺中市文化中心主任。他就任之後，大力推動臺灣文學，次第展開詩與歌、與插花的多彩活動，舉辦研討會、講座，頓時使得臺中市重現文化城的風采。

一九七八年三月，我以臺語詩「鄉里記事」系列獲得吳濁流新詩獎，他是評審之一；同年六月，我以〈草根十行〉參加臺灣省文藝協會主辦的「全省新詩創作展」獲得第一名，他也是評審之一。此時的我還是詩壇小卒，且在服役中，與他不算熟識，他卻如此賞識我尚不成熟的作品，多年後當我知道兩獎他都是評審之一時，更加感念他的知遇。

真正與千武先生有較多的見面機會和交談，是退伍後的事。一方面是我擔任《陽光小集》社長，刊物北遷，與詩壇前輩聯繫較多；另方面則是一九八一年年末我參與了次年一月在臺北舉行的中日韓現代詩人會議的籌備工作。這項會議的主辦單位就是千武先生主持的臺中市立文化中心，協辦單位有笠、創世紀、藍星、現代詩、大地和陽光小集等六詩社，但實際執行聯繫、庶務以及經費籌措的，還是陳千武先生。他以長久以來和日本詩人秋谷豐、高橋喜久晴，韓國詩人金光林深厚的詩誼為基礎，很快地促成了臺日韓三國詩人戰後在臺灣的第一次國際交流。這場盛會的程序卡我保存至今，第一天的會議就是由陳千武先生主持，會議的主題則是成立「亞洲現代詩人聯盟」組織章程草案的討論。

在籌備過程和開會期間，我看到了千武先生勇於任事、不辭勞累的堅韌精神；也看到了他在木訥寡言之外，長於組織、聯繫的外交才能。做為詩人的桓夫、做為小說家的陳千武，和擔任文化中心主任的陳武雄，三者合而為一，從這場盛會起步，展開了以民間力量促成的亞細亞文學交流。

次年十一月，日本現代詩誌《地球》慶祝創刊三十周年，邀請臺灣詩人與會，在這場會議中，陳千武先生和金光林、日本的高橋喜久晴決定合力出版《亞洲現代詩集》，進行最實際的文學交流。這是三國出版《亞洲現代詩集》的濫觴，一九八一年十二月第一集在日本出版，至一九九三年出版至第六集方才告一個段落；而亞洲詩人會議也每年舉辦，到二〇〇一年的第七屆為止。這樣漫長的時光中，千武先生出錢出力，擔當聯繫臺灣詩人、翻譯詩作的工作，毫無報酬，任勞任怨，說他是「亞細亞文學交流的推手」，絕不為過。

一九八二年四月十日，千武先生給我的信，這樣說：

> 《亞洲現代詩集》的大作與匯款均敬收，謝謝您的支持。大作將分別寄出翻譯日、英、韓文，希望這一詩集能順利出版。
>
> 第一集在日本參與的詩人至少三分之一以上是第一線的一流詩人，迄今日本文藝界風評仍然很好。第二集須看主辦國我們的作品，目前已收妥的四十四位作品，相當不錯。其他已約近日中寄下，很怕五十名額會超過，但決定辦好這一集。

三十年後的此時，千武先生已作古人，我展讀這封墨跡湛然如新的信函，回想當年隨團赴日本、韓國參加亞洲詩人會議，與千武先生談話，聆聽他教誨的種種，仍禁不住神傷。寫信時的他已然花甲之年，為了推動亞洲現代詩交流，更實際地說，為了將臺灣詩人及其詩作推向亞洲詩壇，他犧牲自己寫作、休息的時間，花費精神、金錢，居間聯繫日韓以及其他各國詩人，促成亞洲詩人會議的召開；而臺灣詩人作品的日譯工作，則多數又由他承擔。在沒有任何公家補助的情況下，他在這封給晚輩的我的信中，還「決定辦好這一集」——這是無私、奉獻者最坦蕩的自我期許了。這是甘願為臺灣詩當牛，不怕無犁可拉的氣

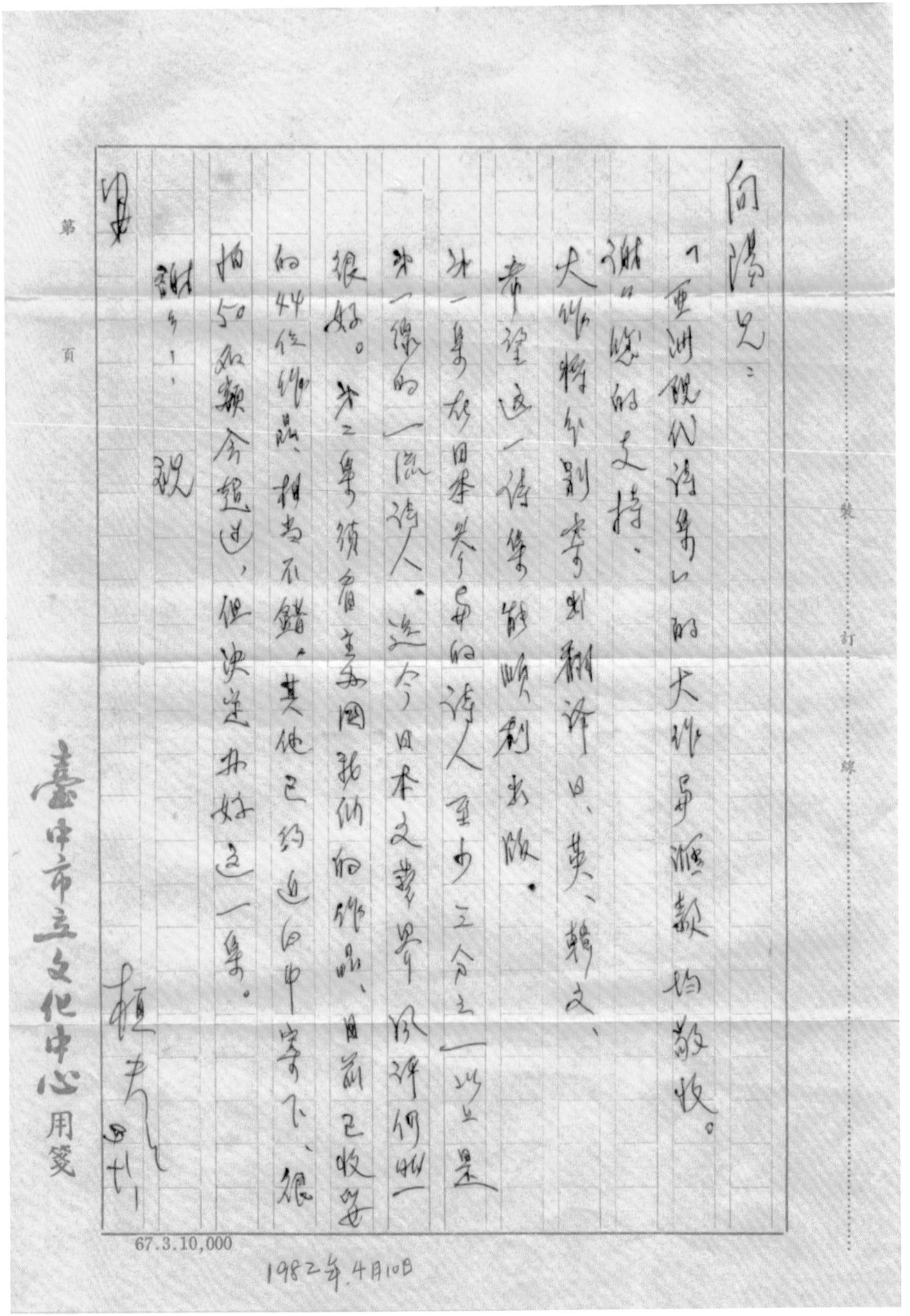

一九八二年四月十日，陳千武以筆名桓夫寫給向陽的信。

魄，出於當年六十一歲的千武先生筆下！

詩集出版後，一九八三年二月，我又收到千武先生寄來「《亞洲現代詩集》第二集經費收支明細表」，用一般筆記本畫成表格，分列「月日」、「摘要」、「收」、「支」、「餘」等五欄目，詳細記載了自前一年二月十四日，迄當年二月十日的每筆經費收支，並於表格之後附記「說明」五條，後署「亞洲現代詩集中華民國編輯委員敬啓」——這樣一整年的時間，逐筆詳載，總收入由參加詩集詩人繳交兩千五百元，合收十二萬三千五百元，翻譯韓文費用加印刷費共十九萬七千一百五十四元，結餘負七萬三千六百五十四元。

我保存這份標記著一個無私的詩人為臺灣詩壇對外交流、為臺灣現代詩外譯工作完全付出的複印文件，借以見證一個已經不可能重見的年代，也誌念在那樣的年代中做為一個臺灣詩人精神典範的千武先生。

三

一九八五年二月，我向千武先生約稿，希望他寫篇與〈獵女犯〉有關的文章，約十天後，我收到他寄來〈殖民地的孩子〉一文，約五千字，從他的出生談起，寫到一九四二年被徵召「特別志願兵」遠赴南洋止。這篇自述文章，附了他當志願兵時的戎裝照、當時的集訓、歡送會等照片。細讀文章，可以看出千武先生的童年、求學時期，和對日治年代語

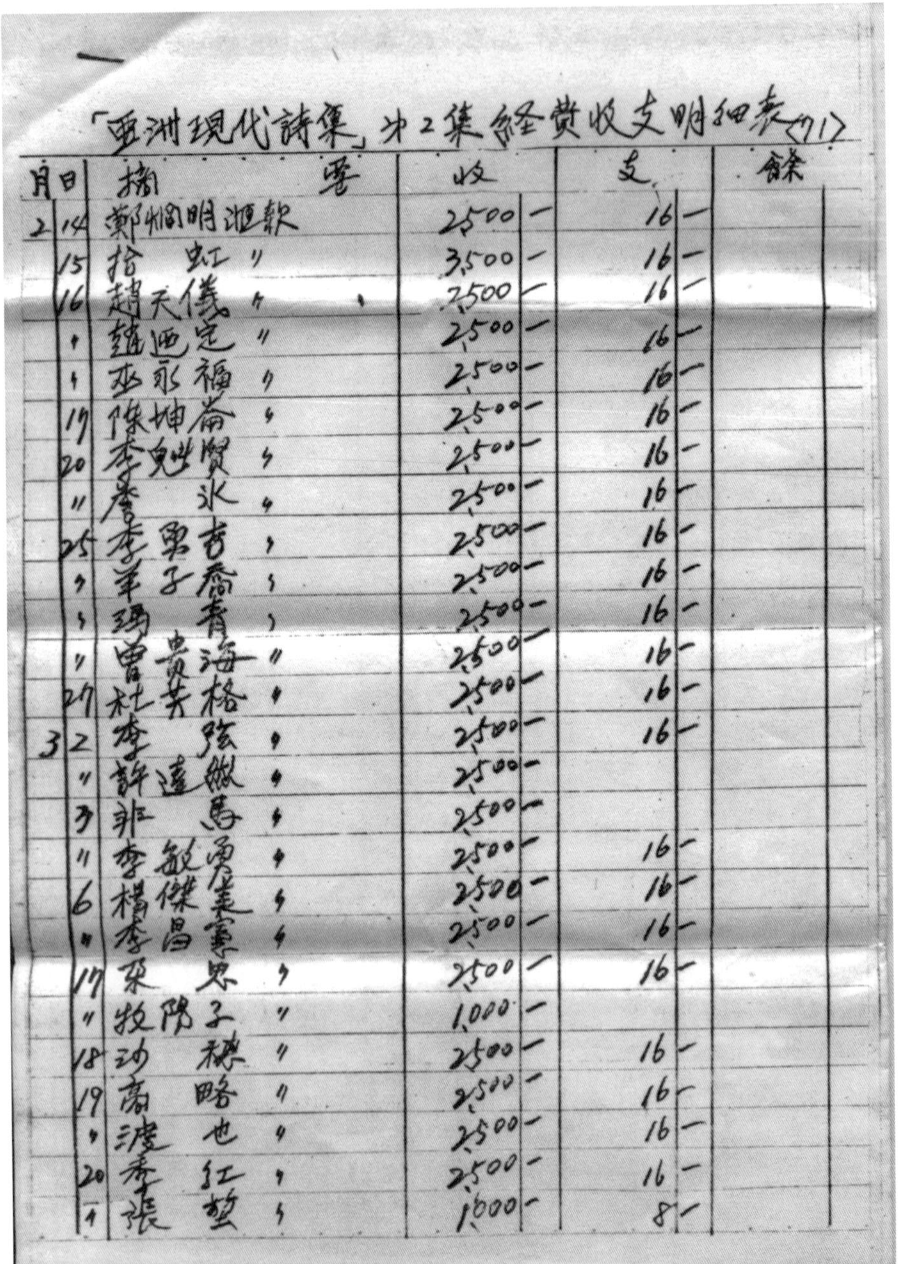

「亞洲現代詩集」第2集經費收支明細表 (71)

月	日	摘要		收	支	餘
2	14	鄭炯明	匯款	2500—	16—	
	15	拾虹	〃	3500—	16—	
	16	趙天儀	〃	2500—	16—	
	〃	趙迺定	〃	2500—	16—	
	〃	巫永福	〃	2500—	16—	
	17	陳坤崙	〃	2500—	16—	
	20	李魁賢	〃	2500—	16—	
	〃	詹冰	〃	2500—	16—	
	25	李勇吉	〃	2500—	16—	
	〃	羊子喬	〃	2500—	16—	
	〃	瑪青	〃	2500—	16—	
	〃	曾貴海	〃	2500—	16—	
	27	杜芳格	〃	2500—	16—	
3	2	李弦	〃	2500—	16—	
	〃	許達然	〃	2500—		
	3	非馬	〃	2500—		
	〃	李敏勇	〃	2500—	16—	
	6	楊傑美	〃	2500—	16—	
	〃	李昌憲	〃	2500—	16—	
	17	朵思	〃	2500—	16—	
	〃	牧陽子	〃	1000—		
	18	沙穗	〃	2500—	16—	
	19	高略	〃	2500—	16—	
	〃	渡也	〃	2500—	16—	
	20	季紅	〃	2500—	16—	
	〃	張默	〃	1000—	8—	

陳千武為《亞洲現代詩集》第二集之出版所記的經費收支明細表。

言政策、愚民教育、殖民管制的不滿。那是剝奪了他的童年、青春以及文學之夢的年代，是「臺灣人的悲哀」最深刻的見證。

三月十六日，《自立》副刊以文配圖的頭條刊出這篇具有歷史意義的文章，身為編者，我以《自立》副刊能刊登此文為榮。這是我的詩人前輩、我的鄉前輩的重要文獻，我加了「歷史長廊」的標語，希望凸顯其中的歷史價值，吸引副刊讀者來重視像千武先生這樣「跨越語言的一代」的臺灣父老的生命史和精神史。

文章刊出後，千武先生打了個電話向我致謝，這是他第一次親口向我說「多謝」，那語調我記憶至今。

遺憾的是，由於其後我報社工作繁忙，加上三十九歲後《自立》出現危機，我的中年發生極大轉折，離開報館，進入學院，都使我無法再與千武先生保持密切聯繫，只偶爾會在文學聚會或評審會場相見，這使我向他請益的可能頓時減少。一九九一年我發表了進入學院之後的第一篇論文〈從泥土中翻醒的聲音：試論戰後臺語詩的崛起及其前瞻〉，知道千武先生也關心這個議題，遂將論文寄呈於他，請他指正。沒多久就收到他以韓國漢城某旅館明信卡寫的回信：

> 大作〈從泥土中翻醒的聲音〉剛收到，一氣讀完。所論各節中肯，令人贊同。這是「臺語文學」、非常難得的客觀而忠實分析，值得給文壇認識的。我很喜歡你的世

中華民國七十四年三月十六日 自立晚報 星期六

〈歷史長廊〉

殖民地的孩子

／陳千武

② 禁止說母語

③ 特權的小學

④ 殖民地孩子的中學

⑤ 愚民政策

⑥ 戰爭與軍訓

一九八五年三月十六日，《自立》副刊刊登陳千武所撰〈殖民地的孩子〉。

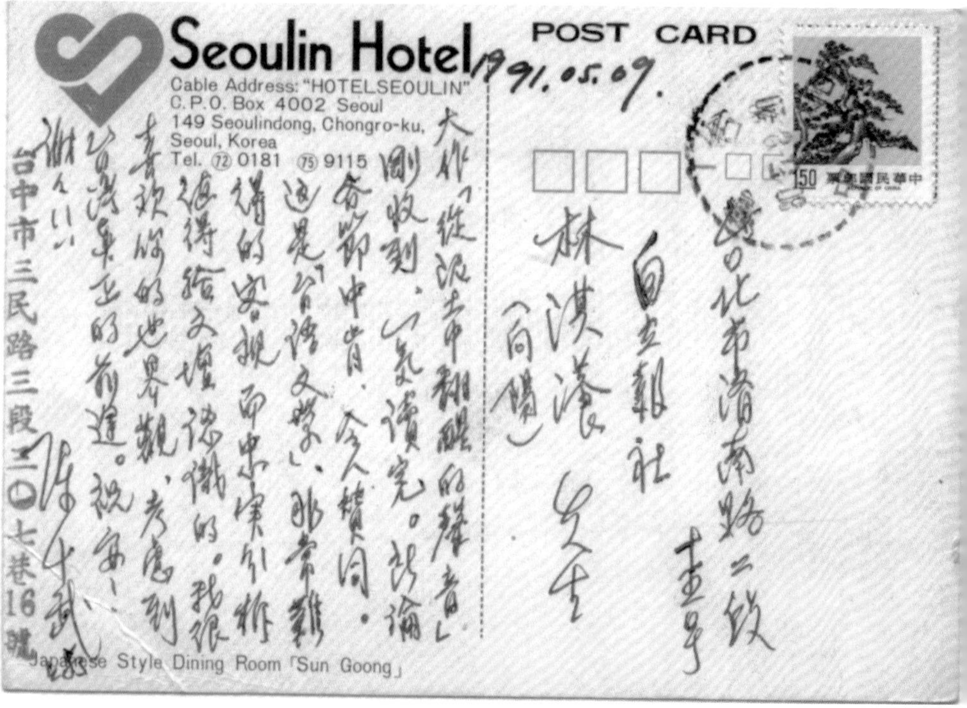

一九九一年五月九日，陳千武寫給向陽的明信片。

界觀，考慮到臺灣真正的前途。

我知道這是前輩對後輩的謬許之言，也知道做為「跨越語言的一代」作家，使用臺語寫作對此時已經七十歲的千武先生來說，是心靈深處最大的痛——然而他鼓勵戰後出生的我，而不以為忤，這樣的氣度、胸懷，以及他對臺語文學發展的寄望，都讓我從心底敬服。

我想到他寫於一九六四年的詩〈信鴿〉，這首詩以被徵召為志願兵到南洋的戰爭經驗為背景，表現出對殖民統治的精神抵抗，通過被殖民者的反諷，呈現對殖民帝國的批判與控訴。戰爭如此，語言的遭到打壓何嘗不是如此？詩的開頭以「埋設在南洋／我底死，我忘記帶回來」起筆，結尾則如是作結：

我底死，我忘記帶回來
埋設在南洋島嶼的那唯一的我底死啊
我想總有一天，一定會像信鴿那樣
帶回一些南方的消息飛來——

就以這四行看似浪漫實則沉痛的詩句，表示我對千武先生最虔敬的追思吧。

——二〇一二年九月

文學傳播的掌舵者
——蔡文甫與九歌出版社

一

前不久因為擔任梁實秋文學獎決審，到九歌出版社開評審會議，一進會議室，就看到久未見面的小說家蔡文甫先生，算來將近米壽的他，臉色紅潤、精神抖擻，身體相當健朗。評審會議開始，他以九歌文教基金會創辦人的身分，歡迎並感謝評審委員的協助，他的鄉音濃厚，那是我年輕時要費一番工夫才聽得懂的，也是後來因為相熟而感到親切的口音；他推動文學傳播的熱誠也一直未改，以九歌出版社做為基礎，策劃出版《中華現代文學大系》、開設九歌文學書屋、成立九歌文教基金會、舉辦兒童文學獎、小說寫作班、文學研討會，又承辦梁實秋文學獎……，無一不與當代臺灣文學的推廣、教育有關，加上他曾前後耕耘《中華》副刊長達二十一年，說他是當代臺灣文學傳播的掌舵者，應不為過。

我與蔡文甫先生年齡相距二十九歲，是文壇晚輩，但由於我年輕時主編《自立》副

二〇一二年九月二十日，蔡文甫與向陽合影於九歌出版社。

刊，與他時有往來，也有同行的關係。一九八〇年代的臺灣報紙副刊，以《中國時報》人間副刊、《聯合報》聯合副刊為龍首，《中央》副刊、《中華》副刊是兩大黨營報紙副刊，緊追兩報副刊之後；《自立晚報》無黨無派經營，且還是臺北三家晚報中的小報，才輪得到我這樣的年輕作家主編副刊。當時的臺北有副刊主編聯誼會，各報主編相聚，交流、聯誼，我與文甫先生的相識，是在這個聯誼會中開始的。

見到久違的文甫先生，自是高興，我請求文甫先生和我在會議室合影。當天我就把照片放到臉書之上，兩天內就有超過四百五十多位臉書之友按「讚」，看得出來文甫先生雖久未創作，仍受到衆多讀者的尊敬。這當然也

二〇〇三年七月二十九日，林海音召集的餐敘。前排左至右：《新生報》副刊主編劉靜娟、林海音、齊邦媛、蔡文甫、黃美惠；後排左至右：應平書、楊澤、蘇偉貞、梅新、向陽、張娟芬、陳義芝。同桌者多為曾任或當時在任報紙副刊編輯。（淺綠色標籤上拍攝日期為林海音手書）

和他創辦的九歌出版社三十多年來持續以繼，執著於文學出版，獲得讀者肯定有關。

二

最初認識蔡文甫先生，是在大學年代，當時他是《中華》副刊主編，我才剛開始詩與散文的創作，多半的詩作投給沒有稿費的詩刊，其後《聯合》副刊主編馬各請回國講學的詩人楊牧選詩，楊牧特重大學校園詩人的詩作，我的詩稿在聯副、人間、華副都常被刊出。大約是我大四時，在一個副刊作者與編者的交流場合見到了文甫先生，有短暫的交談，留下的印象是，他是一個不擺架子，有仁厚長者之風的主編。

一九七八年三月，文甫先生創辦了九歌出版社，專出文學書，當時正是文學出版社鼎盛時期，林海音創設的純文學、姚宜瑛創辦的大地、隱地創辦的爾雅，以及葉步榮、楊牧、瘂弦等合資成立的洪範，所出文學書籍在市場上都叫好且叫座，為文學讀者所喜愛；九歌之出，也是立即獲得閱讀市場歡迎。這五家出版社其後被譽為「五小」，雖屬小規模經營，但因創辦者都是文人，多曾擔任文學媒體主編，擁有廣闊的文壇人脈，也擁有強度的文學鑑賞品味，所出文學書籍亦多為名家精品，往往高居排行榜前十，一時之間，相激相湧，帶動了前所未有的文學閱讀風潮，創造了文學書籍在一九八〇年代出版市場中的榮光。

做為年輕作家，我與同齡的朋友一樣，一方面是五小的購書者，每出一本就買一本、讀一本；一方面內心也有期待和夢想，希望有朝一日能躋身於其中，成為作者之一。不過，這樣的夢想只能存放心中，寫還是得照寫。

一九八三年，我終於成為九歌出版社的作者。因為文甫先生當時要推出「九歌兒童書房」書系，他印象中我曾在《時報周刊》撰寫過一系列中國神話故事，要我將這批文章交給九歌出版。這對我來說，儘管是改寫的故事，等於圓了我的夢，於是整理已刊文稿，輯為《中國神話故事》交給了九歌，於當年八月出版，此書因此「意外」地成為我的第一本童話集。一九八六年，我的第二本改編童話集《中國寓言故事》再交給「九歌兒童文學書房」出版。這兩本改寫童話集，開啓了我的兒童文學創作生涯，不能不說是文甫先生所促成。

多年後的今天，回頭看「九歌兒童書房」的豐碩成果，以及文甫先生後來舉辦兒童文學獎，鼓勵臺灣兒童文學創作的做為，我才了解他當年另設兒童書房的苦心，他是把鼓舞兒童文學創作當成出版責任來做的，他想扭轉以翻譯或改寫外國名著為主流的兒童讀物出版方向，現在來看是成功了。但也因為這樣，他對來稿要求極高，親自閱讀、校對，也提供作者意見。手頭一封他於一九八四年十二月給我的信，這樣寫著：

> 大著「寓言故事」影印本及周策縱先生來函，均收到。第四集兒童書房已付印，農曆年前後推出。「寓言」要請小朋友先試讀看看。（原則上應無問題，如果再出版第五集，當優先考慮也）兒童書真難發行，也許將來方針可能要重擬，先此奉聞。

這封信透露了兩個訊息。一是「九歌兒童文學書房」推出初期遭逢了「真難發行」的困境，使得文甫先生有是否能夠持續的憂慮；二是他對兒童書房所出之書「要請小朋友試讀看看」的敬謹敬慎。

一九八五年十月，我再接到文甫先生來信，告知《中國寓言故事》已在排印：

九歌出版社
CHIU KO PUBLISHING HOUSE
台北市八德路三段12巷51弄34號
34 Alley 51, Lane 12,
Sec. 3, Pa-Teh Road, Taipei
P.O.Box 36-445 Taipei, 105 Taiwan R.O.C.
TEL : 7526564 · 7526176 · 7817716

向陽兄：

大著「四季」校已於印本年後，因筆者家事忙，始收好。第一集定名為書房之付印，應歷年前所提出「四季」要請各朋友試讀之書（尤其五首之短問題），如果再出版廿四節氣，為依之意處也）完全由我按照排印，也許得要方針上的要求換上此處章節。

至於詩集「花寬潤的土地上」，要請您若干時日，因為「一千行詩集」之後，還有一二位詩人大下。」有很多詩人，故意將詩集提供九歌出版，並還出版大作二本，反而不好之好。

因向陽兄大函，將來可刊「九歌雜誌」，特此奉達，並祝

文安

弟 文甫 拜上

73年

一九八四年十二月十七日，蔡文甫給向陽的信。

中國神話故事（作者按：應為寓言故事）正在排印中。插圖由在美國念書的陳裕堂畫好，他建議每篇文章加一句成語（和內容配合的如「朝三暮四」、「守株待兔」……等），可否加上，點明題旨，等兄回國看校樣後再說。

當時我正在美國愛荷華大學參加國際寫作計畫，接此信，知道《中國寓言故事》已經付排，相當高興。對於文甫先生能排除萬難，續出兒童書房，就感到放心了。他建議另於各篇加上成語，當然欣然接受。在這一本書長達一年的出版過程中，我看到的是一個守門人的嚴謹編輯態度，兒童書房的選書如此，九歌文庫的選書當然也是如此。我想，這就是九歌出版能夠成功，也是九歌兒童書房能夠突破發行瓶頸、持續以繼，至今仍然不墜的原因吧。

儘管我在九歌兒童書房只出了《中國神話故事》、《中國寓言故事》兩本小書，所幸並沒有讓九歌賠本。神話部分，前年與去年分別拆為《蛟龍、怪鳥和會念經的魚：中國神話故事一》、《幫雷公巡邏：中國神話故事二》重出；寓言部分，二〇〇〇年三月，獲得臺東大學兒文所「臺灣兒童文學一〇〇」評選入選的肯定；今年五月又以新書名《大鐘抓小偷：成語也會說故事》重出。我年輕時改寫的童話集，能夠歷二十六年而繼續被新一代兒童閱讀，要感謝文甫先生當年為兩書出版所費的心血與提點。

三

我更大的夢，是希望我的詩集能在「五小」出版。最早幫我達成這個夢想的，也是文甫先生。一九八二年，文甫先生打電話給我，說詩人余光中向他推薦出版我的詩集，問我詩稿夠不夠？接到這個電話時，我相當興奮，出版詩集，即使在文學出版最鼎盛的一九八〇年代，都是困難的，何況我還只是青年詩人？余先生的推薦，對我是莫大鼓勵；對出版社來說，可能是個負擔——然則，文甫先生卻當真來辦，他希望我把最滿意的作品交給九歌，告訴我，要慎選作品，不可辜負余先生。

這樣經過兩年，在文甫先生不斷的提醒下，我將當時寫作的主力十行詩七十二首輯為《十行集》交給了九歌。一九八四年七月，《十行集》成為九歌創社後出版的第一本詩集，同期出書的有林清玄《白雪少年》、古威威《夢裡夢外》，都是青年作家。在出版名家作品大受歡迎的年代，文甫先生能注意到青年作家，主動約稿，也可看出他的慧眼和氣魄。這份情誼，我一直長誌在心，未敢或忘。《十行集》出版後，在閱讀市場上幸未讓九歌丟臉，到一九八七年印了三版，二〇〇四年又重印增訂二版，迄今仍在書店流通。但更重要的是，做為我創作生涯中最重要的印記之一，《十行集》之出，奠定了我的詩壇定位。這是文甫先生不計盈虧，厚我之處。

做為出版人，文甫先生的文學傳播理念，也在九歌一些不計盈虧的出版品上彰顯出來。就我印象所及，最早是年度散文選的出版，連續編選至今，從未停止；其後一度出版《藍星季刊》達八年之久，方才停辦；而投資成本最高的，則是一九八九年《中華現代文學大系》十五冊，二〇〇三年《中華現代文學大系・二》十二冊。兩部大系完整呈現了當代臺灣文學各文類的佳作、名篇，以嚴謹、公正、包容的態度，展示了臺灣新文學的多元風貌；其後又出《臺灣文學二十年集》四冊、《臺灣文學三十年菁英選》七冊等——這些選集，投資成本高，無利可圖，文甫先生卻以一家出版社之力逐一完成，都讓我看到了一個出版家在文學出版版圖上的雄才大略，經緯遠圖。二〇〇五年文甫先生獲頒金鼎獎特別貢獻獎，表彰他對臺灣文學出版與傳播的貢獻。當時我是眾多評審委員之一，投票結果出爐，內心特別感到高興！

一九八四年九歌出版我的《十行集》時，文甫先生五十八歲，我二十九歲；如今我也到了他當年的年歲了，見他健朗依舊，回想年輕至今與他結緣的種種，江湖夜雨，何只十年？桃李春風，潤澤長在。願以此文，祝福文甫先生健康長壽。

——二〇一二年十月

中華兒童

向陽兒們：

接到你們的信和照片，感到非常高興。看到你們在國外念書，接受了新世界的事物，眼界和心胸，當更為開闊。你們這一代，天之驕子。能受優秀學者教誨，並學會一種語言，能說能讀，成功在望。

中國禪話故事已在排印中。插圖由我畫圖，全書的陳孫堯畫的，他建議每篇文字加一句成語（和內容配合的成語）三至四六字

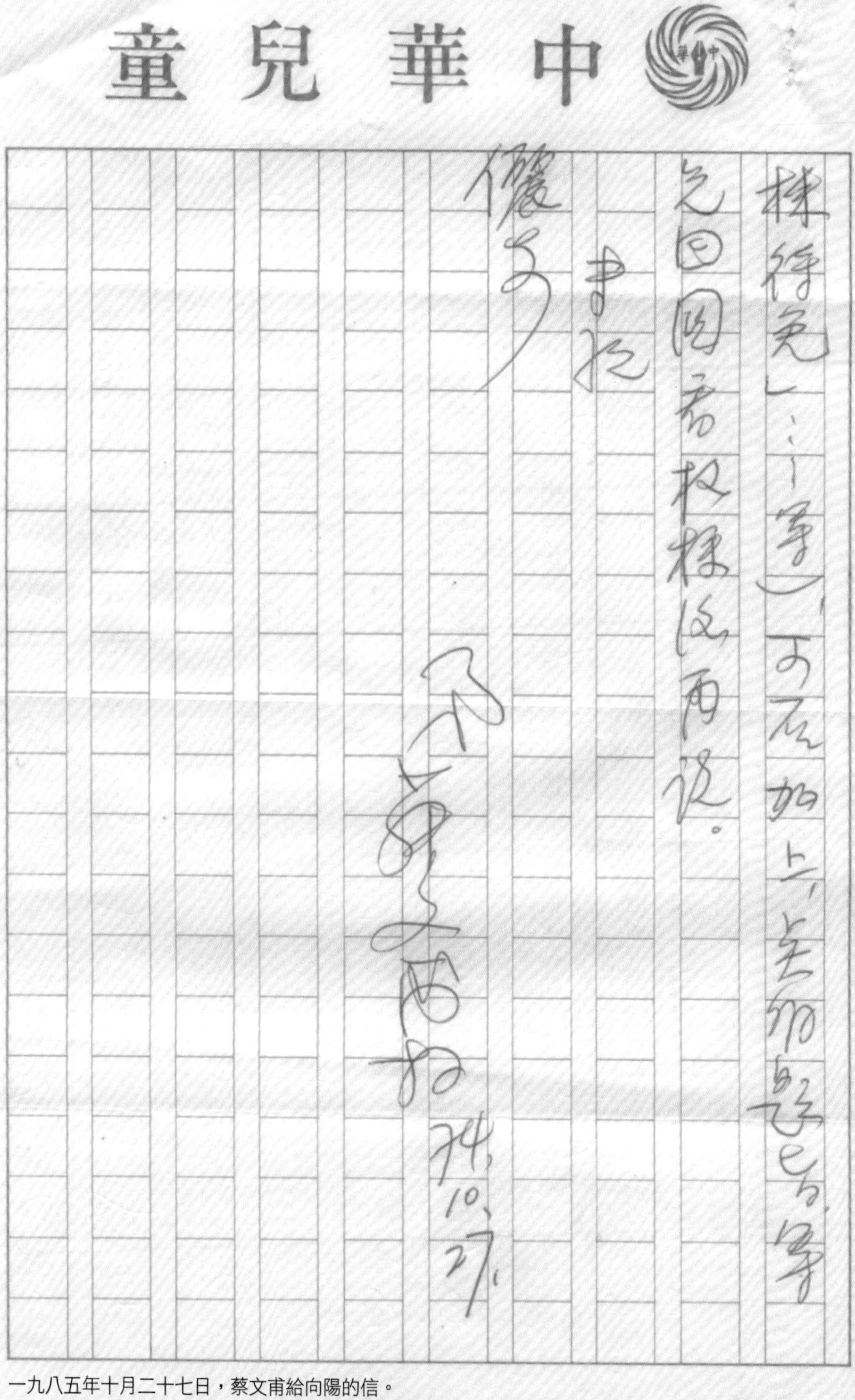
中華兒童

棣偉兄：「……等」，下應加上，是[illegible]等，也因為書校樣後再說。

此致

儷安

文甫敬上

74.10.27.

一九八五年十月二十七日，蔡文甫給向陽的信。

臺灣農民的守護者
——吳晟及其詩文

一

二〇一一年三月初，詩人吳晟為了保護國寶級的彰化沿海溼地生態，反對國光石化設廠，邀請了我和多位作家到彰化縣芳苑、王功、大城一帶實地探查溼地文化。在這之前，他已經為此奔走多時，並且和吳明益合編了《溼地·石化·島嶼想像》（臺北：有鹿文化）一書，以國光石化（八輕）的設廠事件為核心，呈現事件的來龍去脈與真相，圖文並茂地指出了國光石化設廠之後對於臺灣土地與人文可能產生的嚴重影響。這本書輯錄了藝文界和學界的呼聲與分析，具體地以白海豚、水資源、溼地、經濟利益、健康風險的分析，要求政府停建八輕，引起關心環保問題和農民生存權益人士的呼應。

其中最令我動容的，是吳晟寫的詩〈只能為你寫一首詩〉，詩中寫出了彰化沿海溼地的生態之美、農漁民在此種作的人文之美；接著寫出他對國光設廠之後可能「要封鎖海岸

二〇一一年三月六日，吳晟、莊芳華伉儷與向陽、方梓在吳宅前合影。向陽手中拿的是吳晟和吳明益主編的《溼地・石化・島嶼想像》。

線，回饋給我們封閉的視野／驅趕美景，回饋給我們／煙囪、油汙、煙塵瀰漫的天空」、「一路攔截水源／回饋給我們乾旱」的憂心，最後結於這樣的呼喚：

多麼希望，我的詩句
可以鑄造成子彈
射穿貪得無厭的腦袋
或者冶鍊成刀劍
刺入私慾不斷膨脹的胸膛
但我不能。我只能忍抑又忍抑
寫一首哀傷而無用的詩
吞下無比焦慮與悲憤

我的詩句不是子彈或刀劍
不能威嚇誰
也不懂得向誰下跪

只有聲聲句句飽含淚水
一遍又一遍朗誦
一遍又一遍，向天地呼喚

我一再誦讀吳晟這樣悲傷的詩句，「子彈」或「刀劍」或許可以射穿貪婪者，卻無法阻擋一波又一波貪婪的心；吳晟「哀傷而無用的詩」，終究發揮了比子彈或刀劍還要强大的力量，就在這年四月，馬英九總統率內閣首長召開記者會正式宣示「不再支持國光石化開發案在彰化進行」。詩，勝於子彈刀劍，於此可證。

但我也知道，吳晟這樣的詩將繼續「寫」下去，果然，接著又爆發了中科四期搶水案，嚴重威脅溪州農民用水的生存權，這時的吳晟站到怪手前，反對當地的農田水利會不顧農民生活，硬要將農用水移作工業用水的不當。這場仗如何發展，我無法確知，我確知的是，做為一個農民詩人，吳晟將用他的生命守護與他一樣的臺灣農民、農業與土地。

二

吳晟守護農民、土地的決心，早在他就讀屏東農專時就已點燃，一九七二年他開始寫作《吾鄉印象》（新竹：楓城，一九七六；臺北：洪範，一九八五）這本詩集的作品時，

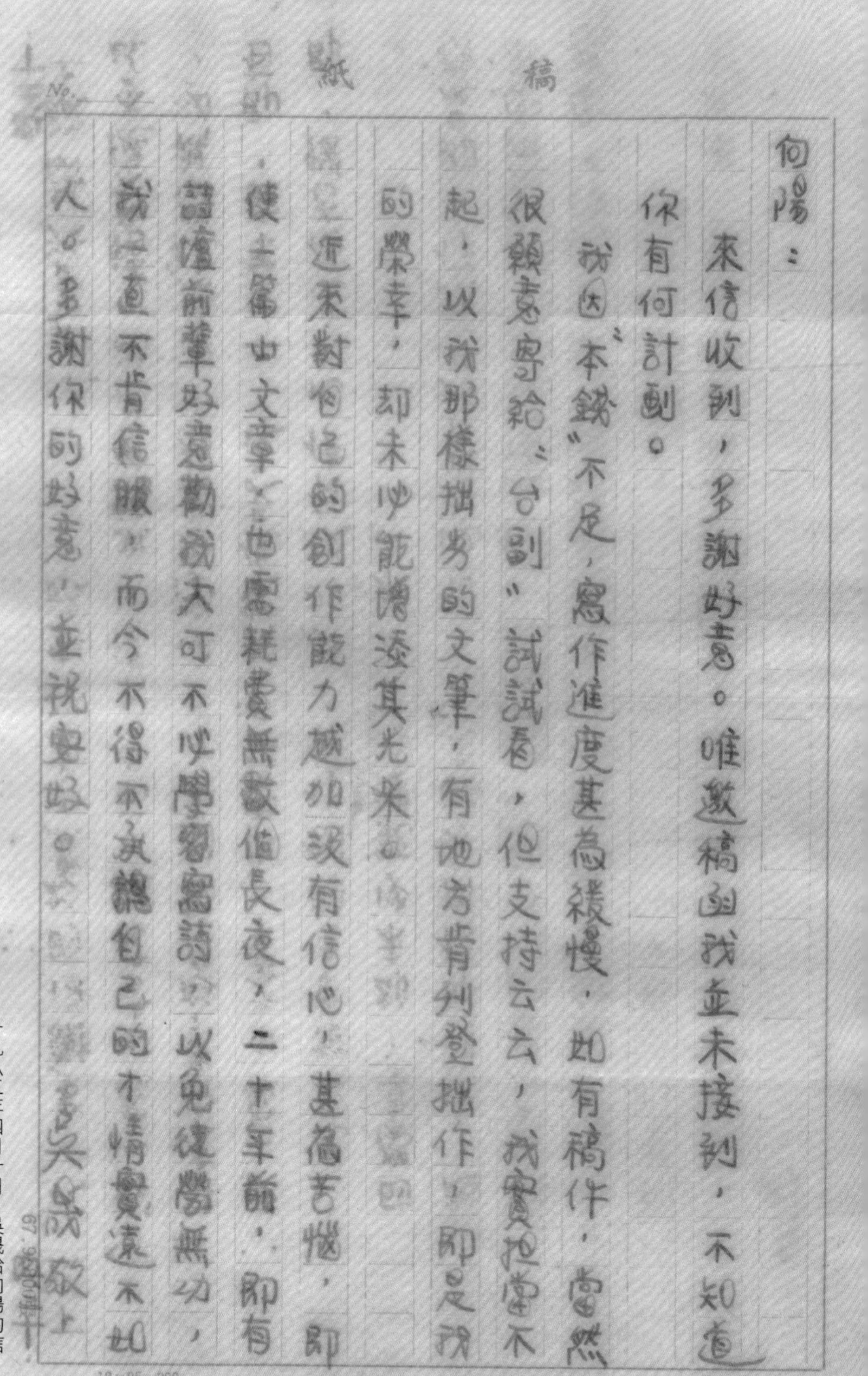

向陽：
來信收到，多謝好意。唯邀稿函我並未接到，不知道你有何計劃。
我因"本錢"不足，寫作進度甚為緩慢，如有稿件，當然很願意寄給"台副"試試看，但支持云云，我實在擔當不起，以我那樣拙劣的文筆，有地方肯刊登拙作，即是我的榮幸，卻未必能增添其光彩。
近來對自己的創作能力越加沒有信心，甚為苦惱，即使一篇小文章，也需耗費無數個長夜。二十年前，即有詩壇前輩好意勸我大可不必學寫詩，以免徒勞無功，我一直不肯信服。而今不得不承認自己的才情實遠不如人。多謝你的好意，並祝安好。
吳晟 敬上

一九八二年四月十日，吳晟給向陽的信。

更是鮮明。這時他已返回家鄉任教兩年，他開展了以農婦和農民為題材的詩文創作，直到一九八二年由洪範出版他的散文集《農婦》、一九八五年出版散文集《店仔頭》和三本詩集《飄搖裡》，《吾鄉印象》、《向孩子說》（均為舊作加新篇重編出版）止，可說是他環繞著臺灣農民生活、命運而寫作的顛峰期。這些詩作和散文篇章，即使到了二十一世紀的今天，讀來仍然令人感動，甚至心痛。其中更有諸多作品收入國小國語、國中、高中國文課本，散文有〈秋收後的田野〉、〈不驚田水冷霜霜〉、〈小池裡較大一尾魚〉、〈遺物〉；詩有〈負荷〉、〈泥土〉、〈土〉、〈蕃藷地圖〉、〈水稻〉……等，這些詩文共同的特質，就是對土地表達深沉的愛，對農民的命運表達切身的關懷。

我與吳晟初識於何時，如今已無印象，只記得較常往來，應是在我接編《自立晚報》副刊前後，無論約稿或是他有機會來臺北見面，總有著一種說不出來的親切感，一方面他住溪州、我住溪頭，都是濁水溪流域出身的詩人，都生於鄉村，有著鄉下人的愚直土氣；另方面則是在書寫題材上也有部分類同，他早以鄉土詩人聞名詩壇之際，我開始臺語詩的起步，也從「家譜」、「鄉里記事」諸詩作展開。這使我與他之間的話語可以免掉相當多不必要的客套。而做為我的前行者，他待人的誠懇、態度之謙遜，更讓晚輩的我感到敬佩。手頭這封信，是一九八二年四月，我還未接編《自立晚報》副刊前，為《臺灣日報》副刊策劃「每日精品」專欄，向吳晟約稿，他的回信：

> 我因「本錢」不足，寫作進度甚為緩慢，如有稿件，當然很願意寄給「臺副」試試看，但支持云云，我實擔當不起，以我那樣拙劣的文筆，有地方肯刊登拙作，即是我的榮幸，卻未必能增添其光采。
>
> 近來對自己的創作能力越加沒有信心，甚為苦惱，即使一篇小文章，也需耗費無數個長夜，二十年前，即有詩壇前輩好意勸我大可不必學習寫詩，以免徒勞無功，我一直不肯信服，而今不得不承認自己的才情實遠不如人。多謝你的好意，並祝安好。

這是封婉拒邀稿的信，然則吳晟卻以自責「本錢不足」、「對自己的創作能力越加沒有信心」的方式回覆一個年輕編輯，毫無傲慢之意，更教我感動；當然這封信可能也透露了他在這個階段尋求突破詩作風格的困頓，但這也反映了鄉土文學論戰後，一九八〇年代初期，臺灣鄉土文學界仍被排斥於主流文學界之外的共同命運。

進入《自立》副刊之後，我繼續向吳晟約稿。這年八月，吳晟出版了以他母親為書寫對象的散文集《農婦》，受到讀者喜愛，他的散文和詩從此齊名，次年，《讀者文摘》將全書濃縮，以十八頁篇幅刊載，以十六國文字發行，吳晟的書寫成績，這時受到了真正的肯定。就在出版散文集《店仔頭》（臺北：洪範，一九八五）系列散文之前，我收到他寄來了幾篇作品，其中〈轉作——店仔頭開講〉寫的是農民寒夜下田巡田水的事，吳晟以農民在荒旱之季經常性的搶水糾紛為題材，寫出政府農業政策的舉棋不定及其導致的農業農

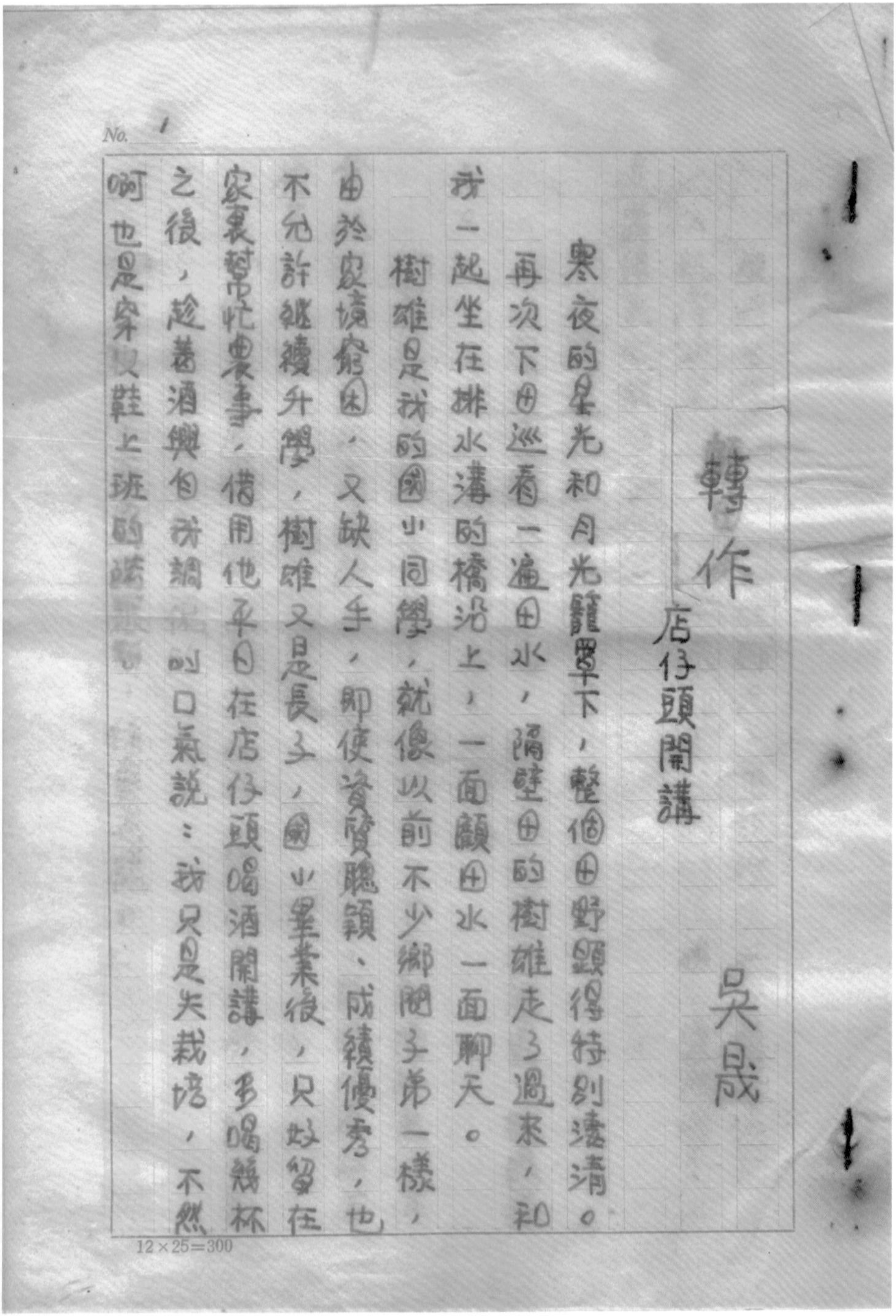

No. 1

轉作

店仔頭開講

吳晟

寒夜的星光和月光籠罩下，整個田野顯得特別淒清。

再次下田巡看一遍田水，隔壁田的樹雄走了過來，和我一起坐在排水溝的橋沿上，一面顧田水一面聊天。

樹雄是我的國小同學，就像以前不少鄉間子弟一樣，由於家境窮困，又缺人手，即使資質聰穎、成績優秀，也不允許繼續升學，樹雄又是長子，國小畢業後，只好留在家裏幫忙農事，借用他平日在店仔頭喝酒開講，多喝幾杯之後，趁著酒興自我調侃的口氣說：我只是失栽培，不然啊也是穿皮鞋上班的

12×25=300

一九八五年一月，吳晟寄給《自立》副刊的散文〈轉作——店仔頭開講〉第一頁。

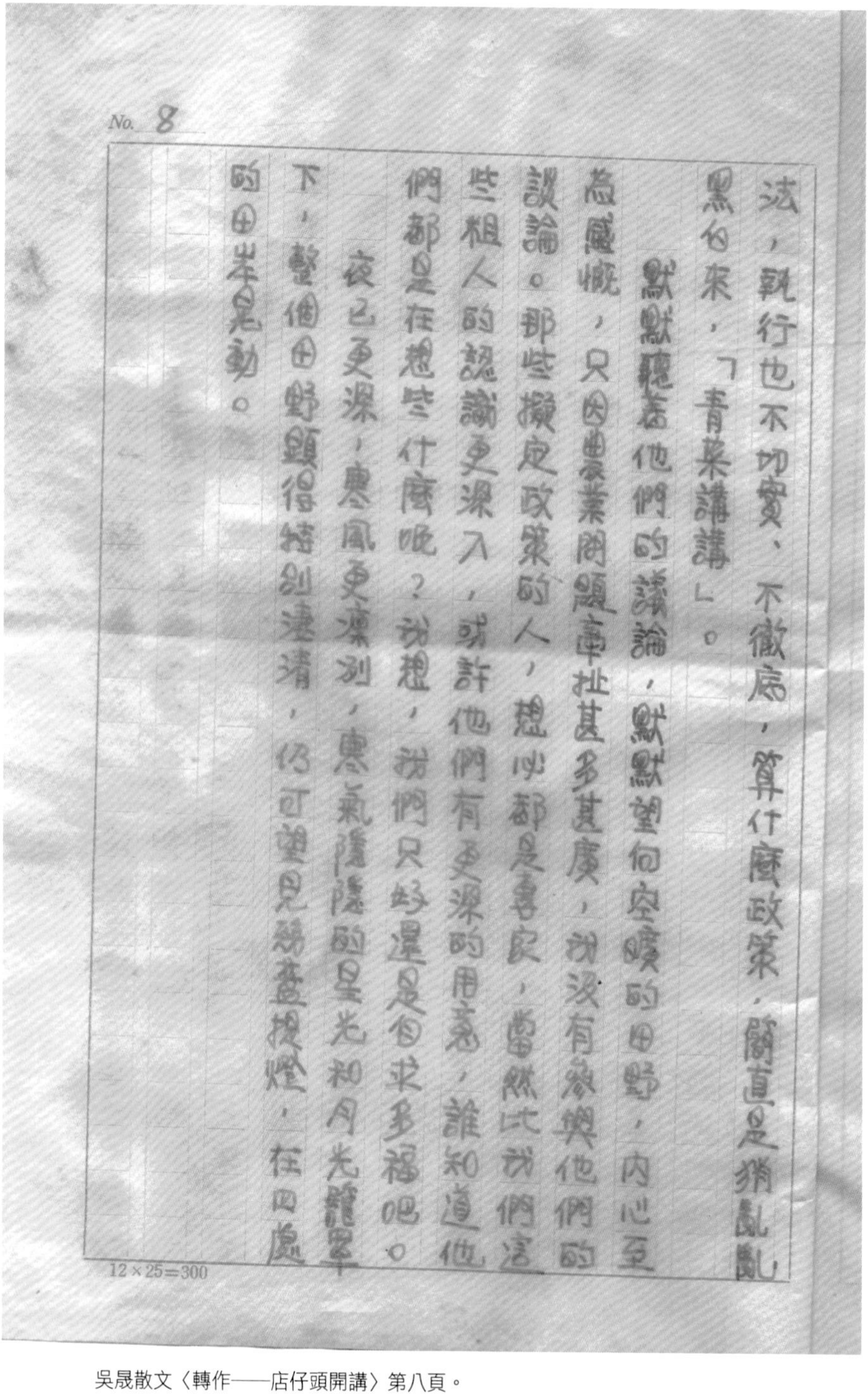

法，執行也不切實、不徹底，算什麼政策，簡直是猜亂亂黑白來，「青菜講講」。

默默聽著他們的議論，默默望向空曠的田野，內心至為感慨，只因農業問題牽扯甚多甚廣，我沒有參與他們的談論。那些擬定政策的人，想必都是善良，當然比我們這些粗人的認識更深入，或許他們有更深的用意，誰知道他們都是在想些什麼呢？我想，我們只好還是自求多福吧。

夜已更深，寒風更凜冽，寒氣隱隱的星光和月光籠罩下，整個田野顯得特別淒清，仍可望見鷄舍提燈，在四處的田岸晃動。

吳晟散文〈轉作——店仔頭開講〉第八頁。

村問題，透過農民之間的議論，文章結尾這樣寫著：

默默聽著他們的議論，默默望向空曠的田野，內心至為感慨，只因農業問題牽扯甚多甚廣，我沒有參與他們的談論。那些擬定政策的人，想必都是專家，當然比我們這些粗人的認識更深入，或許他們有更深的用意，誰知道他們都是在想些什麼呢？我想，我們只好還是自求多福吧。

這篇文章，從側面的觀看切入，寫出了農民為了田水、農務星夜下田的艱辛；也寫出了農民對政府主事者的不滿——然而，在這個階段，農民也只能「自求多福」，而無力反抗。當時的吳晟，四十一歲，他可能想像不到，二十七年後，六十八歲的他會站在怪手前，反對政府硬要將農用水移作工業用水的不當。從隱忍到不再隱忍，從自求多福到為農民拚老命，從年輕之時以文學創作表現臺灣農民的生活與命運，到垂老之際用行動上街頭捍衛農民權益，吳晟已用他的實際行動顯現了一如葛蘭西（AntonioGramsci）所稱的「有機知識份子」（organicintellectual）典範，他自身就是農民，不只於書寫，更站到農民之中，用理念和專業來引導大眾，而不再只是書房中徒然哀嘆的作家。

三

吳晟的實踐，還表現在他的濁水溪書寫之上，二〇〇二年他出版了報導文學集《筆記濁水溪》（臺北：聯合文學），這是他前一年榮膺南投縣駐縣作家之後，以一年時間，實際踏查濁水溪源流的成果。吳晟從濁水溪源頭緣溪而下，沿著萬大、曲冰、萬豐、武界等部落，記錄他所看到的生病的濁水溪，他以一人之力，完成如此艱鉅的工作，在臺灣文學界中也屬少數；更重要的是，他不是為了尋幽訪勝而寫濁水溪，一如詩人羊子喬的書評所言：

> 引發他書寫濁水溪的動機，來自於他所居住的環境——濁水溪下游地帶，由於他出生在濁水溪的流域，哺育他成長的是濁水溪的水，和溪埔良田。他寫完了下游，便想溯源而上，探視上游的神祕水源地，如今，他終於如願以償。他認真追宗思源的心情，更可以看見民胞物與的胸襟。談到日月潭的水力發電、走訪山水間看到山林被盜伐、水土被破壞、更擔心日月潭因辦理萬人游泳，水源被汙染的相關問題，顯現詩人看到臺灣環境與水源被破壞的憂思。

這就是吳晟，他的計慮，無一不與農民生活有關，他寫農民、寫農事；憂農耕、批農政，就是行踏臺灣第一大長河，他念茲在茲的，也還是水汙染對農民用水、民生用水造成的病灶問題。身為南投出身作家，相較之下，我感覺有愧；身為當年駐縣作家評選委員之一，我以選出吳晟為濁水溪把脈為榮。

二〇〇七年，吳晟以詩榮獲第三十屆吳三連文學獎，評定書說他的詩，「不僅止於臺灣鄉土、農村事物的描繪，同時具有強烈的臺灣土地認同和寫實主義的批判精神」；說他的散文「深刻切入臺灣農村，描寫臺灣農村對經濟發展過程的貢獻，紀錄臺灣農村、農民的多種面向，表現農民可貴的堅韌、刻苦、剛毅與包容特質，突出了臺灣人的共同精神」；而對於他以一年苦行，踏查濁水溪的書寫，更以「樹立臺灣知識份子身體力行、關愛鄉土的典範」譽之。做為臺灣農民的守護者，吳晟身體力行，書寫和實踐合一，獲得吳三連獎的肯定，的確名至實歸。

——二〇一二年十一月

臺灣客語文學的女人樹
——杜潘芳格及其客語詩

一

二〇一一年秋天，《文訊》雜誌為臺北市文化局籌劃中的《閱讀華文臺北——華文文學資訊平臺》約集作家朗讀作品並錄影，當時我選了收在《向陽詩選：一九七四——一九九六》（臺北：洪範，一九九九）的序〈折若木以拂日〉做為朗讀文本。紀州庵二樓，我在攝影機前逐字朗讀這篇文章：

我看到我的生命，在歲月沉埋的甬道中，由浪漫、華美、典麗，折若木以拂日，向著當代、臺灣、土地，九死而不悔。但這也使我難免寂寞悲涼，在黑幕沉甸、人聲沉澱的夜裡，我的叩問，似乎很難期待回聲。在非詩的年代中，我執意於螢火稀微，用著暗啞的嗽聲呼喊土地，是否真能被聽見呢。

唸到文末「是否真能被聽見呢」時，我心裡忽然浮現了前輩詩人杜潘芳格女史的臉顏，想到這篇文章發表後她寄來的賀卡，以及賀卡中熱情回應我這句話的溫馨。

一九九八年夏天，洪範出版社葉步榮先生打電話給我，說詩人楊牧囑洪範出版我的詩選，希望我精選詩作交他處理。能在洪範出版詩集，對我來說，是莫大榮幸，敢不從命？這年十二月我將詩選交出，也為該書寫了序文〈折若木以拂日〉，交代我自一九七四年發表詩作以來的心路歷程；我另寄一份給《聯合》副刊主編瘂弦先生，沒多久就被發表了。

序文在《聯合》副刊發表後數日，我接到杜潘芳格女史從中壢寄來的賀年卡，賀卡上她以娟秀的字跡寫著：

向陽!!

看了你的〈折若木以拂日〉了，我的中文能力很差……，但還會感覺，你的興奮。我自己也想去和我的人生，自十多歲到現在的種種大事，打滾翻轉。哈哈哈，探索我的生命，和你一樣。期待《向陽詩選》。

代表臺灣的，四十三歲的你!!

七十三歲的我。家庭主婦／客家詩人。

祝福

一九九九年元旦

杜潘芳格　賀

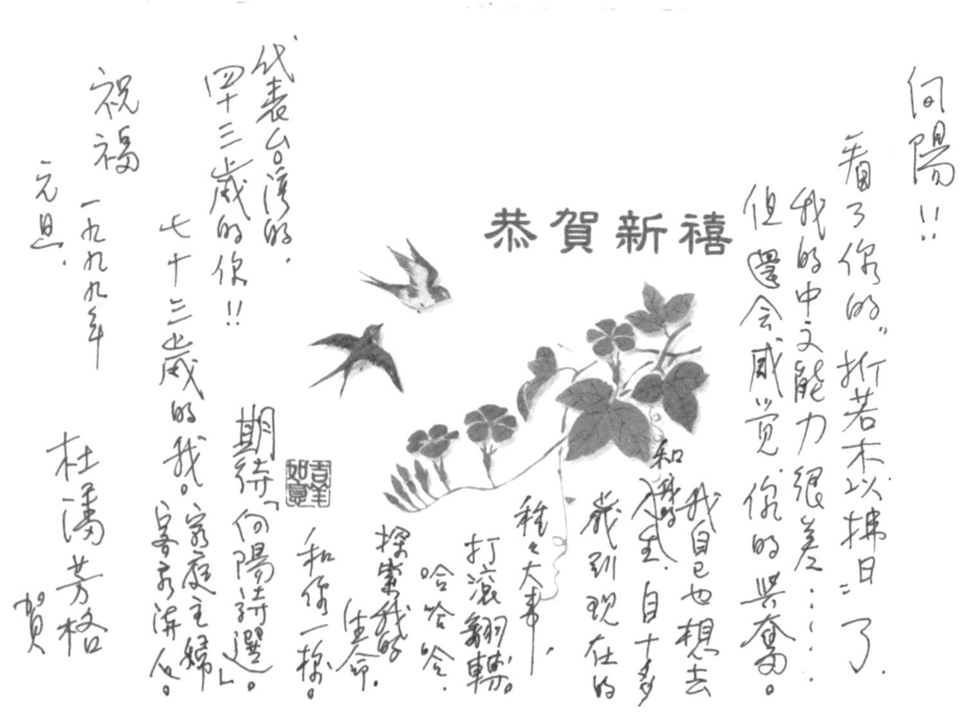

向陽!!

看了你的"折若木以拂日"了.

我的中文能力很差……

但還会感覚.你的興奮。

我自己也想去

和我的人生。自十多

歲到現在的

種々大事，

打滾翻轉。

哈哈哈。

探索我的生命。

和你一樣。

期待「向陽詩選」。

吉祥如意

七十三歲的我。家庭主婦

代表台灣的，

四十三歲的你!!

祝福

一九九九年

元旦。

杜潘芳格

賀

一九九九年元旦，杜潘芳格寫給向陽的賀年卡。

看著前輩詩人給我的這封賀卡，不覺莞爾。信上「哈哈哈」三個字，顯現了一個老詩人的童心，自嘲中兼有認真，尤其下接「我的生命，和你一樣」句，意味著她對詩的執著和生命感可不輸給我呢；「四十三歲的你」對比於「七十三歲的我」就有四十年歲差，算來如今的杜潘女史也已是米壽之年了。

但最讓我感動的是，這位跨越日治、民國年代的前輩詩人，儘管自認「中文很差」，還讀出了我即將由洪範出版詩選的興奮。我們都寫詩，都在一個不讀詩的年代奮力以詩的語言想喚醒臺灣，我以臺語，她以更少人閱讀的客語寫詩，寫在暗夜中，等有緣的人來讀。

看著這封賀卡上的字句，我彷彿看到杜潘芳格女史從流利的日文書寫，轉入中文學習的頓挫、迷茫，以及此後又從仍然難以駕馭的中文書寫，轉入客語書寫的喜悅和驕傲——家庭主婦、客家詩人的杜潘芳格女史，以客語詩的創作扭轉了她被兩個年代、兩種語文耍弄的命運，也為臺灣客家文學開創了新的園圃。

二

我與杜潘芳格女史初識於何時，如今已無印象，因為詩而相識則是確鑿的。她於一九六五年加入笠詩社，但直到一九七七年版中文和日文新詩合集《慶壽》之後，才真正受到詩壇注目，這時她已經五十歲；一九七九年她的詩被收入《笠》創刊十五年同仁詩選《美麗島詩集》（臺北：笠詩社），才確立了她在詩壇的位置。我與她認識，應該是在我主編《自立》副刊時期，以編者和作家的關係，有了互動。見面則是在本土詩人聚會之中，她總是鼓勵我要持續臺語詩寫作，說我寫的〈阿爹的飯包〉是讓她掉過眼淚的詩。

其實，她的詩更令我動容，早期寫的〈相思樹〉以「雅靜卻華美，開小小的黃花蕾」的相思樹為書寫對象，呈現臺灣常見的風土之美之外，還通過女性的視角，看到白色燈塔之後、青色山脈的相思樹林的雅靜，詩的末段神來一筆：

或許我的子孫也將會被你迷住吧
像今天，我再三再四地看著你。
我也是
誕生在島上的
一棵女人樹。

就把她身為臺灣女性的堅强和相思樹的雅靜連於一體，成了自況之作。但這首詩除了是以物喻己的詠物詩之外，實則還寫出了臺灣女性的形象：「開小小黃花蕾的相思樹」，隱喻少女的雅靜而華美；「誕生在島上的一棵女人樹」，則轉喻已經走過人生行路的臺灣母親

一九八七年臺灣筆會成立，向陽、杜潘芳格，鍾逸人、楊千鶴、彭瑞金（左至右）合影於會場。

的堅强。

是的，雅靜而堅强，這就是我所認識的杜潘芳格女史。手頭上一張照片，是一九八七年臺灣筆會成立時所拍，杜潘女史挽著我，合照者還有鍾逸人、楊千鶴、彭瑞金。當時我還擔任副刊主編，在會場上見到杜潘芳格女史，她當天打扮得高雅大方，很高興地來參加臺灣筆會的大會，對她和同一年代的鍾逸人先生、以及遠從美國回臺的楊千鶴女史來說，臺灣作家終於有了自己的筆會，可以告別悲情，也算是揚眉吐氣了。她高興地挽著我，說：「向陽先生，未來的臺灣文壇要看你們這一批年輕人了。」即使對晚輩如我，還是以先生稱呼，這是走過日本年代的上一輩特有的禮節，但我確知，她之待我還有來自詩的親切。

一九八九年八月，臺灣作家在時任臺灣筆會會長的鍾肇政先生率領下赴日參加張良澤教授主辦的「臺灣文學研究會筑波國際會議」。（前排左起：黃樹根、杜潘芳格、李敏勇夫人與兩千金、鍾肇政、林宗源、杜慶壽；後排左起：林文義、李敏勇、吳錦發、向陽）。

一九八九年八月，在時任臺灣筆會會長的鍾肇政先生率領下，我們一起到日本筑波大學參加張良澤教授主辦的「臺灣文學研究會筑波國際會議」。當時剛解嚴不久，臺灣文學研究仍不為學院所接受，張良澤教授以他對臺灣文學的熱愛，邀集美國、日本的學者以及臺灣作家，共聚於他任教的筑波大學，讓臺灣文學得以首次在國際舞臺發聲。就我記憶所及，來自美國的有時任北美臺灣文學研究會會長的小說家黃娟、楊千鶴、許達然、謝里法、洪銘水、陳芳明、林衡哲、張富美、胡民祥等；日本有下村作次郎、今里禎、黃英哲等；臺灣則有李敏勇、吳錦發、林宗源、林文義、黃樹根、杜潘芳格和我。當時杜潘芳格女史偕同夫婿杜慶壽醫師一起參與會議，兩人謙和有禮，在會議上發言不多，對於我們幾位來自臺灣的年輕作家則照顧有加。幾天同行，看到她與杜醫師兩人相互扶持，流露出的恩愛敬惜，也讓我印象深刻，她的第一本詩集何以名為《慶壽》，終於有了答案。

後來我才知道，杜慶壽先生曾於一九六七年九月因為一場車禍受傷，當時杜潘女史不斷為他禱告，祈求上帝讓杜先生好起來。是這樣的深情，讓她將自己的第一本詩集以先生的名字為名吧；這場災難，也使她體悟到生命的脆弱，積極地在客家地區傳播福音，並且在她的詩作中也呈現超越生死的宗教觀。我注意到，同樣也在一九六七年，她寫的一首題為〈重生〉的短詩：

黃色的絲帶
和
黑色絲帶。

我的死，
以桃紅色柔軟的絲帶
打著蝴蝶結的
重生。

這首詩和杜慶壽先生的車禍受傷應有關聯。詩中以「黃色的絲帶」、「黑色絲帶」和「桃紅色柔軟的絲帶」三個不同顏色的絲帶，象徵生離、死別和愛，呈現人生必得面對的三道難題。杜潘女史以「重生」看待「我的死」，因此要「以桃紅色柔軟的絲帶／打著蝴蝶結的／重生」來欣然赴約。這不僅寫出了她對生命的深沉體驗，表現了她「持著死觀，超脫『死線』的意象」的宗教觀念，也足以看出她的深情。

三

一九九〇年代之後，我因為生涯轉折，與杜潘芳格女史已較無機會碰面，但仍然關心她的書寫。我看到她以客語寫詩，佳作甚多，如〈平安戲〉、〈紙人〉、〈含笑花〉等詩作，都具有高度的藝術性。

杜潘芳格女史是最早投入客語現代詩創作的先行者（另一位則是黃恆秋），她的客語詩集從一九九〇年開始推出，先後有《朝晴》（臺北：笠詩社，一九九〇），收十首客語作品；《青鳳蘭波》（臺北：前衛，一九九三），均收客語作品，計四十三首；《芙蓉花的季節》（臺北：前衛，一九九七），收十四首客語詩。我在翻閱這些詩集時，總會想到一九八〇年代中期和她在筆會、在日本見面的種種畫面，以及一九九一年元旦她寫給我的賀年卡上頭所署「家庭主婦／客家詩人」的自稱。

這自稱充滿自信，在家庭主婦的這一端，她一如相思樹開的花那般雅靜華美；在客家詩人的這一端，她又態度篤定、思維細緻，且洋溢批判活力，正如她在〈詩的教養——我對客語詩的創作觀〉一文中所說：

臺灣人啊！不要再懶惰下去。外來的言語你也可以修到這麼棒，那麼我們自己的母語呢？努力，用功像一塊一塊的磚起出疊出高層建築般，實實在在的日常生活裡講的母語用來思考，寫出來。言文一致，我手寫我口說的，我用我的母語思考、思想、思念、思維。

她用客語思考、思想、思念、思維的，一言以蔽之，就是要「起出疊出高層建築般」的文學殿堂。她以身為臺灣作家為榮，以做為客家詩人為傲，後半生脫離語言的束縛，回到最自在的喉舌，寫出動人的客語詩歌。這就是了，一棵女人樹，杜潘芳格女史以她的客語詩，讓我們看到一棵女人樹的的美麗和堅強。

——二〇一二年十二月

臺灣現代詩壇的「行動派」

——張默與年度詩選

一

年前收到前輩詩人張默寄贈他親手抄寫的〈臺灣現代詩長卷特集・向陽（一九五五——）詩選〉。在寒風冷雨中，展開這來自前輩詩人的手書，備感驚喜，也備覺溫暖。

展開這幅長卷，果然真長，前有「小引」、「詩品」，接著是張默先生逐首手抄寫的我的詩作，從〈小站〉到〈盆栽〉，共收詩七首。我拿了尺一量，高四十五公分，長三百六十公分，且無一字塗改——光是想到年已八十二歲的他，花了多少寶貴的時間，執著毛筆逐首、逐字謄抄，就已經覺得不忍；看到其中還抄寫了我多首臺語詩，更是讓我感動。

我認識張默先生時，還是二十一歲的大三學生，因同學詩人渡也的介紹而結緣，算來至今已三十七年。當時他擔任《中華文藝》主編，渡也帶我到位於寧波西街的編輯室看他，我印象最深刻的是他的安徽鄉音以及快如連珠砲的說話速度，不仔細聽，很容易就聽不懂；他與渡也很早就認識了，與我則是初識，只記得他鼓勵我寫作，其他都忘了。後來因為邀請他到華岡詩社演講，他屬我匯集華岡詩社詩人的散文作品，在《中華文藝》推出「華岡詩社散文展」有了來往，也就跟他熟了。

以一個初試現代詩創作，開始投稿的年輕寫詩人的眼光來看，當時的張默先生為人熱情，不擺架子，說話急切，坦率直接，對於現代詩抱持著無法掩飾的狂熱，猶如詩就是他的生命一般，這都讓我佩服——算起來，一九五四年十月他和洛夫先生在高雄左營創辦《創世紀》詩刊時，我還未出生；我與他初識時，他已經是詩壇具有分量的詩人，他和瘂弦先生主編的《六十年代詩選》、其後兩人與洛夫先生主編的《七十年代詩選》，都曾是我高中時捧讀習作的選本，能與他認識，當時已覺榮幸了。

二

真正與張默先生熟識，並且有共事經驗，則是一九八二年十月之後的事。根據我手邊所存張默先生〈為有源頭活水來——《七十一年詩選》導言〉原稿所示，年度詩選之出版計畫是在一九八二年九月下旬形成：

去年九月下旬的一個黃昏，爾雅出版社發行人隱地兄，突然打電話來，徵詢我對「年度小說選」的意見，他且以試探性的口吻指出，他很想把年度散文選、詩選和評論選一起編出來。當時我不假思索地回答：年度散文選「九歌」已經在做，「爾雅」再來編選，會不會讓人覺得有唱對臺戲的意味；其次，近年來純粹的文學評論文字並不多見，況且銷售也是問題。於是我們把話題轉到「年度詩選」的頭上。他囑意就從當年開始，要我策劃並主持第一年第一本的主選事宜……，以後幾經磋商，為示慎重，並使本書能逐年順利出版，乃有成立年度詩選編輯委員會之議，決定聘請六位詩人和詩評家共同參與編務，每人負責一年。

六位編委除了張默先生之外，餘為蕭蕭、向明、李瑞騰、張漢良與我，這六人的組合，張默與向明代表當時的前行代詩人，且分別為創世紀、藍星兩詩社的主力；蕭蕭與張漢良是中生代重要詩評家，兩人曾合編《現代詩導讀》五卷（臺北：故鄉，一九七九）；李瑞騰也是重要詩評家，與我算是最年輕的兩位——張默先生為什麼找我，必有他的想法，也許與我當時擔任《自立晚報》副刊主編、另兼《陽光小集》詩雜誌發行人有關；二〇一〇年十一月，張默先生接受我的學生盧冉玲訪問時，說他當時考量的主要是年齡世代、詩社、背景身分等因素，「當時心中就是想到這六位」，並說「詩選並不是由一個詩社來做，而是為全國服務的」，這都可看出他的寬闊胸襟和視野；但在我來看，部分應該也出於他對

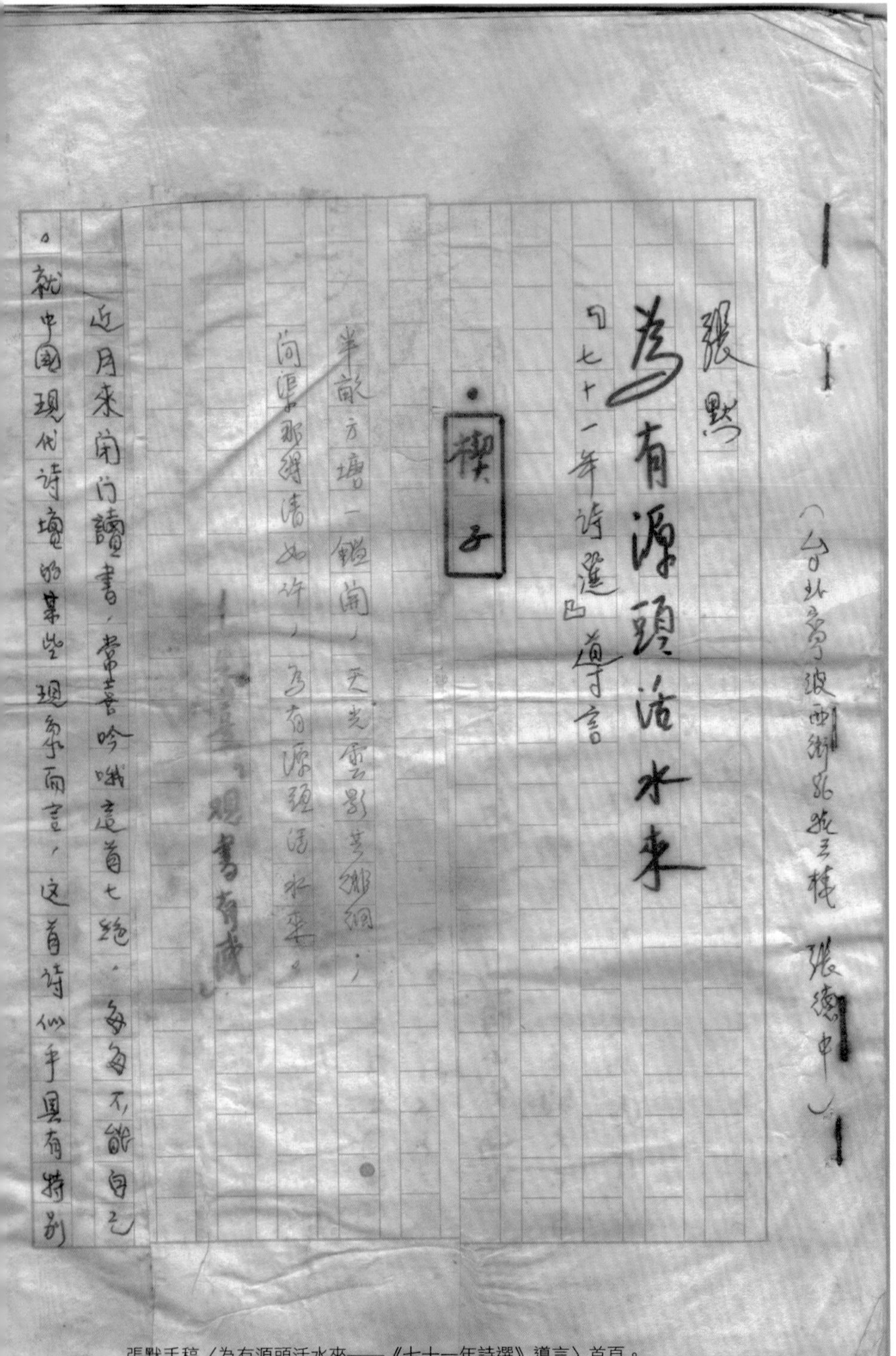

張默

為有源頭活水來

——《七十一年詩選》導言

●楔子

半畝方塘一鑑開，天光雲影共徘徊；問渠那得清如許，為有源頭活水來。

——〈觀書有感〉

近月來閉門讀書，常喜吟哦這首七絕，每每不能自已。

就中國現代詩壇的某些現象而言，這首詩似乎具有特別

（台北市寧波西街86號三樓　張德中）

張默手稿〈為有源頭活水來——《七十一年詩選》導言〉首頁。

NO. 2.

去年九月下旬的一個黃昏，爾雅出版社發行人隱地兄，突然打电話来，徵詢我对「年度小說選」的意見，他且以試探性的口吻指出，他很想把年度散文選、詩選和評論選一起编出来。當時我不假思索地回答：年度散文選「九歌」已經在做，「爾雅」再来编選，会不会讓人覺得有唱对台戲的意味；其次，近年来純粹的文学評論文字並不多見，況且銷售也是問題。於是我們把話題轉到「年度詩選」的頭上。他願意就從當年開始，要我策劃並主持第一年第一本的主選事宜。我當時表示要審慎考慮一晚，第二天再予回報，以後幾經磋商，為求慎重，並使本書能逐年順利出版，乃有成立年度詩選編輯委員会之議，決定聘請六位詩人和詩評家共同參予此编務，每人負責一年。我們全部的编輯計劃大要是這樣的。

日昇牌 24×25

張默手稿〈為有源頭活水來——《七十一年詩選》導言〉出版計畫部分。

我的厚愛吧。

年度詩選對一九八〇年代的詩壇和詩選、詩集之出版，是具有鼓舞力量的。隱地先生之所以延請張默先生總其責，源自一九八一年張默為爾雅出版社編選了臺灣第一本女詩人選集《剪成碧玉葉層層》，次年再編《感月吟風多少事——現代百家詩選》，兩本詩選在市場上叫好又叫座，這使隱地先生對他的選詩眼光有了信賴感；加上合作過程中，隱地先生發現他「做事明快乾脆，編書過程毫無拖拖拉拉的現象」（盧冉玲專訪隱地稿），這段出版人和編輯人惺惺相惜的佳話，終於促成了爾雅版年度詩選的展開。

即使已經事隔三十年，我依然清晰記得當年我們六位編委在新公園旁太陽飯店開編輯會議的畫面。召集人張默先生做為第一年年度詩選主編，首次會議在十月上旬召開，從位於七樓的飯店往下望，陽光下的新公園，林木蒼綠，天光雲影悠然入窗。張默先生一開會就將他擬訂的編輯計畫影印給我們五位，計畫寫得條理井然，從年度詩選篇幅（暫定兩百五十頁左右）、選錄詩作（約一百首），到「編集秩序」（含主選人〈導言〉、選入詩作依發表序、詩後附作者簡介及編者按語、卷末附「年度詩選決選會議紀錄」、「當年詩壇大事記」）都已經先有規畫。這不僅看得出他做為一位資深編輯人的高度編輯能力，也看得出他在編輯年度詩選之外，還有留存詩壇史料的用心。我們五人對於他如此敬謹行事，當然佩服，第一場會議就在大家愉快聊天的氣氛下結束了。

這年十二月二十五日下午，我們又在太陽飯店開決選會議。事前張默先生已先將他選出的一百一十三位詩人約一百八十多首詩作影印寄給所有編委，開會當天他還帶來部分未收入詩作供我們參酌；此外又整理了當年〈全國報刊全年刊載詩作一覽〉，含報紙副刊、文藝期刊、新詩期刊三部分，逐一登記總計達三十三種報章雜誌刊載現代詩的個別首數，最後列出「全年合計三千七百五十二首」——這是何等細密的編輯工作，何等敬謹的編輯態度！臺北的冬天通常陰雨綿綿，那一天則是晴陽普照，大概連上天也被他的這種熱血、熱情所感動吧。

我也還清晰記得，一開會，張默先生還是一貫地用他快速的安徽鄉音，連珠砲地敘說他編選這本年度詩選的過程：他從十月初開始編輯工作，天天到中央圖書館（今國圖）報到，每天最早到，最後離開；他先看報紙副刊，一份一份翻，一首一首讀，有佳作立即影印，如此以繼，直到十二月。期刊部分（雜誌與詩刊），則是同一時期夜晚在家進行，有時興致一來甚至通宵達旦，不以為苦。最後初選四百四十餘首，再仔細閱讀、斟酌，選出給我們五位編委閱讀的一百八十餘首——儘管他講話速度很快，我一字字聽得清楚，他果真如李瑞騰兄所說的「詩壇的行動派」，劍及履及，絕不含混，也絕不輕忽，非得把第一本年度詩選編到盡善盡美為止。

這一天下午，在太陽飯店，我們的決選會議因而開得特別用心，在張默先生主持下，根據他辛苦選出的佳作，逐篇討論，最後通過九十九位詩人一百三十餘篇詩作入選第一本年度詩選。開會時間長達五個多小時而不以為累。

一九八二年冬，爾雅版年度詩選編委合影於臺北新公園。前排左起張默、隱地、向明；後排左起蕭蕭、向陽、李瑞騰、張漢良。（周相露攝）

我從高中時就編油印詩刊《笛韻》、校刊《竹高青年》，大學時期編《華岡詩刊》、進入社會後編《時報周刊》、《大自然》季刊，乃至於加入年度詩選編委會的同時還主編《自立》副刊和《陽光小集》。相較於張默先生漫長的編輯生涯，都算小兒科；相較於他在編選《七十一年詩選》的規畫、執行和用心之深、用力之多，更愧百不及於一。

三

張默先生主編《七十一年詩選》時，五十一歲，還是中壯之年。年度詩選的編選以及其後的開展，儘管中間多有轉折，但持續至今，仍由二魚

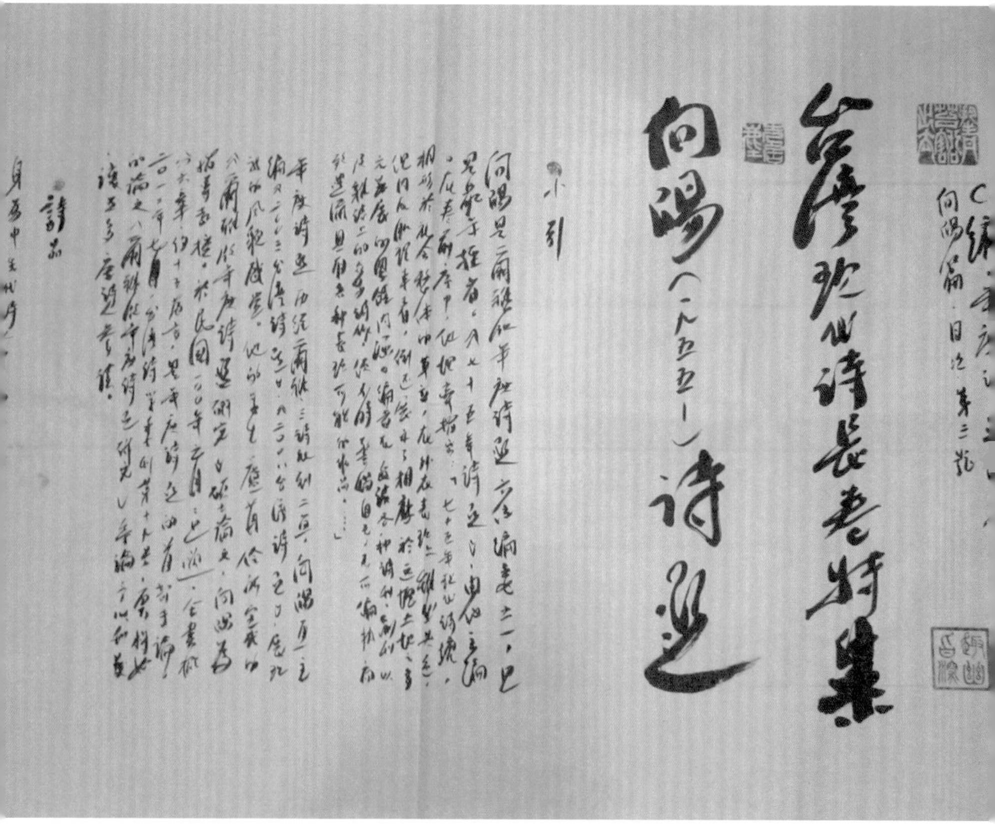

張默抄寫的〈臺灣現代詩長卷特集・向陽（一九五五一）詩選〉。

出版社承續中，對臺灣現代詩佳作的傳播、史料的留存，以及新秀詩人的挖掘和鼓勵，都具有莫大的貢獻。年度詩選是了解臺灣現代詩發展、流派以及詩壇、詩人及詩作，絕不可或缺的選本。張默先生做為主催者和第一位編選人，無論是編選體例的確立、編選模式的打底，乃至於對臺灣現代詩的推進，都居首功；年度詩選打破了過去以詩社詩選或不同詩派各編詩選的侷限性，將不同流派、世代、詩風的作品合而於一的開拓性做為，也始於張默先生的前瞻眼光。

其後，九歌出版社發行人蔡文甫先生請張默先生擔任《中華現代文學大系．詩卷》主編，蒙他不棄，又找了白靈兄和我協同編輯，一樣的步驟，一樣的認真，一樣的把各種不同流派、不同詩風的作品納入選集之中。他不懷成見，廣納衆聲的編輯態度，也表現在他與蕭蕭兄合編的《新詩三百首》（臺北：九歌，一九九五）之中，因而能普獲好評，並對現代詩的推廣產生實質效應。做為現代詩壇的行動派，他動作快速而心思細膩，個性直率而心胸開闊，這都是值得後來者效法學習的。

收到他寄來〈臺灣現代詩長卷特集．向陽（一九五五—）詩選〉，讓我想起了一九八二年獲他邀請加入年度詩選編委會的舊事，如此鮮明，又如此深刻，顯見時光雖然也會模糊人事，但更會留存值得印記的圖像。我在臉書上寫下收到長卷的感動，列印之後，連同我的散文集《旅人的夢》回寄給張默先生。不多日收到他自製的賀年信，上有詩與圖，書有「癸巳蛇年快樂如意」句。右側空白處他寫下三點回覆：

一、謝謝「臉書」為拙寫《臺灣現代詩手抄本》簡介。
二、大論《旅人的夢》年表編得「井然、清晰、醒目」，可供諸家參照也。
三、現在是你們的時代，我早經退休了。

這信回得有趣，第二點可以看出張默先生長期從事編輯工作留存的編輯癖，以及對作家史料的重視；第三點「現在是你們的時代，我早經退休了」句，雖不無後浪推前浪的感慨，更有光風霽月的灑落胸懷，這也洋溢在兩三年來他虔敬抄寫眾多現代詩人佳作的長卷上。

這正是張默先生，一個現代詩壇的行動派，一個把一生奉獻給現代詩，為現代詩的傳播與傳承從不遺餘力的可敬詩人。

——二〇一三年一月

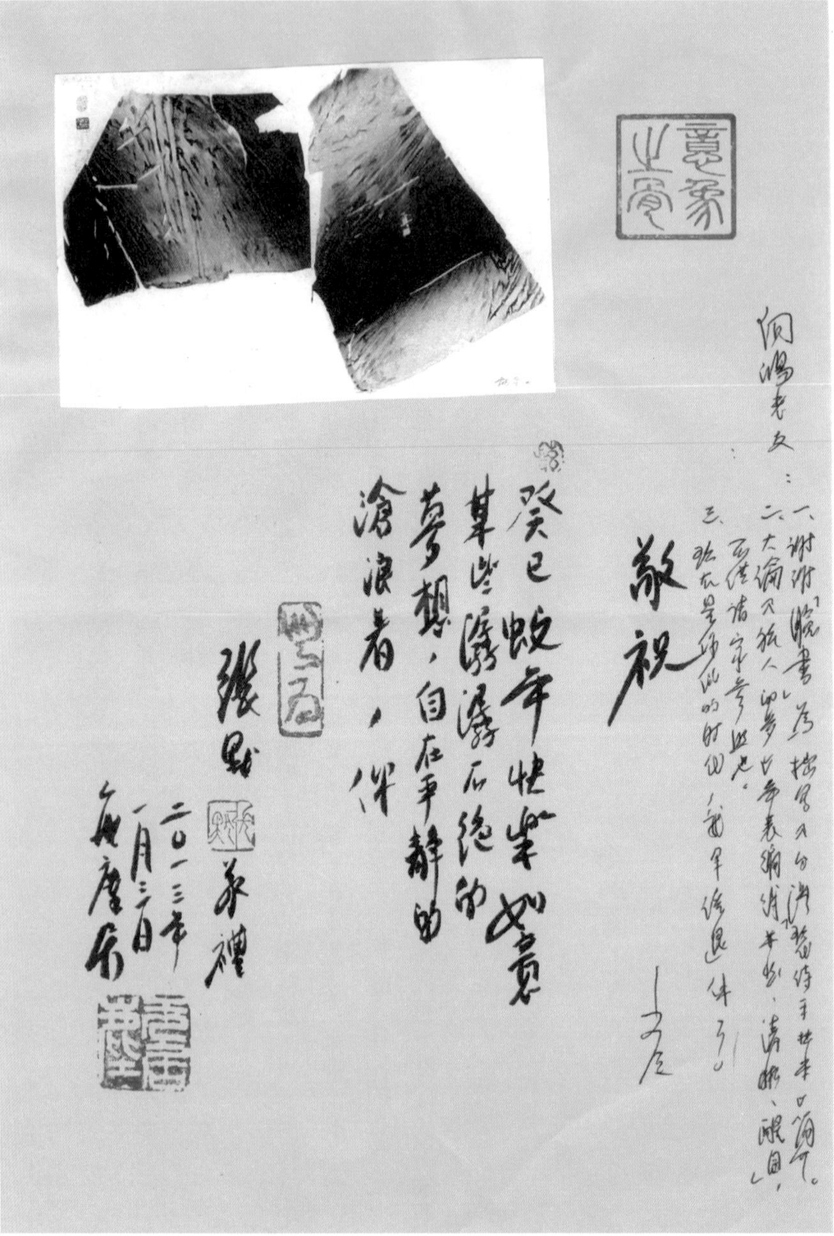

二〇一三年一月，張默致向陽函。

把草原上的月光寫入詩中

——側寫席慕蓉

一

寒假整理書物，在一包已經存放三十年的封袋中，發現詩人席慕蓉寄給我的信，這張信使用藍色墨水寫於稿紙紙背，經過時光浸染，信件形成上下、左右、正反交錯疊印的現象，虛與實、昔與今、都在這一紙舊札中呈現。這封信這樣寫：

寄上詩稿與畫稿各五張，已編好號，請您按照秩序發表好嗎？因為原圖大小不一，您編排時恐怕會添不少麻煩，要請您原諒。謝謝您寄來的《陽光小集》。

短札署的時間是「七十一、十二、廿」，整整三十年，我存放至今，固然係因年輕時就重視詩文同好來信，但也兼有對於慕蓉姊當時慷慨應允供稿《陽光小集》詩雜誌的感念。當時的慕蓉姊甫於前一年出版第一本詩集《七里香》（臺北：大地，一九八一），並即在閱讀市場捲起熱潮，詩集狂銷，一年之內就已連刷七次，受到出版界、文學界的矚目。她以詩、圖互詮之美，表現女性內在世界的幽微、細緻以及柔情，在鄉土文學論戰之後、寫實主義勝場的詩壇中崛起，展現了和現代主義、寫實主義兩相不同的抒情詩風，這或許是她的詩能普獲讀者喜愛，開拓新詩閱讀市場的主因吧。

而當時的《陽光小集》詩雜誌，則是非主流的青年詩刊，一九七九年十一月創刊於高雄，由張弓（張雪映）、陳煌、李昌憲、莊錫釗、陌上塵、林野、沙穗與我等八位創刊同仁以詩作合集的形式出版（故稱「小集」）；迄一九八一年三月才改移臺北，轉為詩雜誌形態，廣邀外稿；並展開包括詩與歌、與畫的跨界合作與運動。此一時期，我先在《時報周刊》、後到《自立晚報》主編副刊，因此也負責約集部分詩人詩作，我記得當時只是以電話向慕蓉姊約稿，她很爽快地答應了，一九八一年七月二十九日《陽光小集》第六期推出〈席慕蓉詩畫展〉；就在同時她的詩集《七里香》也出版了；可以說，慕蓉姊是把她最心愛的詩畫，交給了當時年輕、新銳而帶點激進色彩的《陽光小集》。這是我與她結緣的開始。

一九八三年春，《陽光小集》第十一期推出前，我再向慕蓉姊約詩畫，想要推出她的詩畫展，她依然爽快應允，並隨即寄來詩作、畫作各五張，詩作分別是〈一個畫荷的下午〉、〈山路〉、〈婦人的夢〉、〈燈下的詩與心情〉與〈散戲〉，這些詩作都屬精品，是席慕蓉抒情時期的代表作；而工整精密的針筆畫及其想像空間的構思與布局，也令人充滿想像，其中兩幅畫作上，都有一棵孤獨的小樹，對映著廣袤的平野、草原、空山、明月，細緻中展現了高曠、寬闊、華美的格局。

此際的慕蓉姊已是名家，約稿不斷，但她對《陽光小集》這份非主流刊物卻一點也不吝嗇；收到這樣的佳構，當然令當時年輕的我狂喜。我保留這封已經三十年整的信，感念的，就是一個詩人書寫的真實，以及她對於當時作風激進的《陽光小集》的包容與呵護。

二

一九八三年可說是席慕蓉最受注目的一年。這年三月她的第二本詩集《無怨的青春》由大地出版社出版，延續著前一年的氣勢，這本詩集一樣席捲出版市場，形成至今仍難被超越的「席慕蓉現象」。一方面，她的詩受到廣大讀者的喜愛；另方面，她的詩也遭到詩評家不同程度的褒貶。褒者認為她之所以能在詩壇快速崛起，與她的語言流暢，意象清新、抒情節奏特出，且能抓住讀者的心有關；貶者則視之為「裹著糖衣的毒藥」，認為她的作品太過甜美，缺乏詩語言應有的深度。

慕蓉姊對於這些褒貶，也和她對待《陽光小集》的態度一致，她仍持續寫詩、作畫，

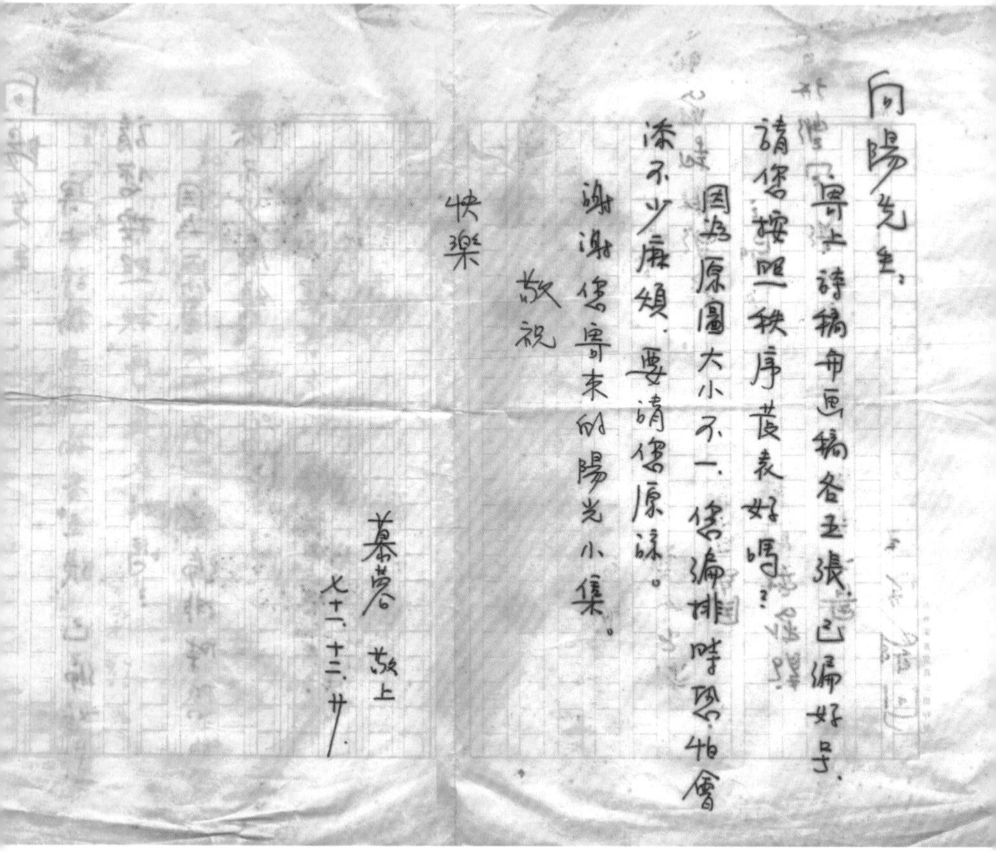

向陽先生：
寄上詩稿和畫稿各五張已編好了，
請您按照秩序發表好嗎？
因為原圖大小不一，您編排時恐怕會
添不少麻煩，要請您原諒。
謝謝您寄來的陽光小集。
敬祝
快樂
慕蓉 敬上
七十一、十二、廿

一九八二年十二月二十日，席慕蓉給向陽的信。

席慕蓉

詩畫展

一個畫荷的下午

在那個七月的午後
在新雨的荷前　如果
如果妳沒有回頭

我本來可以取任何一種題材
本來可以畫成　一張
完全不同的素描或是水彩

我的一生　本來可以有
不同的遭逢　如果
在新雨的荷前
妳只是靜靜地走過

在那個七月的午後　如果
如果妳沒有　回頭

57

一九八三年冬，《陽光小集》詩雜誌十一期推出「席慕蓉詩畫展」。

從未做出任何辯駁或回應。一如她詩畫中常見的明月意象，盈虧順時，不因風雨狂吹或陰雲籠罩而損其雍容。她不在原地打轉，到了一九八七年出版第三本詩集《時光九篇》（臺北：爾雅）之際，她的詩開始探究時間的課題，嘗試拔高詩的視野，在持續抒情詩風的同時，也加入了對於時間的內在思索。這本詩集和一九九九年出版的《邊緣光影》（臺北：爾雅）可視為同一階段的佳構。她對時間的敏感，通過詩來表現，一如她在〈光陰幾行〉中的詩句「無從橫渡的時光之河啊／詩　是唯一的舟船」所示，她此一階段的詩作，開始以詩為時間畫刻度，以詩為生命與歲月做箋註。

她詩路的第三個階段，則從《迷途詩冊》（臺北：圓神，二〇〇二）到最新詩集《以詩為名》（臺北：圓神，二〇一一），在這個階段，她仍延續探究時間議題，而更值得注目的，則是她開始為她的父祖、以及故鄉蒙古寫詩，她的詩風一如蒙古大漠，轉趨蒼茫、冷凝而又厚重，特別是《以詩之名》中，「篇九　英雄組曲」一輯，她以史詩寫〈英雄噶爾丹〉、〈英雄哲別〉和〈鎖兒罕・失剌〉，每首詩都以厚重的認同，出入歷史、文化與民族想像的多重空間，表現出高曠、豪邁的美感。這時的席慕蓉，已經從青春的詠嘆，經由時間的沉思，而進入了她的民族與歷史的建構階段。

我從年輕時讀慕蓉姊的詩到此際，不敢說對她的詩有多深刻的認識，但如果從這三個階段的書寫來看，她不斷在詩中拔高自己，廣度和深度兼具，從一棵空原上的小樹，到如今的果實纍纍，她已無愧於詩這個志業。她是一個令我尊敬的詩人。但即使如此，我與她的見面，多是在詩壇的活動場合，更多的是同臺朗誦詩作。我已記不得從何時開始，我們幾乎每年都有同臺朗誦的機會，有時是在中秋夜大安森林公園、有時是在詩人節朗誦會、有時則在臺北詩歌節的中山堂；近幾年來則是在她大姊席慕德精心為詩人、作曲家和聲樂家策劃的音樂會中。慕蓉姊說話優雅、談吐不俗，朗誦詩作更是能夠將詩中的內涵詮解得感人十分。閱讀她的詩作，感覺如月光照水，心中一片澄澈；聆聽她的朗誦，則如清風拂吹，有春風怡然之感。

儘管不常見面，慕蓉姊對我的關心，相較於我的疏懶，也讓我感動。二〇〇三年聯合文學為我出版散文集《安住亂世》，我寄書給她，一個月後收到她寄來的明信片，這樣寫著：

> 拜讀《安住亂世》，真的使心思澄明，感謝詩人的禪心。
>
> 由於差不多整個九月都在蒙古高原，十月初旬又去了馬來西亞，所以把給您的這封信遲延到今天，要請求原諒。
>
> 在蒙古高原上也摘了幾片銀杏葉，確實是絕美。您的大作就在素淡的封面與真摯的內文裡帶引我們安住亂世。

這張明信片簡短而真誠，送朋友一本小書，有時只是代替問候，告訴朋友「我還在寫」，

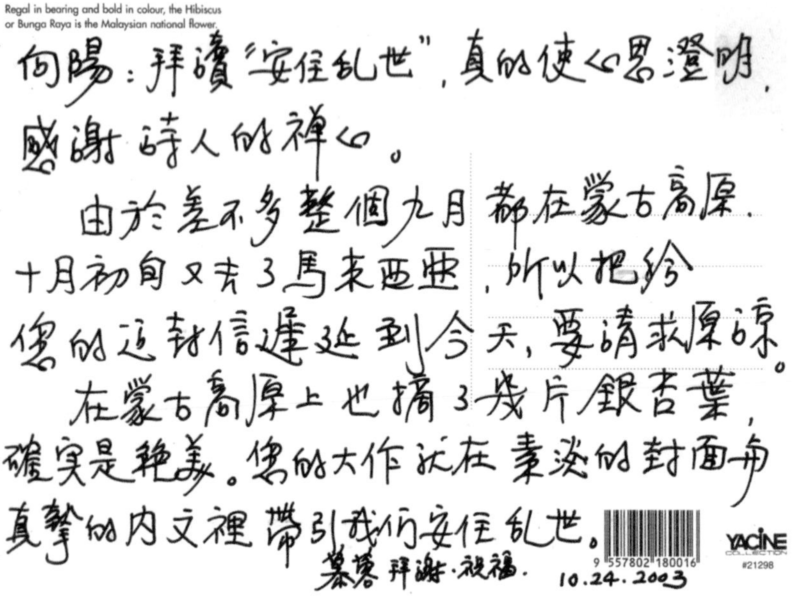

二〇〇三年十月二十四日，席慕蓉給向陽的明信片。

如此而已；慕蓉姊卻敬重其事，還「請求原諒」，讓我難安，但也足見她謙沖周到。這和三十年前她給我的第一封信的態度是一致的，當中不變的是詩人永在的純真。

三

慕蓉姊不僅以詩聞名，散文也同樣動人。一九八四年我在《自立》副刊推出當代散文展，向慕蓉姊邀稿，過了一陣子，她寄來一篇約兩千五百字的散文〈生命的滋味〉，以四則小品連綴而成。主旨在於闡述生命的意義，强調人要學會不後悔，不重複錯誤，從容品嘗生命的滋味。

這是一篇立志散文，寫不好就會

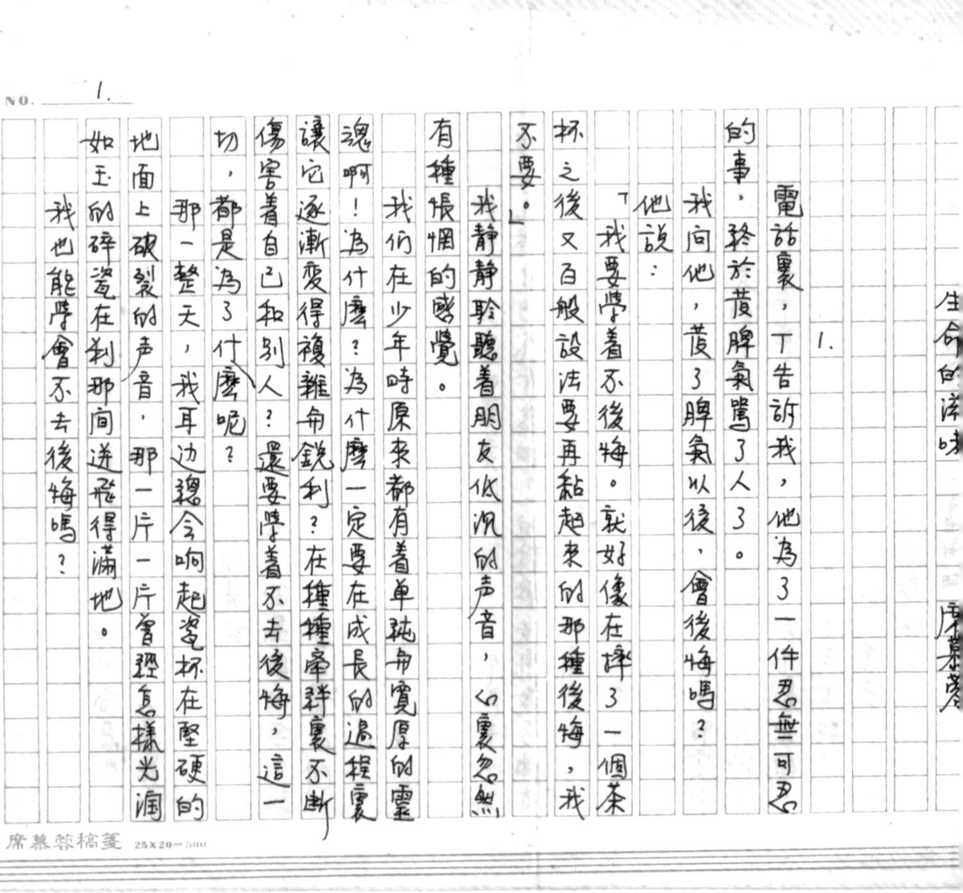

NO. 1.

生命的滋味　席慕蓉

1.

電話裏，T告訴我，他為了一件忍無可忍的事，終於發脾氣罵了人了。

我向他，發了脾氣以後，會後悔嗎？

他說：

「我要學着不後悔。就好像在摔了一個茶杯之後又百般設法要再黏起來的那種後悔，我不要。」

我靜靜聆聽着朋友低沉的声音，心裏忽然有種悵惘的感覺。

我們在少年時原來都有着单純和寬厚的靈魂啊！為什麼？為什麼一定要在成長的過程裏讓它逐漸變得複雜和銳利？在種種牽絆裏不斷傷害着自己和別人？還要學着不去後悔，這一切，都是為了什麼呢？

那一整天，我耳边總會響起瓷杯在堅硬的地面上破裂的声音，那一片一片曾經怎樣光潤如玉的碎瓷在剎那间迸飛得滿地。

我也能學會不去後悔嗎？

席慕蓉稿箋　25X20=500

席慕蓉手稿〈生命的滋味〉首頁（一九八四年六月六日）。

流於說教。然則這散文不是，第一則以朋友的來電起筆，朋友說他為一件忍無可忍的事發脾氣罵人，而覺得後悔，「就好像在摔了一個茶杯之後又百般設法地要再黏起來的那種後悔」；接著引發作者對於「後悔」這樁事的思索。從日常生活的切入，帶出文章主題，這就是一個好的文章開頭；第二則，承續前述的議題，以反省自我的方式，在一連串的反問句中，探問生命的意義；第三則則引E．佛洛姆談論愛的箴言，引申而出作者某夜看海時的心境和感受；作後收尾於作者的感悟。表面上，這是一篇充滿論述的文章架構，但是通過故事的引入、自問自答的省思、名人語錄的新詮，加上作者的高明修辭，頓使此文生動鮮活起來，而能吸引讀者認同、感悟以及分享。

這篇文章發表後，立刻獲得甚多讀者的熱烈迴響，其後這個散文展的衆多文章也集結成書，交由自立晚報社於一九八四年出書，書名就採用《生命的滋味》。

多年後的此時，我燈下重看慕蓉姊的手稿，回想我與她其淡如水的交往，以及她漫長的詩路歷程，這才更加清楚慕蓉姊是用愛與感謝來寫詩，用詩來銘刻生命意義的詩人。貫徹在她的詩作與人生之中的信念，她早在三十年前就寫下了：

> 請讓我生活在這一刻，讓我去好好地享用我的今天。
>
> 在這一切之外，請讓我領略生命的卑微與尊貴。讓我知道，整個人類的生命就有如一件一直在琢磨著的藝術創作，在我之前早已有了開始，在我之後也不會停頓不會

結束，而我的來臨我的存在卻是這漫長的琢磨過程之中必不可少的一點，我的每一種努力都會留下印記。

是的，以詩之名，席慕蓉通過她的詩見證了青春的無怨，時間的鑿痕，最後終於找到屬於她的國度，不僅止於她的故鄉蒙古，同時也是屬於她的生命與詩的國度。

——二〇一三年二月

美麗島的玉蘭花
——陳秀喜的人生與詩作

一

忽然想起詩人陳秀喜，想起她的詩、她的人，耳畔也響起一九七九年春夜在關仔嶺明清別墅聽她清唱〈美麗島〉的暗啞歌聲。三十多年過去，這歌聲一直盤桓我心，從未減損其魅力。

一九七〇年代崛起詩壇的年輕詩人大概少有不知陳秀喜這位女詩人的，當時她與龍族詩社的林煥彰、施善繼、陳芳明等常有往來，而他們都稱她「陳姑媽」，久而久之，「陳姑媽」就成為年輕人對她的共同稱謂，喜歡接近年輕詩人的她對這個稱謂似乎也頗滿意，我認識她的時候，大約是擔任華岡詩社社長之際，大三下，一見面，她就說「你可以叫我陳姑媽」，從此透過見面和書信，順理成章就成為她的「賢姪」一族了（在往來書信中她總是如此稱呼年輕後輩）。

想起陳姑媽，連帶也想起她在我初入詩壇的種種畫面，其中最難忘的幾個畫面如跑馬燈一般，緩慢而鮮明地流動著。

二

一九七六年五月底，在臺北醫學院北極星詩社辦的朗誦會中，我首次對外朗誦臺語詩〈阿爹的飯包〉，朗讀之後，她和詩人林煥彰上前向我致意，她眼眶泛紅，連聲對我說「誠感動」，這一幅畫面，彷如昨日。

當時的陳秀喜女史擔任笠詩社社長，已出有日文短歌集《斗室》（東京：早苗書房，一九七〇）、中文詩集《覆葉》（臺北：林白，一九七一）、《樹的哀樂》（臺北：笠詩社，一九七四）；並有日文譯本《陳秀喜詩集》（大野芳譯，東京：幾瀨勝彬，一九七五）出版，是受到臺灣和日本詩壇重視的成名詩人，而我還是寫詩不久、尚無詩集出版的年輕人，她對我的鼓勵如此直接、坦率而不掩飾，讓我受寵若驚，也增強了我繼續寫作臺語詩的信念。

朗誦會結束後不久，我收到她寄來我朗誦臺語詩的相片，讓我再一次受寵若驚，當年沒有數位相機，拍照、洗照片、寄照片的過程都得花費一些時間和精神，做為詩壇前輩的陳秀喜女史如此待我，可謂不薄了。我與她的情誼，就在其後的聯繫（電話、書信）中展開。

一九七七年四月下旬，我邀請她來華岡詩社演講，她以「詩的欣賞」為題，談她的詩作，也談她的詩觀，朗誦她的詩〈我的筆〉、〈覆葉〉、〈臺灣〉……等，細節我已忘掉，但忘不掉的是她的幽默、風趣和直率。次日我寫了封信感謝她，並且也說了一些我的感動；幾天後收到她的回函，信上這樣說：

向陽賢姪　謝謝賜函　每次演講之後　最使我不安的是各位聽眾的　感想如何　因為我自知不學無術　真是汗顏無地自容也　如果相信您的誇獎　更加使我自心內感　為要多多努力求進才是　謝謝您的鼓勵

這封信並無標點符號，標誌了陳姑媽從嫻熟的日文跨越到中文書寫的痕跡；更重要的是，就算她已經成名，對於我由衷地誇讚，她的回應依然如此謙遜，這是一種高貴的教養，來自她的教育，也來自她的心靈。

根據陳姑媽自述，生於一九二一年的她出生滿一個月又三天就被生父母送給養父陳金來當養女，養父母待她極好，讓她接受日文教育之外，還請了一位家庭教師教她用臺語讀漢文；十六歲時，她在書店中買到一本插圖版的《唐詩合解》，相當驚喜、震撼，自此一面研讀日文古言文，一面一知半解地自修漢文。但儘管如此，在當時位於天母的住所，

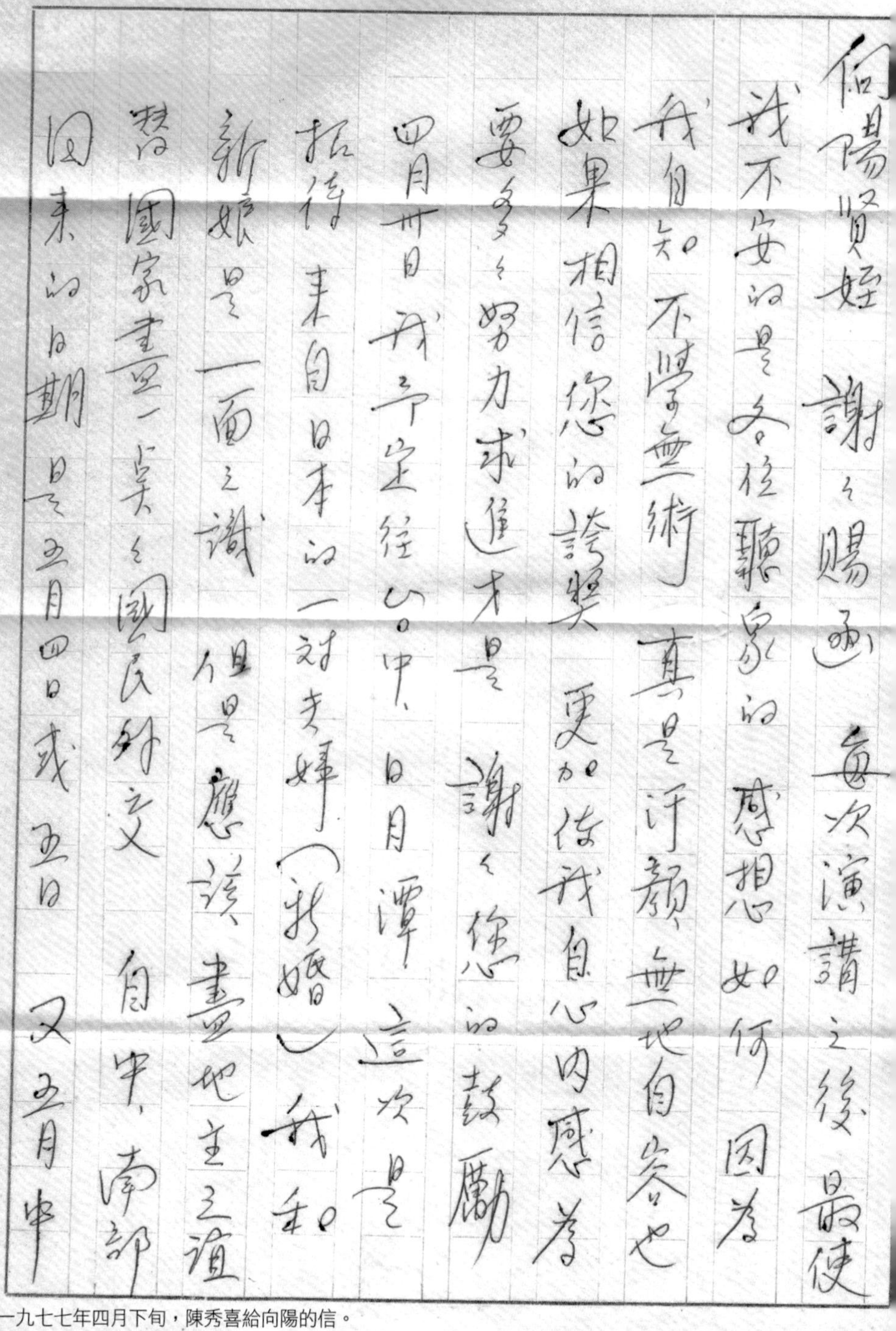

向陽賢姪
謝謝賜函 每次演講之後最使
我不安的是各位聽眾的感想如何因為
我自知不學無術真是汗顏無地自容也
如果相信您的誇獎更加使我自心內感為
要多多努力求進才是 謝謝您的鼓勵
四月廿日我予定從台中日月潭這次是
招待來自日本的一對夫婦（新婚）我和
新娘是一面之識 但是應該盡地主之誼
替國家盡一點點國民外交 自中南部
回來的日期是五月四日或五日 又五月中

一九七七年四月下旬，陳秀喜給向陽的信。

她告訴我，她寫第一首日文詩的時候才十六歲，真正開始能夠使用中文寫現代詩，已經是五十歲以後的事了。她給我的信，顯現了「跨越語言」的艱困，也顯現了她自小接受的日文、漢文交錯教育塑造出的謙遜和雍容。我接觸過的生於日治年代的臺灣作家，幾乎都擁有這樣的特質。

除了謙遜和雍容並存之外，陳姑媽對詩壇後進的關懷、疼愛，一如母親的恩慈，也令我難忘。一九七七年四月我自費出版第一本詩集《銀杏的仰望》，與當時負責故鄉出版社的出版家林秉欽先生談妥，先付一半印刷費，就將詩集送印；容我出書後賣書，再把另一半尾款付清（這大概也是詩集自費出版的特例了，可以看出林先生對文壇後進的寬容）。這件事後來被陳姑媽知道了，她還寫信來問我印刷費夠不夠，「如果不夠，請示告，我手邊有幾千元，請先拿去敷用如何？請不必客氣。等候您能賺錢的時候才擲還就可以。」（一九七七年五月十五日來函）當時大四的我，接讀此信，眼眶也紅了。儘管我並沒有跟陳姑媽借這筆錢，但她的關愛與慷慨，在我年輕的心中已然常駐。

一九七七年，也是鄉土文學論戰來到最高潮的一年。這年四月，《仙人掌雜誌》（故鄉出版社出版）刊登了王拓、銀正雄及朱西甯所寫的三篇文章，揭開了論戰序幕；八月，彭歌〈不談人性，何有文學？〉、余光中〈狼來了〉，將論戰推到另一個高峰。在風聲鶴唳之際，我因寫作臺語詩，也在當時詩人趙天儀主編的《笠》詩刊、小說家鍾肇政主持的《臺灣文藝》，以及詩人高準主編的《詩潮》創刊號先後發表臺語詩，掃到「風颱尾」。

九月，即將入伍當兵的我在給陳姑媽的信中吐露了一些苦悶，其後就收到她的來信，信上這樣說：

> 仲秋夜月亮自陽明山昇起　是個黃金紅的大月亮　真是美極了、可是獨自眺望秋月是寂然、還是有談心的朋友共賞才有樂趣是不是。
>
> 關於鄉土文學云云大興波浪　真是令人覺得好笑也好氣　誰沒有娘一樣、誰沒有故鄉　誰不愛戀娘　誰不愛戀故鄉　拿行政的數字談鄉土文學真是怪事也　不愛一撮泥土的人　不是愛民族的人　也不是詩人

我收到此信，已是十月十日，展讀備覺感動。我知道她是用第一段的中秋月明做為暗喻，希望鄉土文學界「談心的朋友」團結，也要我堅定信心，心如明月，繼續寫作，不為論戰波浪所撼動。一如她的詩〈樹的哀樂〉所說「認識了自己／樹的心才安下來／再也不管那些／光與影的把戲／扎根在泥土的才是自己」那般，扎根泥土做自己。

這是我所親炙的陳姑媽，如此謙遜，如此雍容，如此恩慈，又如此堅定地愛著她腳下的泥土而無所惑。

向陽賢姪

仲秋夜月亮自陽明山昇起是個黃金紅的大月亮真是美極了、可是獨自眺望秋月是寂寞、還是有談心的朋友共賞者有樂趣是不是、閱於鄉土文學云云大興波浪真是令人覺得好笑也好氣、誰沒有娘一樣、誰沒有故鄉、誰不愛戀娘、誰不愛戀故鄉、拿行政的數字談鄉土文學真是怪事也、不愛一攤泥土的人不是

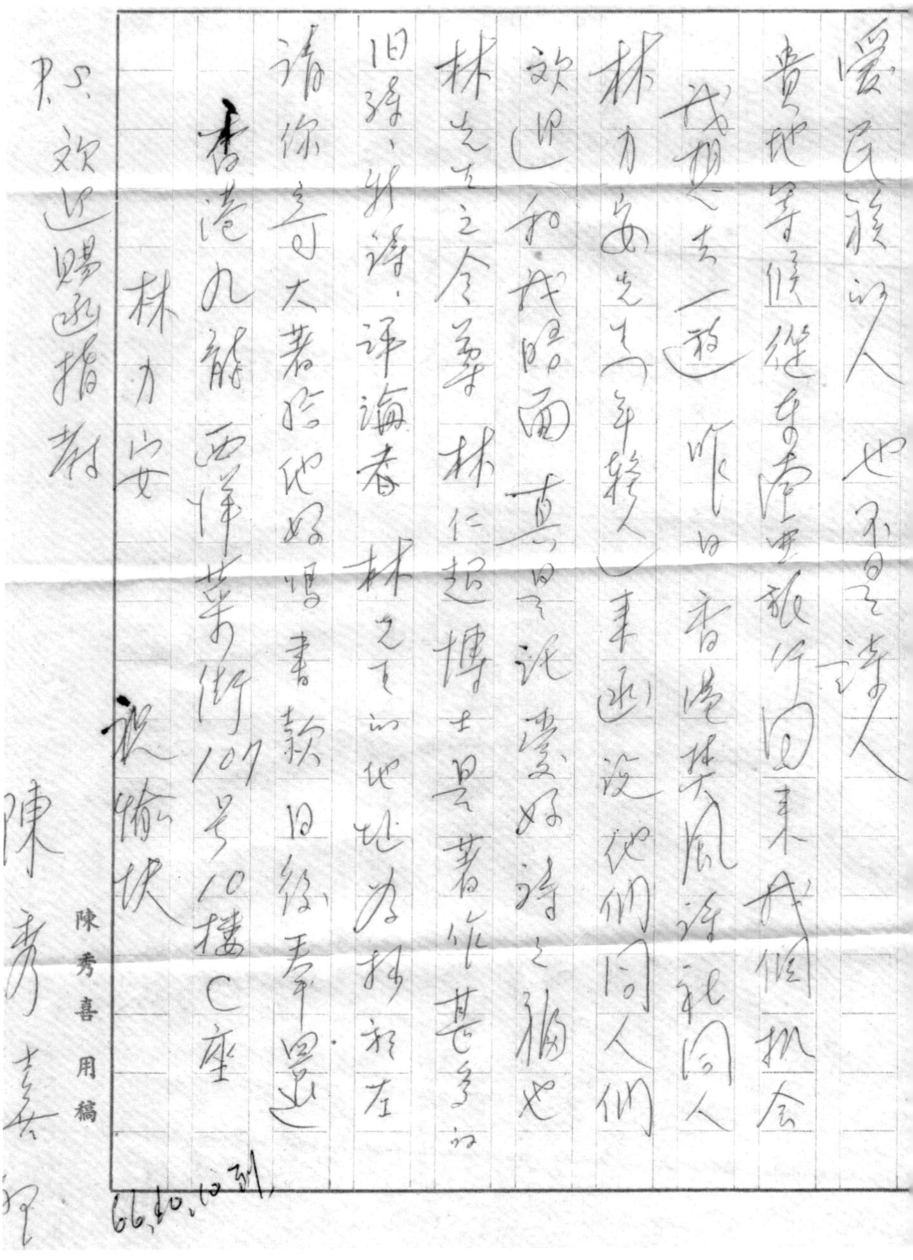

愛民族的人也不會是詩人
貴地等候從台灣旅行回來我們机会
我想去一趟 昨日香港葉風詩社同人
林力安先生（年輕人）來函說他們同人們
歡迎和我晤面 真的是託你愛好詩之福也
林先生之令尊林仁超博士是著作甚多的
舊詩、新詩、評論者 林先生的地址為如左
請你寄大著給他好嗎 書款由我奉還
香港九龍西洋菜街107号10樓C座
林力安
祝愉快
又、歡迎賜函指教
陳秀喜
陳秀喜用稿
66.10.10到

一九七七年十月，陳秀喜給向陽的信，對於鄉土文學論戰表達看法。

三

另一個難忘的畫面，是一九七八年年初，陳姑媽因婚姻生活發生變故，一時想不開，在天母寓所以粗鐵線上吊自殺，後來獲救，卻因傷及聲帶，導致說話沙啞；事件發生後，我利用假期去看她，她緊拉著我的手，笑著說：「沒事了，只是頸子這有道很長的勒痕，以後會消失的，悲哀也會消失的。」她的談笑，帶著一些無奈，但總之，她還是以慣有的幽默化解了。

然而命運又開了陳姑媽一次玩笑。一九八五年三月十二日，小說家楊逵逝世，不久之後，我收到她寄來喜帖，擇於三月三十一日再婚，對象為顏姓商人。我不知陳姑媽是什麼原因決定再一次走入婚姻之中，但還是很高興地去參加了她的婚宴，也衷心祝禱她婚後幸福；沒想到這段婚姻還是一次不幸，陳姑媽婚後生活並不幸福，年底就離了婚，離婚後仍為這樁婚姻纏訟於官司之中。我手頭還保存著陳姑媽於婚宴後寄給我的合照，這時的她六十五歲，臉上帶著喜悅，還無法預知九個月後這段婚姻將帶給她更深的創傷。這不是我所熟悉的陳姑媽，她的獨立、自主、堅强的新女性特質，並沒有展現在她的兩次婚姻中，我看到的，反而是一個傳統的接受婚姻束縛的女性的忍耐與絕望（第一段婚姻）、一個被浪漫愛情、依存需求綑綁的女性的寂寞與悲傷。

或許，文學（特別是詩）才是陳姑媽真正的歸宿吧。我還記得，結束第一段婚姻後不久，她到關仔嶺明清別墅二五〇號居住，並把住所名為「笠園」。在這裡，她擁抱詩神，也有詩人、朋友和學生常來探望她；她的留言簿上留下了眾多來訪者的簽名，她種花、畫畫，這階段應該是她人生最美麗、最幸福的階段了。一九七九年三月，還在當兵的我與方梓去笠園看她，當晚她談興甚濃，詩壇、文壇以及歌壇的趣聞、軼事，都在她沙啞的聲音中逐一道出。我記憶鮮明的是，她告訴我們，學者詩人梁景峰以她的詩〈臺灣〉改寫、由李雙澤譜曲的〈美麗島〉就要灌唱片了，這之前她的詩〈青鳥〉、〈山與雲〉都收入新格唱片的《金韻獎》專輯中，有許多年輕人在唱……。這些，我當然都知道，因為我就是愛唱這些歌的年輕人。

特別是〈美麗島〉，在黨外年代，當時的主唱者楊祖珺在多場黨外活動中唱活了這首歌，成為憤怒青年傳唱的歌曲。從「我們搖籃的美麗島，是母親溫暖的懷抱」，到最後「我們這裡有無窮的生命：水牛、稻米、香蕉、玉蘭花」，這首歌我到今天依然會唱、愛唱。當晚，我聽到的〈美麗島〉，是最獨特的〈美麗島〉，歌聲來自原作者陳姑媽，聲音是她自殺之後「變成巫婆一樣的聲音」，歌詞最後一句的「玉蘭花」則被她頑皮地改成了「牛卵葩」……。詼諧、幽默兼喜自嘲的陳姑媽，在這一晚復活了。

一九八五年三月底，陳秀喜再婚，與老友鍾逸人（中）、向陽（左）合影。

四

一九九一年二月二十五日，陳姑媽告別人世，也告別了她多采多姿卻又坎坷多變的人生。當時我在報社工作繁忙，無法撰文追悼她，但《自立早報》、《自立晚報》兩副刊都製作了全版追悼專輯，肯定她一生為詩奉獻、為臺灣書寫的行誼。我在報館打開副刊，閱讀這些追悼陳姑媽的文章，讀到與陳姑媽同樣跨越兩個年代的女詩人杜潘芳格女史寫的〈秀喜姊，您的玉蘭花〉，其中兩段說得真好：

文學、詩、您創作的言語帶給您的是撫慰您那孤獨的裸體的心的幸福。

您的玉蘭花，像那半開花瓣的玫

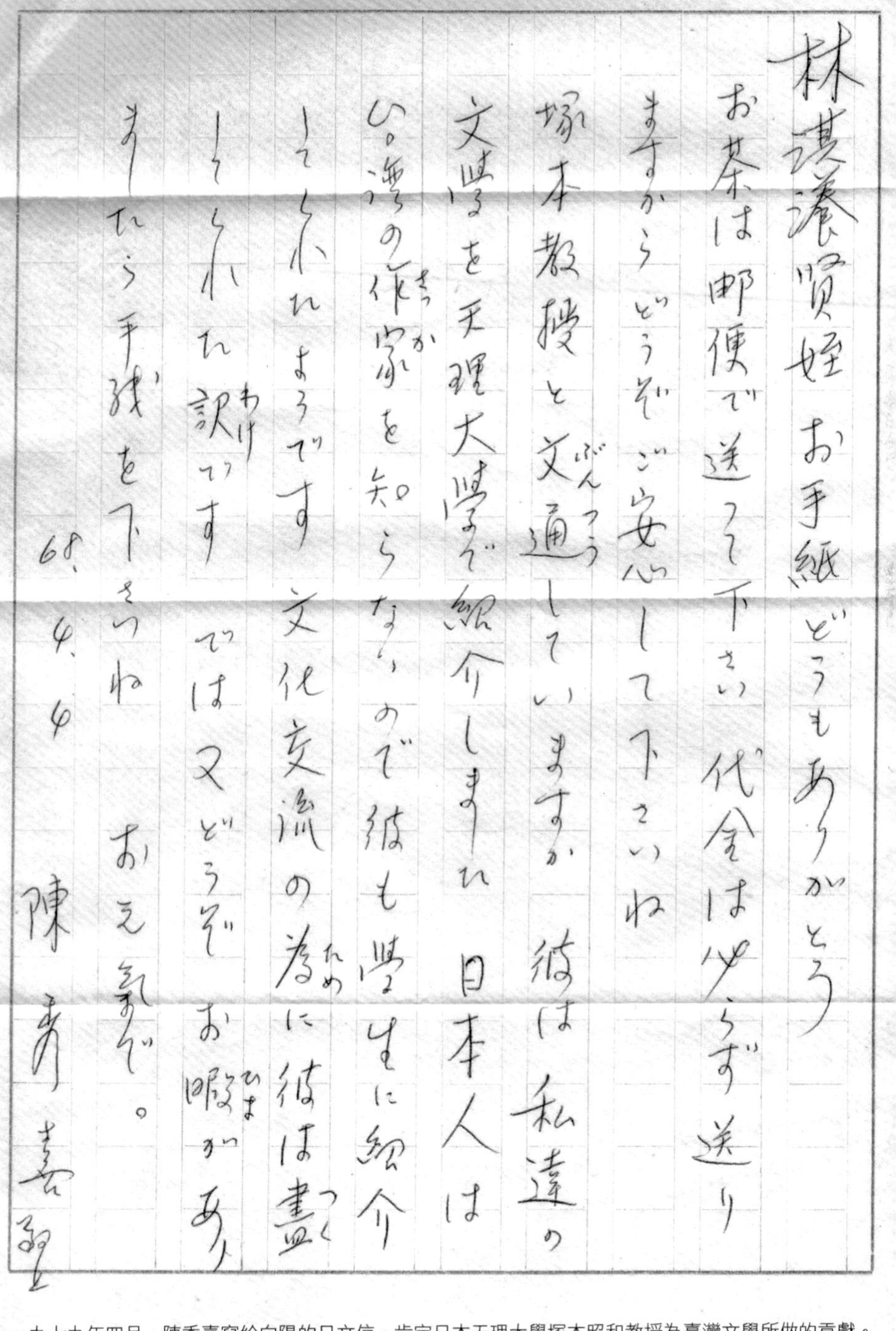
林淇瀁賢姪 お手紙どうもありがとう
お茶は郵便で送って下さい 代金は必らず送り
ますから どうぞご安心して下さいね
塚本教授と文通（ぶんつう）していますか 彼は私達の
文學を天理大學で紹介しますれ 日本人は
臺灣の作家（さっか）を知らないので彼も學生に紹介
してくれるようです 文化交流の為（ため）に彼は盡（つく）
してくれた訳（わけ）です では又どうぞお暇（ひま）があり
ましたら手紙を下さいね お元気で。
68.4.4 陳秀喜

陳秀喜用稿

一九七九年四月，陳秀喜寫給向陽的日文信，肯定日本天理大學塚本照和教授為臺灣文學所做的貢獻。

瑰花般，感恩綻放出永遠無盡的芳香。

這兩段，寫出了陳姑媽人生路途（特別是感情生活）的坎坷不順，也寫出了陳姑媽以文學創作成就其不朽生命的幸福。讀著讀著，我彷彿又聽到陳姑媽以沙啞的嗓聲唱著〈美麗島〉的歌，水牛、稻米、香蕉、玉蘭花，這次她沒有故意唱錯了。

——二〇一三年三月

九歌文庫 1137

寫字年代
——臺灣作家手稿故事

作者　向　陽
責任編輯　陳逸華
發行人　蔡文甫
出版　九歌出版有限公司
臺北市105八德路3段12巷57弄40號
電話／02-25776564・傳眞／02-25789205
郵政劃撥／0112295-1
九歌文學網　www.chiuko.com.tw
排版　綠貝殼資訊有限公司
印刷　晨捷印製股份有限公司
法律顧問　龍躍天律師・蕭雄淋律師・董安丹律師
初版　2013年7月
初版 3 印　2018年1月
定價　320元

書號　F1137
ISBN　978-957-444-890-6
（缺頁、破損或裝訂錯誤，請寄回本公司更換）

國家圖書館出版品預行編目資料

寫字年代─臺灣作家手稿故事／向陽著. -- 初版. -- 臺北市：九歌, 民102.07

面；　公分. --（九歌文庫；1137）

ISBN 978-957-444-890-6（平裝）

855　　　　102010030